新 潮 文 庫

原色の街・驟雨

吉行淳之介著

新 潮 社 版

1738

目次

原色の街・驟雨《しゅうう》

原色の街

隅田川に架けられた長い橋を、市街電車がゆっくりした速度で東へ渡って行く。その電車の終点にちかい広いアスファルト道の両側の町には、変った風物が見えているわけではない。ありふれた場末の町にすぎない。

商家の女房風の女が、エプロン姿で買物籠《かいものかご》を片手に漬物《つけもの》屋の店さきに立止り、樽《たる》に入っている白菜を指さきでひっぱって、漬かり加減をしらべている。漬物屋の隣の本屋では、肥満して腹のつき出た主人が店頭の雑誌にせわしなくハタキをかけていたが、その手をふと止めて呆《ぼ》んやり空を見上げている。空には夕焼雲のほか、何も見えていない。大きな手に握られたハタキが、地面に向ってだらりと垂れている。

本屋の隣は大衆酒場で、自転車が四、五台、それぞれ勝手な方向をむいて置かれてある。その酒場の横に、小路が口をひらいている。

それは、極くありふれた露地の入口である。しかし、大通りからそこへ足を踏み入れたとき、人々はまるで異なった空気につつまれてしまう。

細い路《みち》は枝をはやしたり先が岐《わか》れたりしながら続いていて、その両側には、どぎつい色あくどい色が氾濫《はんらん》している。ハート型にまげられたネオン管のなかでは、赤いネオンがふるえている。洋風の家の入口には、ピンク色の布が垂れていて、その前に唇《くちびる》と爪《つめ》の真赤な女が幾人も佇《たたず》んでいる。人目を惹《ひ》くようにそれぞれの思案を凝らせた衣裳《いしょう》にくるまって、道行く人に、よく光る練り上げた視線を投げている。鼻にかかった、甘い声が忍びよってゆく。なかには、正面から抱きついて脂肪のたまった腹部をすりよせながら、耳もとで露骨な言葉をささやく女もある。

地味な衣裳とひかえ目な媚態《びたい》のうちに用意された肉体は、ここでは数寡《かずすく》ないし、それに売れ残るおそれがある。好事家《こうずか》の数が、ここでは比較的すくないからだ。多くの男たちは、外観はともかくも、長い航海を終えてようやく陸地に上った舟乗りのような欲望を抱いて、紙幣を掌《てのひら》のなかに握りこんで目的の場所へと進んでゆく。

昭和二十五年春、甚《はなはだ》しい不景気で、数多くの人たちには、必需品しか買えない時代であった。

この街に来て、金を払ってゆく男たちの大部分に必要なのは、女である。繊細な趣味のゆきとどいた商品である必要はないし、それにそのような存在はこの街では原色の渦《うず》のなかに巻きこまれて、色褪《いろあ》せてしまうのだ。その男たちの目を惹き、足をとどめさせるための作戦としては、この装飾はよく計算されているといってよい。ただ、共同便所の壁の悪戯《いたずら》書きに示されたような欲望を、そのまま受けとめようとする趣は、覆《おお》われがたい。

真紅に塗られた唇が、目まぐるしく上下に動いて、白い歯がネオンの灯《ひ》を蛍光色《けいこうしょく》に反射する。肩まであらわな腕が伸びて、ぶらぶら歩いてゆく男の腕を、上衣《うわぎ》を、帽子を捉《とら》えようとする。男は、無意味な声を発したり、つまらぬ冗談を言ったりしながら、身をしりぞけ、首をうしろに引いて相手の姿をたしかめようとする。やはり、それぞれの好みはあるものだ。そして、そのまま女の方に手繰り寄せられるか、あるいはその手をふり切って別の目標に移ってゆく。

このように、女と男のありとあらゆる動きが、この街では一つの明確な目的に行き着くためにおこなわれている。

この街の男女関係は、きわめて明晰《めいせき》である。女にとって、この街にいることは、どんなに美しく稀《まれ》にはういういしく見える女でも、定まった金額で軀《からだ》を売るという徽章《きしょう》を身につけていることである。したがって、女にとっては、自分に向けられる男の視線の中に、「この女ははたして自分の申し出に応じるだろうか」と迷っている疑わしげな探るような陰湿な好色さを見出《みいだ》すことはない。この街にいるときの男の眼《め》は、支払わねばならぬ金額と引換えに与えられる快楽の量を計っている、ひたむきな欲望の眼である。

男にとっても、眼のまえの女性の好意にみちた眼差《まなざ》しにおもわずほほえみ返したとき、彼女の視線が自分の斜めうしろの人物に向けられていたことに気付いて、行き場のなくなった微笑がそのまま頬《ほお》に凍りついてしまうとか、街の女とおもって取扱おうとした女性が実は素人《しろうと》の夫人だったとか。……ささやかな、そのくせチクリと棘《とげ》を含んでいつまでもまつわりついてくる出来事には、この街に身を置いている限り無縁である。

もっとも、そのような感情の動き自体にまったく無縁の人は、数多い。又、この街の性格そのものも、縁遠いことはたしかである。しかし、この街の底から、一種の解放感のようなものを嗅《か》ぎ出そうとする少数の人々も存在しているのだ。

あけみという名を付けられて、この街に軒を並べている店の一つに住んでいる女は、その解放感をこの街から見出すことが出来た。いや、この街からしか解放感を見出すことができないような立場に置かれた、と彼女自身が思い込んだ時期があったといった方がよいだろう。

そして、彼女自身は、その解放感に惹かれてこの街に身を置くようになった、という弁解を心に抱いている。しかし、そのような契機でこの街を最後に行き着く場所としたこと、言葉を替えれば、そんな動き方をする心を持っていること。……それが、結局は彼女を一層不幸にしてゆくということには、あけみはまだ気付いていない。

しかし、そのことは、やがて気付かずには済まないことだった。

あけみがこの街へ来て、二ヵ月が経《た》っていた。そして、あけみは日々、遠い気持で躯を横たえていることが出来ていた。それは、あけみが快感を覚えないで、済せられたからだ。この街へ来てしまったという気持の烈《はげ》しさが、彼女の肉体を圧しつづけていた。男たちは、単に通過して消えてゆく、物質感を与えるだけの存在であった。

しかし、そのことも、そのままで過ぎてゆくものではなかった。

四月のある日、その日は、あけみにとって最初から調子の狂った日だった。まだ明るいうちに、彼女の部屋にあがった客が、

「きみの名前は」

と、紋切型の質問をはじめた。

「あけみ」

「それで、本名は」

と、男が重ねて訊《き》いた。

彼女の気持からいえば、「同じよ」と嘘《うそ》を答える筈《はず》だった。その方が会話をはやく打切ることになって、煩《わずら》わしくないからである。しかし、このような問いは今までになかったので、不意を衝《つ》かれた彼女は、

「はな子」

と、本当のことを言ってしまった。

「ふむ、平凡な名前だな」

客は、つまらなそうな顔になった。度の強い眼鏡をかけた、中年の教員風の小男である。彼女は、腹立たしい気分に捉えられた。

この名前には、曰《いわ》くがある。

空襲で爆死した父母の若い日の追憶が、その名前に絡《から》まっていた。空襲によって境遇が一変するまでは、中産階級の家庭の一人娘として育ち、女学校も卒業し、ありふれた安穏《あんのん》な生活であった。若くて一緒になった父母の結婚三年目に生れたのが彼女で、あれこれ考えぬいた挙句、赤児《あかご》の名前に窮した両親は彼女をはな子と命名した。……犬ならばポチ、人間の女ならばはな子、その徹底した平凡さの持っているニュアンス

にたいして、若やいだ、やや衒《てら》いの気分の混った悪戯っぽい好感を抱いて。「男の子だったら、太郎となったわけよ」と、後日母親が回顧的な表情で彼女に告げたことがあった。

魚谷はな子、それが、あけみの正確な姓名である。

あけみ、それはこの店の女主人が命名した、娼婦《しょうふ》としての彼女の名である。大柄《おおがら》で異国風の派手な顔立ちをしていたため、アンナと名を付けられた女があった。その女は、容貌《ようぼう》に似合わぬ気弱な性質で、「アンナなんて名前を付けられちゃって」と、その名を押脱ぎたいような恰好《かっこう》に身を捩《よじ》りながら、あけみに訴えていたが、間もなく身のまわりのものを持って人知れず逃げ出してしまった。もちろん、名前だけのためではない。

さて、あけみの本名を訊《たず》ねたその教員風の小男は、たいへん執拗《しつよう》だった。

その夜十時ごろ、何人目かの客を帰して、あけみは鏡台に向い乱れた髪をととのえていた。

彫りの深い、眼の大きい痩形《やせがた》の顔に、さまざまの疲れの翳《かげ》がさっと一刷毛《はけ》はかれて、鏡の面に映っていた。露地の入口から三つ目の曲り角にある、ヴィナスという家号のこの店に来てから、ほとんど太陽の光の下に出ないためもあって、小麦色の膚《はだ》にはうっすらと澱《よど》んだ色もあった。しかし、それはまだ、娼婦の顔にはなっていなかった。

娼婦の顔。……それは、職業によってあらわれてくるものばかりではない。その原型は、どんな富裕な家庭の女性にも、しばしば見受けられる種類のものだ。しかし、娼婦という生活の形態が、その場所に置かれた女の中から奪ってゆくもの、女の中に付け加えてゆくものによって、一種特有の顔が逃れる術《すべ》もなくどんな女にも次第に浮び上ってくるのである。

あけみは、わざと橙色《だいだいいろ》の口紅を選んで、濃く塗りつける。口紅の色と皮膚との対照で、顔全体がにわかに安っぽい感じに変えられてゆく。

黄色い電燈《でんとう》の光に、口紅の厚い層がギラギラ閃《ひか》って、濡《ぬ》れた官能の色を顔のすみずみまで放射しているように思えてくる。

あけみは、自分にたいして悪意にみちた気持になってゆく。と同時に、淫靡《いんび》な心も、彼女の意識の下でかすかに一瞬ゆらめく。多くの男との肉体だけの交渉が、やはり、あけみの軀の未熟さを次第にとり除いてゆき、今では実った肉が皮膚の内側に在った。それを、あけみは、はっきりと意識に上らせていない。かすかなおののきが、軀を掠《かす》めて過ぎてゆくときにも、彼女の心はたちまちそれを不快な身慄《みぶる》いにすり替えてしまうのだ。

結局、あけみは化粧によって変貌したあまり見覚えのない顔の裏側に、身を隠して、客の前にあらわれることになる。


娼家の女の部屋には、おおむね、扉《とびら》に鍵《かぎ》がついていない。あけみの部屋の戸を開けて、春子が入ってくると、傍に膝《ひざ》をくずして坐《すわ》り、

「ねえ、いまのお客、とっても可笑《おか》しな男ったらないのさ」

と、話しかけてきた。

あけみは、自分の過去は他の女たちにも言葉を濁して話さないのだが、このよく肥《ふと》って手の甲の指のつけ根にえくぼの見える十九の娘は、なにか理解に苦しむ事柄に遇《あ》うと、いつもあけみのところへお喋《しゃべ》りをしに来る。色白で肌理《きめ》がこまかいが、扁《ひら》たく陰《いん》翳《えい》に乏しい顔で、小柄のくせに手足が大きく、乳房は思いきり大きくふくらんで、乳首には暗紅の広い暈《かさ》がある。

軀のすみずみまで肉付きのよい春子は、この街の生活もさして苦にならずにそのまま受入れているといった型の女である。この家の主人が街の各所に持っている合せて五軒の店に働いている女たちのうち、稼《かせ》ぎ高の一番多い女が春子だ。彼女はそのこと

が得意で、客に自慢したりする。春子の腕を飾る金の輪は、贋物《にせもの》ではないし、小型の電気蓄音機も持っている。

稼ぎの良い女《こ》は、いわゆる「ママさん」からも嫌《いや》な顔をされず、春子の毎日はおおむね楽しそうである。例えば客に、「きみ、辛《つら》いこともあるだろうな」と訊ねられると、先週の稼ぎ高が朋輩《ほうばい》の蘭子《らんこ》に上を越されて二番目に落ちたことを思い出し、「春子ほんとに口惜《くや》しかったわア」と甘い声でささやいたりした。又、「きみの愉《たの》しみは何だい」などと言われると、「気に入った客を取ったときよ。これであすの朝まで、ゆっくり、騒いだり、歌ったり、レコードかけたり出来ると思うと、ほんとに嬉《うれ》しいわ」と答えるのである。馴染《なじみ》の客の顔を見詰めながら、「今度あなたが来るときは、何をご馳走《ちそう》してあげようかしら」などと呟《つぶや》くこともある。

このような春子の態度は、不安や寂しさを、狂躁《きょうそう》にさわぎ立てることによって誤魔化しているのではない。春子の意識が、決してこの街の生活の範囲からはみ出すことがないためなのだ。

春子の話を聞いていると、露骨な下卑た言葉にたいしてのためらいは認められない。どんな言葉も、彼女にとっては同じ活字箱に入っている。

あけみの傍に坐った春子の口から、露骨な話題が出はじめた。

あけみはその話を聞きながらに、ある朝の見知らぬ男との会話を思い出していた。その男は前の夜おそく、あけみの許《もと》に泊っていた会社員風の男だ。朝、起き上って洗面を済せてきた彼はふたたびごろりと横になり、大きく手足をのばしてから、あけみに話しかけてきた。

「いまごろの時間は、まだみんな眠っているだろうか」

「そうですね、眼を覚ましている人はずいぶんあるでしょう。もうそろそろ起きて支度しないと、会社に間に合わない人もあるでしょうし。あなたは大丈夫なの」

「僕はかまわない。それより、このあたりの上をヘリコプターで飛んで、見下ろしてみたら面白いね。屋根が邪魔だけど、それは無いことにしてさ。いまごろの時刻は、ほとんどの部屋に一人の男と一人の女が並んで寝ているわけだ。この狭い地域が狭い部屋でいっぱいに仕切られて、その一齣《ひとこま》ごとにかならず男女が一組寝ているという風景。一人でも三人でもない、かならず男と女が一人ずつ……。なんだか、なさけないような、滑稽《こっけい》なような気持にならないかな」

そんな会話だった。あけみは、その男の顔を思い出してみようとしたが、前の晩から以前の時間は茫《ぼう》とかすんでしまって、どうしても浮び上ってこなかった。それは、あけみが一瞬一瞬をそのまま忘れ去ろうとしているためでもあった。

「春子さーん、望月さんよ、それから、あけみさんも一緒にちょっと」

そのとき、春子の馴染客のきたことを告げる声がひびいた。

「まあ、しばらくぶり」と呟いて、いそいそした気持を後姿にみせて、春子は先に立って部屋を出た。ひろく開いたドレスの背や、あらわになっている襟《えり》あしから肩のあたりに、うっすらと白い脂《あぶら》が拡《ひろ》がり浮いている。


望月五郎は、某汽船会社の社員で、金まわりも良かったし気の置けない人柄なので、この家の主人の居間に入ることが出来ていた。それは、客にとっては一つの特権であり、主人側としては非常な好意のしるしである。

彼は、まだ三十の半ばの年配だったが、そろそろ髭《ひげ》を生やしてみようか、と惑っているような顔付きをしていた。ロイド眼鏡をかけて、よく笑った。

身仕度をととのえたあけみが、主人の居間の入口で頭を下げたとき、望月はもう春子を傍にひきよせて、彼の膝の上に載せた女の手の甲を押しつけるようにして撫《な》でながら、片手で盃《さかずき》を口に運んで、十分に彼の人生に満足して喋っていた。

「それでだな、春子。お前が首まである緑色のセーター、ほら、いつか買ってやったやつ、あれを着こんでな、ネッカチーフをひらひらさせてモーターボートの舳《へさき》に立っているところを、パチリと一枚やるわけだ。こいつが極彩色に色が着いて、雑誌の表紙になるという寸法さ。なーに、『船』という業界誌なら、俺《おれ》が口をきけば大丈夫、載せることに間違いない」

「あら、ゴロさん、ほんと。ウソついちゃいやよ、うれしいわ」

と、春子は豪奢《ごうしゃ》な買物に出掛けるような表情で、すっかりはしゃいでいる。

春子がいつも傍から離さない、千代紙貼《ば》りの綺麗《きれい》な小箱は、いまもその横に置かれてある。その中には、口紅と小さな鏡を容《い》れてある。そのほかに容れられているもの……。彼女は、客を自分の部屋にむかえると、その華やかな色彩の箱の蓋《ふた》をそっと持上げ、むしろ楽しげな表情で、なかから上質の塵紙《ちりがみ》の束とゴム製品をとり出すのである。

「あけみさん、ゴロさんのお連れの方のお相手、たのむわ」

と、ママさんが声をかけた。

望月のつれの男は、黙って酒を呑《の》んでいた。望月より、いくらか若い年頃《としごろ》におもわれた。

この店の主人は望月の話にうなずきながら、ときどき眼の光を強くして、片手を額のうえにすっとよぎらせた。その右手の親指は第一関節のところから、左手の小指は

第二関節から失われている。

あけみは、望月五郎の連れの男の傍に坐った。その男は、先刻からまじまじと主人の顔を眺《なが》めていたが、不意に口を挿《はさ》んだ。

「それはそうとして、おやじさんは、いい顔をしているなあ。一芸に達した人物の顔をしている、可笑しなもんだな」

皮肉でも、さりとてお世辞でもない率直さが、その口調にあった。望月がすぐに口を挿んだ。

「不思議がることはないだろう、この人はそりゃあ、大したもんだ。いまは、仏さまみたいなものだがな」

主人は、腕をすこし持上げて、手首のところまで届いているシャツの袖口《そでぐち》を示しながら、ゆっくりした口調で言った。

「あたしゃ、いまは真夏でもこのシャツを脱ぎません。これを脱ぐと、からだが全部まっ黒です」

まっ黒というのは、全身、刺青《ほりもの》で覆《おお》われているという意味である。

望月がもう一度、口を出した。

「おやじの昔ばなしを聞いてみろ、実にたいしたもんだから」

「いやそういえば、いろんな事をやってきましたよ」

主人は、寸のつまった右手でかるく額の上を撫でると、重々しい口調でさりげなく答えたが、満更でもなさそうな表情が覗《のぞ》いていた。

「いや、昔のはなしは、聞かなくていいんだが……」

という、男の語尾を引取って、主人は、

「近頃では、子供たちがかわいくて、少年野球に手を出していますよ」

ママさんが、立上ってアルバムを抱えてきた。この家のママさんは、主人の正妻で四十がらみの小柄な女である。娼婦あがりで、所謂《いわゆる》世の中の酸《す》いも甘いも嚙《か》みわけたといった洒脱《しゃだつ》な風格を身につけている。

ママさんは、アルバムの写真を男たちに示して、説明する。

「ほら、これが、野球団の結成式のときの、おとうさん。右どなりの人は区長さんですよ。ほら、これは、演説しているところ。こっちは始球式のときのおとうさん。なかなかいい男ぶりだわね」

「あたしゃね。この少年野球の仕事が一段落しましたらね、翌々年の区会議員選挙に、一つ立候補しようと考えているのです」

望月の連れの男が、例のふしぎに率直な口調で言った。

「おやじさんが区会議員に当選したら、これは出世というものだろうな。出世という言葉の実感は、きっと、こういうところにあるのだろうなあ」

話の区切りに、主人が、大型の清朝《せいちょう》活字の名刺を男に手渡した。

墨東《ぼくとう》少年野球連盟。行を更《か》えて、委員長、谷口将次、とあった。将次という活字の横に、まさつぐ、と振り仮名が印刷してある。

男が交換した名刺の上の名を、あけみは、元木英夫、と読んだ。元木は、谷口将次の名刺をもう一度眺めて、名刺入れに収めた。

そのとき、彼の頬に浮んだ微笑を、あけみは見逃さなかった。その微笑は、皮肉なものでも、また好意をあらわしているものでも無かった。

望月五郎が春子に眼くばせして部屋に退いたあと、元木という男はまだしばらく主人と雑談をつづけていたが、やがて居間を出て風呂場《ふろば》へ行った。ママさんに促されてあとに続いたあけみは、ふと、着物を脱ぐことにこだわっていない今夜の自分に気付いた。

湯を熱くするために、電気のスイッチが入れられて、鈍い低い響が浴室に立ちこめていた。

「あなたお上手ね、どうやら、御主人にもママさんにも気に入られたらしいわよ」

そう言いながら、あけみは自分の言葉がどこか間違っている、相手の男とのあいだにずれがある、ということを感じていた。ただ、何か声を出していたい気持で、喋ったのだ。男の声がすぐに、戻ってきた。

「べつに、そんなつもりはないさ。これから、ここに通う気もないし、利害関係はないわけだからな。もっとも、君とはこれからだから、話は別だがね」

と、彼は湯気の靄《もや》の中で薄笑いしながら、わざと無遠慮にあけみをじろじろ眺めまわした。

あけみの肩がすぼまって、湯槽《ゆぶね》から出ようとしなくなった。先に湯槽から上った彼は、とぼけたような口調で言った。

「風呂もいいが、あとで拭《ふ》くのが面倒だな。犬みたいにブルッとからだをゆすぶっておしまいいなら、いいんだが」

あけみは、その言葉を好意をもって受けとめ、めずらしく明るい笑い声をあげた。

元木英夫が隅田川東北の街に出かけてきたのは、同僚の望月五郎に誘われたためもあったが、一つには、昨日から彼の軀《からだ》のうちに澱んでいる滓《かす》のようなものを、拭《ぬぐ》い去ることが出来るかもしれぬという気持も動いたからだ。

昨日の夕方、元木英夫は、「見合い」をしたのである。

一向に結婚する気配のない彼のために、周囲のものがいつの間にか道具立てをしていて、彼が気付いたときには、ただ軀を動かして所定の場所へ持って行きさえすればよいようになっていたのだ。

彼は皮肉な気持で出掛けた。見合いという事柄にさして反撥《はんぱつ》もせずに、気晴らしになることとして、早速出掛けている自分自身にたいしてである。

まわりの人々がいろいろ計算して適当な枠《わく》をこしらえ、一人の男と一人の女をその中へ閉じこめる。そして、素早く頭を働かせながらじろじろ観察する。もちろん、お互同士もちらりちらりと盗み見し合う。その観察の中には、当然、将来出来の良い子が作れて子孫繁栄を計れるかどうかの点についてのものが含まれているのだから、衣服を着けていない方が好都合なのだが、実際には平素の二倍も衣裳《いしょう》をあちこちに纏《まと》うのである。

十年以前の彼だったら、けっして見合いなどという枠の中に身を置くことを、肯《がえ》んじはしなかったろう。しかし、現在の彼は、その種の考えを押しすすめて身のまわりに起ってくる現象に応対していると、結局生きてゆく余地が無くなってしまい、生きていること自体が間違いだということになってしまうのだ、という場所に行き着いた。それでもなお、彼はなんとなく生きつづけていて、生きることを止《や》めようとはしない。

そんなことなら、いっそのこと生きてゆくことにさしさわりになる神経、……見合いに反撥したり、一家団欒《だんらん》の写真を撮られるのを厭《いや》がったり……、そんな神経を大きく切り捨てるように努力した方がましではないか、と思ったりしている。そういうことを考えながらあたりを眺めてみると、世の中には、神経を切り捨てるなどということを必要とせず、生れながらに生活というものがオーダーメイドの洋服のようにしっくり身についている人々が無数に存在していることに、今更のように気付くのだ。彼は、目下のところ、そういう人々を、羨《うらや》ましいものを見るような、と同時に浅間しいものを見るような眼《め》で眺めている。

ところで、当日の見合いにはさすがに現代風のところがあって、気を利《き》かせた人々の計らいで、間もなく、銀座裏のあるレストランに彼と女は二人だけ残された。

彼は、某大学教授の娘という、京人形にコケットリーをつけ加えたような女と、おおむね次のような会話を交わした。

「なんだか、どうもへんなもんですね。これが、見合いというものですか」

「あら、そうでもありませんわよ。おつき合いの範囲だけでは、なかなか、適当なかたがねえ」

「ほう」

「ねえ、あなた、どうお思いになって。電車の中などでご一緒になった全然知らないかたに、わたしの方から話しかけたとしたら、へんでしょうかしら」

彼はまず、女の声の特殊なことに気がついた。それは、軽金属のような、非人間的な、たとえていえばポパイのマンガ映画に登場する針金のような女の出す声に似ていた。

陶器のような、物質をおもわせる肌《はだ》の、小鼻のわきにうっすらと脂肪が白く浮いているのが目にとまると、彼はなにか奇妙な機械を見たような、滑稽な、気楽な気持になって答えた。

「そうですね、その電車の中の男が僕だったとしたら、喜ぶでしょうね。もしそれが他の男だったら、不愉快なことですねえ、僕はやきもちやきですからね」

その言葉を聞いても、女はキョトンとした顔をしているので、彼は念のためにつけ加えて話してみた。

「つまり、あなたがとても美しいから、話しかけられた男は喜んでしまって、ヘンになんか思いはしない、ということですよ」

するとはじめて女はあでやかに笑うのである。彼のうちに、いぶかしくおもう気持が起った。ふたたび女の全身をくわしく見まわすと、なにか不調和な感じが、彼女の全身を靄のように取巻いている。

軽い昂奮《こうふん》を頰に示した女は、朱色に縦の黒い棒縞《ぼうじま》のある着物の膝《ひざ》で、ピンク色のレースの肩掛を無意識にもてあそびながら、元木英夫が気に入った様子だった。その肩掛は大正時代に流行したもので、今では稀《まれ》に、商売女の服装に見られるだけのものだ。その女の姿態には、軽い痴呆感《ちほうかん》があらわれていた。

「ねえ、そろそろ外へ出て、映画でもみたいわ」

彼の耳に、女の軽金属のような声が届く。その誘いの言葉は、この原瑠璃子《はらるりこ》という女の存在につながる彼女の肉体の一部として、彼の意識に漂った。彼の掌は、女の声のひろがりの表面と裏面を、こまやかに撫でてみる。

その女と並んで、彼は表へ出た。四月の銀座の街路では、並木の褐色《かっしょく》の枝に小さな緑色の芽がぷつぷつと一斉《いっせい》に頭を出していた。女は狭い裏通りをジグザグに歩いて、両側の商店の飾窓をあちこちと熱心に覗いている。ショウウインドウの硝子板《ガラスいた》に、額でよりかかっている恰好《かっこう》になった女が彼の眼に映ってくる。それでも彼は、そんな女に辟易《へきえき》していないことを自分自身に証明するために、女の傍にいつでも寄添って飾窓から飾窓へと渡って歩いた。

女は時折、白い顔を彼の方に振向けて、飾窓の中の商品についての感想のような言葉を、彼の耳に投げてくる。

彼は咄嗟《とっさ》にその言葉を掌で受止めて、女の声のひろがりの表面と裏面を、こまやかに撫でまわす。そのことを繰返しているうちに、やがて彼の意識はアメーバの触手のように彼女の方へ拡がってゆき、巨《おお》きな掌となって、原瑠璃子という存在を撫でていた。

彼女の皮膚の上を這《は》ってゆく掌には、物質の感触がつたわってくる。それが、胸のふくらみに沿って降《くだ》ってゆくときにも、彼女の軀の輪郭に従って動いてゆくだけで、決して内側に潜ってゆくことはなかった。

彼女の軀のうちで、ただ一ヵ所、内側からの輝きを思わせるもの、それは人形めいた表情に生物らしいアクセントを与えている二つの眼である。しかし、その瞳《ひとみ》に浸透していった掌は、彼女の心には降りてゆかず、気がついたときには、女の潤《うるお》い湿り無数の襞《ひだ》にかこまれた暗黒の部分に置かれてしまっていた。

そこは、やはり、女性の外部である。その眼のかがやきから、このように動物的なものしか彼は受取ることができない。

この日の見合いの結果、元木英夫が作り上げた原瑠璃子という女の像は、右のようなものであった。その像が実際の彼女とどのくらい差違があるか、ということを考える男では、彼はなかった。対象に触発された彼自身の心中の像を最も大切にして、実際の相手を無理に捩《ね》じ曲げても、その像の型の中に押しこめてしまおうとするのである。

そして、その女の像が、すなわちその女が、気に入っている自分に、元木英夫は気がつくのだった。気に入るということは、愛することではなく、はるかに微温的なことだ。

女は立止って、鋪道の隅《すみ》で風船を売っている老人が、ゴム風船をふくらませている様子を、熱心に眺めているところだった。赤い風船はやたらに大きく膨らんで、短い手足が突出して、人形の形になった。

風船にそそがれた女の眼はキラキラ閃《ひか》って、横顔は白くて軟らかそうな肌ばかり目立った。ちょっと愚かな白兎《しろうさぎ》という感じだ、と彼は思った。

彼はふと、望月五郎の無駄話《むだばなし》にしばしば登場する春子という名の娼婦《しょうふ》と、彼の傍の女との相似を感じた。しかし、春子という女は、あわただしい金銭の取引の枠のなかにいる女で、従ってまた、そのような疲れを軀に澱《よど》ませている筈《はず》だ。だが、傍の女は大切に保存された、汚れていない肌につつまれた美しい外貌《がいぼう》を保つことができている。それは彼女の周囲が、彼女の人生のたった一回の取引、つまり結婚のために、気を配ってきたものなのだ。

「この風船をひとつ、買って頂戴《ちょうだい》。そう、赤いのがいいわ」

女の声が耳に届いたときには、もう彼女は浮び上ろうとする大きな風船を引きとどめている糸を指にまきつけて、ぶらぶら歩き出していた。

彼はズボンのポケットの中の硬貨を探りながら、「この女は俺《おれ》に馴《な》れはじめたのだろうか、いや、いつでもこんな具合なのだろう」などと考えて、彼女の後姿を眺めた。女はすこし足をひきずるようにして、暢気《のんき》な様子で歩いている。

春の風景に薄くかぶさっている霞《かすみ》のような、のどかな、うすくかすんだ軽い痴呆の趣。それを羨むという感傷は、元木英夫には持合せなかったので、彼は瑠璃子にたいして、しだいに残虐《ざんぎゃく》な快感を予想しはじめた。

この女が軀を開くときには、きっと原始的な叫び声をあげるに違いない、と彼は思った。しかし、この大切に取扱われている高価な商品を傷つけることによって生じる筈の、さまざまなわずらわしさが、彼をためらわせている。

気がつくと、いつの間にか彼の指のあいだに煙草《たばこ》が一本挟《はさ》まれて、煙がゆっくり立上っていた。煙草は、もうかなり短くなっていた。

彼は大きな歩幅で、彼女に追いつくと、火のついている煙草の先を、彼女の肩のあたりで浮んでいる大きな風船に押しつけた。憎むように、またいたわるように、ゴムの膚《はだ》に押しつけた。

金属性の破裂音が響いた。女の肩がぴくりと震えた。道行く人々の視線が集っていた。

彼女は華やかな高い声を出すと、長くゆっくり笑い声をつづけた。舞台に登場した、少女歌劇のスタアのような、身のこなしであった。

「まあ、意地悪ねえ」

その夜、二人は映画を観《み》てから、彼は無事に原瑠璃子を家まで送りとどけた。彼は、皮肉で洒落《しゃれ》た外国映画かあるいは冒険映画を観ようと言ったが、彼女は、女の純情を主題にしたメロドラマに固執して、彼の方が簡単に譲歩したのである。

元木英夫は、彼女とのつき合いにおいて、明快に割り切れた一日を過すことができたつもりであった。しかし、瑠璃子と別れたあと、彼の中に滓《かす》が残って、それは翌日になっても澄んでこない。

「きみ、どうしてこの街へ来たの」

風呂場からあけみの部屋へ移ってから、元木英夫が問いかけた言葉には、気の進まない響が含まれていた。

「どうして、そんなことを聞くの、月並すぎるしそれに悪趣味だわ」

そう言ってから、あけみは自分の口から出ていった無遠慮な言葉に驚いていた。平素は、けっしてこういう事は言わないことにしているのだ。

彼の眼に光が集ってきて、視線を真直《まっす》ぐにあけみの顔に向けると、すこし笑った。だが、彼の眼だけ冷たいままで笑い残っていることに、あけみは気がついた。その眼は、あけみたちを一週に二度ずつ検診する医者の眼に似ていた。

あけみの心は、それに反撥した。彼女は自分の過去を、彼に投げつけてやりたいような気持が動いた。過去は、あけみにとって一種のプライドの要素を含んで、目下のところ心に在るのだ。その要素は、曲り曲ったり幾度も裏返ったりしている種類のものだが、ともかくプライドに似たものなのである。

彼女は、自分の気持に抗しきれずに話しはじめた。あけみの部屋に来た男にたいして、積極的な身構えになっているということには、彼女は気付いていない。

「空襲でみんななくなってしまったの。血縁の人も家も、何もかも。これは本当のはなしよ。それまでは、不自由なく暮していました。というのは、普通のお嬢さんと同じようにしていても、食べるのには困らなかった環境だったということ。それからは、タイピストもした。女中もした。堅気で食べられると思う仕事は何でもしたわ。だけど、その度ごとに男がからまってくるの。わたし、全部撥《は》ねつけたのよ。これも、ほんとよ。ちょっとした思い出もあったし、それに、きっと気に入った人がいなかったからでしょうね。だけど、わたしの方で何でもなくても、いい加減の噂《うわさ》が立ったりなんかして結局その場所に勤めていられないようになってしまうものだわ。……だけど、わたしには、男の心を唆《そそ》るような、みだらなところがあるのかしら……」

「いや、それはきみが美人だというだけのことだよ。そして、男というやつは、美人と見れば何でもかまわず、からまろうとするものさ」

あけみは、くすっと笑った。そして、おや、今夜のわたしは、陽気になっているわ、と多弁になっている自分に気付くのだった。

「わたしは、だんだん疲れて来た。女ひとりで暮してゆくことって、容易なことじゃないわ。すっかり疲れてしまっていたので、キャバレーの女になったのかしら。ほかに食べて行く方法を思いつかなかったし、それにキャバレーの女だって、ちゃんとした職業でしょう。だけど、とうとう我慢できなくなってしまったの。男たちの眼つきが。……この女は、金でなんとかなるかな、いくら位でついて来るかしら、それともタダでうまく浮気できるかな、という、あの舐《な》めまわすような、疑《うたぐ》りぶかい湿った眼。わたしの一番嫌《きら》いな黄色く光る眼。わたしはその眼にがんじがらめにされてしまった。どこに居ても、どこを歩いていても、その眼がチリチリ皮膚に焼きつくのを感じていた。最後に、ひどく疲れた鈍くなっている神経の、底の方でいらいら湧《わ》き立っている部分で、決心してしまった。……いつも、そんな眼で見られるくらいなら、いっそ、はっきり、お金で女の買える仕組になっている街へ入ってしまおう……」

「ひどく、思い切りがいいんだな。それにあまり精神的すぎる、と僕は思うんだがねえ」

「いいえ、ほんと。食べてゆくためだけだったら、それまでの生き方でどうにかやって行けたの」

「…………」

「それに、わたし、あのこと好きじゃない。快感なんて覚えない」

とうとう、あけみはあらあらしく言って、「だから、今日までそのままこの街にいて、脱《ぬ》け出さないでいることが出来ているのかもしれない」という言葉を、呑《の》みこんだ。

その言葉で、元木英夫の冷たい眼に、試すような光があらわれた。その奥に、挑戦《ちょうせん》する光が混る。この女を抱こうと思っていた、彼の考えが変った。

彼は、沈黙をつづけている。あけみは、せきこんで、言葉をつづけた。

「ほんと。ここへ来ることが、かえって滅茶滅茶になるもとだと分っていても、そうしてしまう、わたしの幼いころからの性格なんです」

喋《しゃべ》りながら、自分の喋っている言葉の群れが、あけみの心に媚《こ》びてきた。彼女は、ふと涙ぐんだ。

「きみとしては、それよりほかに、どうしようもなかったろうね」

なぐさめるような、なんとなく割り切れない生温い調子の男の声が聞えてきた。甘美な気持は、そのときには、すでに、あけみの軀《からだ》いっぱいに拡《ひろ》がっていた。

気がつくと、いつの間にか、あけみの裾《すそ》から男の手がすべり込んでいて、たくみに動いているのだ。彼女は身をしりぞけようとしたが、わずかしか軀は動かなかった。指は、そんな彼女を追って離れず、こまやかに、神経の先端を探り出してゆく動きを示していた。

あけみの皮膚の下、意識の下で、すでに十分実っている肉体が、しだいに花咲こうとする。あけみの軀を、かるい鋭いおののきが、足の指のさきまでつたわった。意味をなさないかすかな声が、歯のあいだから洩《も》れていった。

と、男の指が、逃げてゆく。

あけみの眼は、彼女自身を裏切って、おもわず烈《はげ》しく強く男の顔を追った。その眼の底には、男を求めている光が小さな焔《ほのお》のかたちに浮んでいた。彼のつめたい、たしかめるような眼の底にも、焔があった。それは、皮肉な青い色をまわりにきらめかせながら、ゆっくり燃えつづけていた。そんな彼の眼は、あけみという獲物を隈《くま》なく観察し、又、そのことから大きな快感を受取っているということを示していた。そのことによって、彼の前に横たわっている娼婦から、交媾《こうこう》以上の快感を取出しているというしるしであった。

あけみは、その眼を憎んだ。そのような眼は、剔《えぐ》り出して、二つの黒い穴にしてしまいたいと思った。そして、その眼につながっている存在、すなわち眼の前の男を、憎んでいる自分を感じていた。それは、嫌悪《けんお》ではなく、憎悪である。厭《いと》わしい気持が、軀のあらゆる組織から血が去ってゆくような感を与えるとすれば、憎しみの気持は、すべての組織を充血させる。したがって、すでに甘美な波のひろがっていたあけみの軀の状態を、新しく起った憎しみの気持は、妨げるよりもむしろ助長してゆくのだ。

いくら無関心に戻ろうと努めても、軀はあけみの心を裏切って、しだいに燃え上っていった。

そのとき、不意に元木英夫が身をしりぞけて彼女に背を向けると、眠そうな声を作って言った。

「僕は、もう眠るよ。おやすみ」

罠《わな》にかけられたあけみの軀は、罠の中に置き去りにされようとした。おそらく、このとき元木英夫は、罠から這い上ろうとして身もだえする女を予期していたにちがいない。しかし、あけみには、罠を仕掛けた男の手つきばかりが、眼の前に拡大されたのだ。彼女は、歯の間から言葉を一つ、一つ、おし出すように区切りをつけて強く言った。

「ひ・ど・い・人」

彼は女の語調に、媚のまったく含まれていないことを聞きわけると、一瞬踏みこたえているときの表情を示した。すぐに、彼はさりげなく、身をかわそうとした。

「いや、今夜はひどく酔っているんだ。男が酔いすぎたとき、どうなるか、君は知っている筈じゃないか」

「うそ。あなたは悪質なのよ。女の軀と心をからかって、それで、楽しもうとしているんだわ」

「しかし、結局のところ、君ばかりをからかっているのじゃないさ。君には分りそうなもんだが、それは、悪いことらしいけれど……。だいたい、君が気がつくとは計算外のことだった。だけど、だからと言った方がよいかな、君のような人が、ここにいることはひどく不幸なことだな」

　二人は黙ってしまった。彼はしばらく天井を見詰めていたが、しだいに虚脱した気持になってゆき、支えの崩れた間隙《かんげき》を酒の酔いがうずめはじめた。自分の外側へ向って、たとえばこの街へ、たとえば傍のへんな娼婦へ向って延びていた触手が、一斉にちぢこまってしまい、のっぺらぼうの球のようになった内側に閉じこめられて、彼は眠りに落ちてしまった。

　あけみは、眼が冴《さ》えてしまった。

　傍には、数時間まえ、はじめて会った男が同じ布団《ふとん》で眠っている。それが、にわかに奇妙な理不尽《りふじん》なことに思われてくる。「いや、それは不思議なことではない、それがつまり『ここにいること』なのだ。それよりも奇妙なことは、他にある。それは、いま自分の傍に寝ている男にたいして、この数時間のあいだに感情の起伏がわたしの心にあらわれたことだ。なぜかしらないが、好意を持った時間もあった。あれは、どんなときだったかしら、そう、『風呂《ふろ》もいいけど、軀をふくのが面倒くさくて……』どうしてあんな言葉が気に入ったのかしら。わたしの心の隅に潜んでいる、どうにもならない怠惰な気持がくすぐられた……そして、『ここにいること』……、それしか、生きていく場所が、わたしに残されていなかったのだろうか。ほんとうに、ほかの方法は残されていなかったのか……」

そのとき、ピシッと皮膚になにかしなやかなものが烈しくぶつかるような音のあとで、嗄《しゃが》れた泣き声とも笑い声ともつかない、かすかな音がひびいてきた。

隣は蘭子という女の部屋である。先週、春子を凌《しの》いで最高の稼《かせ》ぎ高をあげ、春子を悲しませた女が、蘭子である。いつか蘭子があけみに告げたことがあった。「森山さんて、ちょっと変態なのよ、柱にしばりつけて、ぶつのよ」……蘭子は、あどけない可愛《かわい》らしい顔つきで、その言葉を気軽に喋っていた。その森山という男が、隣の部屋に泊っているのだろう。彼は、蘭子の馴染客《なじみきゃく》で、堅気とは見えぬ風体《ふうてい》で、某撮影所の俳優と自称している若い男である。

クッ、クッ、クッと咽喉《のど》の奥から押しだされるような声が、壁をへだてて蘭子の部屋からふたたび響いてくる。骨格をやわらかな脂肪がすっかり包みかくし、その上から筋肉が置かれてあるように、摑《つか》んだ男の掌にけっして骨を感じさせない軀。青味を帯びて、濡《ぬ》れて光る白眼。蘭子は、結局は男たちに可愛がられるため、ただそれだけのために生れてきたような女だ。

鞭《むち》を女の軀に加える男。女の手に鞭を握らせる男。この街の数多くの密室のなかで、男たちは、それぞれの形で、直接にあるいは持ってまわった方法で、快楽をかすめとろうとしている。そして、相手の娼婦たちも、何十パーセントかの割合で、芝居ではなく本気で咽喉の奥からかすれた声を押出している。

この国だけでも、一分間に幾十人もの割で、この世に新しい生命が誕生しているという。そのためには、このような夜は、この娼婦の街にだけおとずれているわけではない。

あけみの気持は、疲れていた。あけみの軀だけが醒《さ》めていた。嫌悪の情はやって来ない。違った方向に、軀だけが勝手に動いて、進んでゆく。

あけみの軀はだんだん外側に開いてゆく。すっかり、潤《うるお》ってしまう。

あけみは、彼女を裏切った軀を、きわめて事務的に処理しようとして、ゆるやかに、やがて烈しく身を悶《もだ》えた。上昇していった波が、一点を境になだらかな勾配《こうばい》を描いて下降してゆくとき、ふと彼女は、その間ずっと彼女の視線が傍の男の上にとどまっていたことに気付いた。

しかし、あけみは気付かなかった。彼女のうちで、毀《こわ》れたものがあったこと、そして、新しく生れたもののあったことを。

娼婦の自瀆《じとく》行為、その異常さを、そのときあけみが気付かなかったと同じに……。

あけみは、そのまま深い眠りに、ひき込まれていった。

夢のなかでは、人は感性がその触手をひらひらと一ぱいに拡げ、理性はこの背後にやや後退するものとみえる。夢のなかで、大層面白く感じた事柄《ことがら》も、醒めてから考え直してみると、とりとめもない詰らぬことだった例など、しばしばあるものだ。

この迷路の街では、人は夢の中に似た状態に置かれるらしい。いそぎんちゃくの触手のように感性をむきだしにした人々は、うねうね曲った小路に沿って流れてゆき、両側に設《しつ》らわれた網のなかに捉《とら》えられる。

魚を捉える網は、海底の潮流の曲る角に装置されるのだが、この街に身を置いた人々は、側面に点線状感覚器をもつ魚類に似た存在になるのか、街の中程の曲り角に在る店が、最も多くの客を捉えることができる。

三つ目の曲り角に位置している特殊飲食店ヴィナスが繁昌《はんじょう》するのは、そのためもあった。女たちは、よく稼いだ。ＭＥＮＳＥＳのときでも、綿塊を奥へ容《い》れて客を取った。欲情していない性器を誤魔化すために、ふのりや軟膏《なんこう》を使用したりする。現在では、この街の女たちは、特殊飲食店の女給という身分である。街を通る男たちとの間に、恋愛が成立して、瞬間的恋愛行為というのをおこなうために、店は女給に部屋を貸すという形式になっている。だが、定期的の検診は、昔どおり行われているし、稼ぎの悪い女たちは、店主から良い顔をされない。その店が支店である場合には、その店の責任者の地位にある女が、本店の主人から苦情を言われるということになる。

女たちは、新しくこしらえる着物のためや、時折患《わずら》う病気のためや、浪費癖のついた日常や、何かしらのことで、いつも幾らかの借金を負っていることが多く、やはり女たちは豊かになる暇がないように出来上っている。

しかし、この街から脱け出ようと決心すれば、或《あ》る期間の努力で借金を清算し、その上その後の生活の目算が立つ程度の蓄財さえ作り上げて、自由な身になることは可能である。手荷物をもって逃亡することも、不可能ではない。あるいは、小金を持っている男に気に入られて、いわゆる落籍《うけ》だされる場合もある。

昔の玉の井界隈《かいわい》の暗さについて言い伝えられた話、女が客から貰《もら》った十銭白銅を店主の眼《め》をかすめて火鉢《ひばち》の灰の中に埋めて置く、という話にあらわれているように、店主が無理矢理この街に女を縛りつけておく、という形は見られなくなった。女も楽しませ、店主も儲《もう》けさせてもらう、これがアメリカ式経営法です、と自称する店主もあるように、搾取《さくしゅ》には違いないが、搾取する量が昔にくらべるとずい分少なくなった。そして、女たちが、この街の外の場所に身を置くことは、比較的容易になった。

しかし、この街と無縁な状態に置かれる機会にめぐまれた女、あるいは自ら求めて置いた女たちの、ほとんどの部分が、ずるずるともとの街、あるいはそれに類する生活形態に戻ってしまうのだ。それには例えばこういう場合がある。一人の男がこの街から女を連れ出して家を持たせたとき、女に悪質の男が付いていて、この女を養って行くためには落籍《ひか》した男の胸算用より数倍の金額がかかることになってしまう。やがて、その負担に耐えられなくなった男が手を退《ひ》く。悪質の男から離れることのできない女は、またもとの街に戻ってゆく。しかし、そういう例はむしろ特殊な場合と言えよう。

もとの街に戻って行く原因は、むしろ、女自身の内部に求められるのである。ほとんど同じ環境に置かれた二人の女が、一人はこの街に移住し、もう一人の女は外の街でどうやら生きのびている、という場合があるように、なぜこの街に来たかということ自体、すべて外からの力を調べることばかりで解決できない場合がある。

この街の女たちの意識が、この街の範囲を、つまり軀を売って食べてゆくという生活の様式を離れることがないならば、それは解放とか束縛とかという言葉とはあまり関係がなくなってくる。そして、この女たちの意識を再構成しようと努力した、理想に燃える男たちについて、幾つもの物語が書かれているが、残念ながら結果はいつもおもわしくなく、男たちの敗北に終っている。

たとえば、春子という女がそれに該当している。この街という枠《わく》のなかにやすやすと身を置いて、自分の場所を疑うという気持は全く起らない。そしてこの型に属する女が、この街では最も数多い。娼婦《しょうふ》たちの何十パーセントは、精神薄弱者である、という調査表が公開されたことがあるが、この二つの事実は関連があるかもしれない。

蘭子という女は、また別の意味で、この街という枠を見ない女である。枠というものが彼女にとって存在していないのと同じく、自由気儘《きまま》に内と外の世界に出入りしている。あけみの部屋に、元木英夫という男が泊った夜の翌日、突然、結婚するから廃《や》めさせて頂戴《ちょうだい》と言って姿を消してしまった。相手は、その夜やはり蘭子の部屋に泊っていた、あの俳優と称する男だ。しかし、一ヵ月も経《た》たぬうちに、彼女は、

「かあさん、また働かせてちょうだいね」

と、何気ない顔で戻ってきた。店主は、蘭子の稼ぎが抜群であるため、黙って許す方が得策だと算盤《そろばん》を弾《はじ》いた。それに、蘭子のこの種の行動は、以前にもあったことなのだ。

あけみという女は、枠に入ることの意味を見極めて、わざわざ枠の内側へ身を置いて、そのことによって気持を救ったつもりになった。このような例は、きわめて特殊な場合に属する。そして、あけみ自身は、そのことを少しも特殊な心の動きとは考えていなかった。しかし、この街で過してゆく日々のうちに、そのことがいかに例外に属することであったか、ということが次第にあけみの眼に見えてきはじめた。

元木英夫があけみの前にあらわれた翌日、すなわち蘭子がこの街から出て行った日、あけみの上に異変が起った。

その日の最初の客を、あけみは下からいつものように遠い眼で眺《なが》めていた。男は、逞《たくま》しい筋肉の立派な体格であった。四十年配で、背は低く、無骨な指をしていた。あけみは軀を横たえて、男の軀の中で大きく燃え上った焔《ほのお》が消えるのを無感動に待っていた。

そのとき、異変が起ったのだ。昨夜とおなじ身《み》慄《ぶる》いが、あけみの軀を掠《かす》め去っていったのである。

男は厚ぼったい皮膚の底から、鈍い表情を浮び上らせて、満悦した意味の下卑た言葉を、深い息と一緒に吐き出した。

男の態度によって、あけみは自分の軀が激しい反応を示していたことを、はっきり知った。そのとき、彼女の皮膚に迫って感じたのは、傍の男の軀ではなく、昨夜の男の冷たい光がもえている眼だった。彼女は、昨夜の二倍もその顔を憎んだ。

あけみは、いま、自分が新しい位置に置かれたのを知らなくてはならなかった。

この感覚を惹《ひ》き起すための、肉体の準備はすでにあけみのうちに整っていた。精神よりその発育がやや遅れていた彼女の軀は、皮肉にも、この街での日々のうちに次第に実っていっていた。そのことに彼女は気付いていない。気付くまいとする気持も、無意識のうちに働いていた。

彼女に気付かせるためには、ただ、ちょっとしたきっかけが必要だったのである。ある種の化合物の飽和点に達している水溶液に、一片の結晶を投げ込むと、たちまち溶液の中に鋭い針状の結晶があらわれはじめ、やがて溶液全体が結晶に変じてしまう、あの化学現象のように。

ちょっとしたきっかけとしての一片の結晶、それに必要なのは水溶液と同質のものであることだけだ。その一片の結晶の役目を果したのが、計らずも元木英夫だったわけである。

この日から、あけみの身のまわりの物の幾つかが、彼女にとって今までと違った意味を持ちはじめた。

そのうちの一つを挙げれば、ゴム製品である。

彼女は、この街に来てから、どの客にもかならずゴム製品を用いさせた。男がそれを装うまでは、決して許そうとはしなかった。そのために、時折、小さなあらそいが起ることがあった。しかし、おおむね、客はこの素人《しろうと》くさい顔をした女との争い自体に愉《たの》しみを覚えたあと、彼女の言うことに従うのであった。あまり執拗《しつよう》な客には、大きな声を挙げるくらいの自由は与えられている。そのような場合、この店の主人は、あけみが客の言うとおりにならないことを叱《しか》るより、そんなあけみの素人っぽさを客に向って強調する方が得策だと計算していた。

それは病気の予防のためもあったが、そのほかに、あけみにとって、そのゴムの薄い膜で直接の接触を避けることが、はかない慰めともなっていた。

しかし、その夜以来、事情は同じではなくなった。

一日に、すくなくとも一度は、自分の軀《からだ》が輪郭のはっきりしない原形質のようなものに変貌《へんぼう》して、彼女の上にいる見知らぬ男の方へ、蠢動《しゅんどう》しながらにじり寄ってゆくのを、あけみは感じる。

ゴムの膜の置かれてある暗い部分から、ゆるやかに軀が裏返しにされてゆき、自分というものが無数の襞《ひだ》に覆《おお》われた正体不明の陰湿な物体となって、男の軀に吸い付いてゆくのを、あけみは感じはじめた。

幾分間、あるいは数十分以前に、はじめて会った男たち、まったく愛情を感じない相手。金を支払って自分を買った男、という意識が邪魔をして、好意さえ持つことのできない相手との接触。しかも、軀だけがあけみの心に逆らって反応してゆく。……そのことが、自分をそのような不快なえたいの知れぬものに変えてゆくということを、あけみは感じていた。

そうなってくると、もはやゴムの膜はあけみにとって何の役にも立たないものとなってしまった。それどころか、それはベタベタした不潔な物質感をもって、彼女に触れてくる。

あけみは、それを使うことを厭《いと》うようになった。

あけみにたいして持つ意味が変ってきたのは、ゴム製品ばかりではない。

朝、食事にしばしば供されるものに、蜆《しじみ》の味噌《みそ》汁《しる》がある。あけみは、それを何気なく飲んでいた。この店のママさんが、蜆は肝臓の薬であって、はげしい肉体労働のために傷つきやすい肝臓の機能を回復するために欠くことのできぬものだ、しかも安価に用いることができる、と説明してくれた。

その説明の言葉は、そのときはあけみの心にさしたる痕《あと》をとどめずに過ぎてゆき、あけみは相変らず何気なく、蜆の味噌汁を啜《すす》っていた。

ところが、この時期、あけみの心にママさんの説明の言葉が、一つの意味を投げかけた。以来、その小さな貝の入っている椀《わん》が目の前に置かれると、その中に自分の昨夕から深夜までのさまざまな姿態の集積が盛りこまれている気分になり、耐えがたい嫌悪《けんお》を覚えるようになった。

朝、陽《ひ》の光があけみの閉ざされた瞼《まぶた》の上でしだいに強くなり、ふっと眼覚める。傍では、昨夜泊った見知らぬ男が、顔にうっすら脂《あぶら》をうかべて、まだ眠っている。そのような時、蜆貝を売って歩く行商人の呼び声が、朝の空気をつたわって響いてくる。と、あけみは、その商い声にまで嫌悪を覚えるようになった。

ひとたび、このような状態になってしまうと、朝から夜更《よふ》けまで、さらには夜明けまで繰りひろげられるこの街のさまざまな情景は、その一つ一つが密《ひそ》かな針を含んで、あけみの心に迫ってくるような気持に陥ってしまう。小路を挟《はさ》んで向いの店に、いつも陽気に騒いでいる若い肉付きのよい女がいる。今夜も店先で、その女は、赤いスカートの下にビール瓶《びん》を入れ、腿《もも》のところでその瓶を突立てて布地を外側へうんとつっぱらせ、キャッキャッと屈託のなさそうな派手な笑い声をまき散らして、道を歩いてゆく男たちをからかっている。

そんな風景が、すべて薄い脆《もろ》いガラスで出来上っているかのように、うっかり取扱って微塵《みじん》に砕けたガラスの破片で傷つくのを恐れるかのように、あけみはそっとその風景の表面を撫《な》でてみるだけだ。一方、横たわっているあけみの軀を、熱っぽいおののきが通り抜けてゆくことは、確実に日々繰返されてゆく。

そのような状態に追い込まれてしまった自分に、あけみは困惑し、そのきっかけを作った元木英夫という男のことが、しばしば彼女の脳裏に浮んでくる。

この現象は、日々くり返されていた。

しばらくの期間は、元木にたいする憎しみの気持は、軀の快感と同時に、あけみのうちに在ることができた。しかし、その憎しみの念が自分に向っての刺戟《しげき》となって、軀の快感の振幅を拡げることに役立っていることに、ある日、ふと彼女は気付いた。

このとき、あけみは元木にたいする憎悪の取扱いに窮した気持だった。憎悪を二乗にしたらよいのか、すでに憎悪の意味を失ってしまっているのか、あけみには判断が付かない。そして、憎悪と嫌悪との間の溝《みぞ》が、おぼろげに、彼女の眼に見えてくるのだ。

あけみは、見知らぬ男の下に身を横たえ、眼のまえに大きく拡がってゆく元木英夫の幻影を見据《みす》えながら、眩《まぶ》しい閃光《せんこう》に似たものが趾《あし》のさきから顱頂《ろちょう》まで貫き過ぎてゆくのを感じていた。

そのときには、元木の幻影は、見知らぬ男と彼女との間を遮《さえぎ》る、薄く透明で強靱《きょうじん》な壁となっていた。

彼の幻影は、あけみにとって、それが必要であった頃《ころ》の意味におけるゴム製品と同じものになった。一日のうちの極く短い、しかし最も緊迫した幾分間のあいだ、あけみは元木英夫の幻影にすがりついていたことになる。

しかし、ある日の検診の折、あけみはトリッペルに罹《かか》っていることを発見された。それはかなり悪質のものだったが、現在は病気が彼女たちの物語の主役をつとめる時代ではない。あけみの場合にも、簡単というわけにはいかなかったが、数本のペニシリン注射で治った。

病気のために働けなかった期間が、あけみにできた。

その期間が過ぎて、はじめて客に接したとき、条件反射的に彼女は元木英夫の姿を眼に浮べたが、そのとき、奇妙なことに気がついた。店頭に立つことを休んで一人で部屋に閉じこもっていた数日間、あけみは一回も彼の姿を思い浮べることがなかった、ということに気付いた。

　この事実をどう解釈してよいか、あけみは又しても戸惑ってしまった。そして結局、眼の前に浮び上っている元木英夫の幻影は、彼女が快感を覚えているという証明に過ぎないように思えてくるのだった。それは、あけみにとって、不快な不安な証明書なのだ。

　その証明書は、あけみの内側から彼女の眼の前に浮び上るものだが、外側から彼女の前に現れるもう一つの証明書がある。それは、あけみに初めて異変を知らす役目をしたあの無骨な指をもった中年の男である。

　その男は、戦後に資産を作った薪炭商《しんたんしょう》で、洗練された容姿のあけみに会うために、いそいそした気持を全身にあらわして、娼家ヴィナスへ通いはじめていた。

　その大層立派な体格の男に抱かれると、あけみはいつも、快感のうちに溺《おぼ》れかかっている自分に気付く。そして、両腕を自分の背後で綯《な》いあわせて、身を反らしている姿勢をとっていることにも気付く。

　相手の男の鈍感な顔と、無器用な動作が、あけみの気を弛《ゆる》めて、彼女の軀の中に湧《わ》きあがる感覚を上昇させかけるのだ、とあけみは考えようとした。しかし、好意を持っていない男にたいして、このような場所に陥《お》ち込んで行こうとする自分自身に、陰湿な不潔感を持たないわけにはいかなかった。

粘りつく、湿潤な男たちの眼から逃れることばかり考えていたときのあけみには、娼婦の街は乾燥した地帯として映ってきたのだった。しかし、いまのあけみにとって、この街は一層湿潤な場所になってしまったのだ。

あけみは、逃げ出したいとおもう。しかし、いったい何処《どこ》へ向って逃げようと言うのか、彼女は戸惑ってしまう。

五月のある朝、前夜からの泊り客が八時ごろ帰って行ったあとで再び浅い眠りに入ったとき、あけみは夢を見た。

あたり一面、かすかに光を含んだ灰白色の空間が拡《ひろ》がっている。その光が、ときおり幾つもの波形を交錯させてゆらめく。それにつれて、自分の軀もゆらゆら揺れる。全身におもたい圧力がかかっているようだ。またゆらめく光。あけみは海の底にいる。軀がいくつにも分れている。長い触手が幾本も延びている。あけみは海底の藻草《もぐさ》になっている。強く閃《ひらめ》くものが、暗い水のなかを走り去った。その輝きに照らされると、あけみの全身がこまかく揺れる。閃くものは、ゆっくり彼女のまわりをめぐり、おもむろに水面へ上ってゆく。あけみの触手がひらひらとのびる。それを追って、全身が浮びあがってゆく快い気持。しかし、いつになっても、水面に近づいてこない。あけみはうしろを振向く。足が、藻草の根になって、海底から離れない。軀全体がおもたい……。

あけみの目が開いた。拡散してしまった風景が、おもむろにあけみの網膜に戻ってきたとき、濃い化粧をした女の顔が眼《め》の前に浮んでいた。その顔は、一ヵ月ほど前この街から出て行った蘭子の顔であった。その手は、あけみの軀をはげしく揺さぶっていた。

「あけみちゃん、どうしたの、すっかり魘《うな》されちまって」

「あたし、まだ夢を見ているのかしら、あなた蘭子さんでしょう」

「うん、あたしよ。いま帰ってきたところよ」

「帰ってきたなんて。お帰りなさい、というのも変なものだし。いったい、どうしたの、喧嘩《けんか》でもしたの」

「そうじゃないのよ」

蘭子の答によれば、二人は大そう睦《むつ》まじく暮していたのであるが、映画俳優とはいうものの大部屋の下ッ端《ぱ》男優である彼女の愛人は、そうでなくても金に不自由しているのだが、濫費《らんぴ》に慣れた蘭子と一緒に暮らすことになってみるとどうにも遣《や》り繰りがつかなくなった。種々相談のあげく、蘭子がもとの場所へ逆戻りしてしばらく稼《かせ》いで蓄えをつくり、男もそのあいだに金儲けを企《たくら》んで、また二人きりの生活をはじめようということになった。

「それでね、彼氏、いまとっても儲かりそうなプランがあるから、ちょっとの間の辛抱だって言うのよ」

と蘭子は、曇りのない表情で、話を結んだ。

「だけど、あなたのご主人、蘭子さんをまたこんな場所に出しといて、やきもちが起らないのかしら」

「それはね、あの人、あたしが惚《ほ》れているってことに、とっても自信をもっているのよ。だから、あたしが他の男には心を許さないって安心しているの。あたしだってそのとおりよ。どんな男に抱かれていたって、いつも頭のなかはあの人のことでいっぱいにしておくの。もっとも、かえってあの人に抱かれている気になって、獅嚙《しが》みついちまうこともあるけど」

単純な惑うことのない恋情を、蘭子は相手の男にそそぐことが出来ているらしい口ぶりに、あけみは一種異様な気持をもった。それと同時に、いやそれよりももっと深く、彼女の心に這入《はい》りこんできたものが、蘭子の言葉の中にあった。あけみには、自分が快感に溺れようとするときの、自分の姿態がはっきり脳裏に捺《お》されていた。それは、両腕を自分の背後に綯《な》いあわせて、身を反らせている形である。元木英夫という男の幻影が、彼女の眼の前に必ず浮び上るのだが、あけみはそれにも獅噛みつこうとはしない。

この二つの形の相違から、あけみは自分の快感の状態と蘭子のとが異質であるという考えを引出し、そこからはかない慰めを見出《みいだ》そうとした。

あけみは、こう考える。自分は、男の傍で快楽に喘《あえ》ぐ場合にも、自分の内側に湧き上るものを相手に向ってそそごうとはしない。両腕を自分の背後で綯い合せながら、自分一人で快感のうちに溺れてゆこうとしている。このとき、男は単に自分の軀に刺戟を与えるために作られた、精巧な道具に過ぎないではないか。自分は、心を空白にして、暗い海の底でただ触手をひらひらさせているだけなのだ。

そのように考えることによって、あけみは身のまわりを取囲まれてしまった湿潤さから気持を救おうとしているのだ。またそのことは、この街の外の場所にもこの街にも棲《す》み難くなった彼女が、無意識のうちに、この街で生きつづけて行けるように感覚を処理し適合させてゆく方向に進みかけていることをも示している。それは、こういう場合、死の方向を選ばなかった以上、人間にとって自然に自己保存の本能的なものとして働く。

これから、外部からの刺戟を適当に屈折させて自分の内部に到着させようとする、あけみの時期がはじまるのだ。もっとも、この街の一年間は、外の街での四年間にも匹敵する。だから、一つ一つの時期は暦の上の期間としては、ごく短い時日で次の時期に移って行く。


あけみにとって大きな意味をもつことになったあの春の日以降、元木英夫は一度もこの街に姿を現わさなかった。

しかし、元木の同僚の望月五郎は、ときどき春子のところへ来ていた。いや、それは正確な言い方ではない。蘭子が戻ってきて間もなくのこと、一度、春子が他の客を取っていて知らない間に、彼が蘭子を界隈《かいわい》のホテルに連れ出したことを、あけみは知っていた。同じ家の二人の女と、それぞれ交渉をもつことは、昔は仁義というようなものとして、堅く禁じられていたものだが、現在ではかなり出鱈目《でたらめ》になってしまっている。

ある夜、望月は傍に春子を置いて例のごとく主人の居間で酒を飲んでいた。不意に春子が訊《たず》ねた。

「ねえ、あたし、いいとこのお嬢さんのように見えるかしら」

咄嗟《とっさ》に、横になった春子が頂点に達したとき、女性性器の名称をもっとも卑俗な呼び方で、くりかえし叫ぶことを、彼は思い出した。こんな奇妙なことを思い出したため、彼は直《す》ぐに答の言葉を見出すことができないでいた。

「そりゃあ、おまえ……」

主人が重々しい口調で言って、ちょっと言葉が跡切《とぎ》れると、春子が喋《しゃべ》りはじめた。

「おとといの昼間ね、銀座のホールにダンスをしに行ったのよ。なんだか頭が重かったので、一人で気晴らしに出掛けたの。レースのいっぱいついた白い洋服をちゃんと着てね。そしたらね、学生服を着た若い男が、お嬢さんお相手してくださいってね。お嬢さんお嬢さんて、とっても丁寧なのよ。それで、あたし、遅くなっても五時までにお店へ帰らなくちゃいけないでしょう、帰ろうとしたらその男が送って行きます、て言うの。まさか、お嬢さんがここまで送ってきてもらうわけにいかないじゃないの。大きなお屋敷のある町って、どの辺だったかな、て考えてね、議事堂のあたりの横丁で、やっと、うまくその男をまいちゃったんだけど」

しばらくの間、部屋の中が森閑としてしまった。

「そりゃあ、おまえ……」

また、主人が重々しい口調で言いかけたとき、望月が言葉を引取った。

「うん、そりゃあ、そうだ」

「だからさ、五郎さん、はやくあの話のとおりにしてよ。ほら、あのモーターボートのところで写真を撮って、雑誌の表紙に載せてくれるって話よ」

「うん。よし。忘れちゃいないさ。もう直ぐに、写すことにする」

そのとき、部屋の入口に、あけみが顔をのぞかせて、主人に告げた。

「いま、少年野球の方からお言伝《ことづて》があって、おとうさんにすぐ来て下さいということです」

主人は鷹揚《おうよう》にうなずいて、立上った。

「ちょっと失礼しますよ。今夜は少年野球の幹事会がありましてね」

「おとうさんがいかないと、会が始められないんだって、いつも、やかましく催促がくるんですよ」

と、ママさんが、嬉《うれ》しそうな顔で言った。

主人が部屋を出たとき、あけみが戸口から望月に声をかけた。

「元木さんていうかた、どうしていらっしゃるの」

「あいつは、近頃大分いそがしそうな様子だよ」

そのとき望月の顔に浮んだ意味ありげな笑いに、あけみは気付かずに言葉をつづけた。

「一緒にお連れして下さらない。もう一度、おいでになるように、おことづけして頂《ちょう》戴《だい》」

元木のことを訊ねたのは、あけみとしては望月にたいしての通り一遍の挨拶《あいさつ》ぐらいのつもりだった。もう一度来てくれということづけは、知らず知らずのうちにあけみの口から出て行ってしまったのだ。

あけみの伝言は、望月五郎の顔にうかんだ「よう、色男」とでも言うような薄笑いとともに、元木英夫につたわっていった。

彼は、女のうっすらと荒廃の翳《かげ》のさした美しさを思い浮べた。

あれからもう二ヵ月近くになる。したがって、原瑠璃子のことも、二ヵ月になるわけだった。瑠璃子とは、以来ずるずると交際をつづけている。しばらくおつきあいをした上で、ということになっているわけだ。

彼は、瑠璃子の痴《ち》呆《ほう》めいた美しさも、思い浮べてみた。すると、彼の裡《うち》に錯覚が起るのだ。……迷路の街で、瑠璃子という娼婦《しょうふ》と毎夜を過している自分に宛《あ》てての、外の世界からの伝言のように、彼はあけみの言葉を感じた。

あけみという女を、彼がもっとはっきり思い返そうとしたとき、望月が秘密めかして耳もとにささやく声に遮られた。

「おい、俺《おれ》は断然、乗替えるぞ。蘭子という女だ、こいつはすてきだ。春子はやめだ。こいつは、春子よりも大分美人だし、それに、ちょっとばかり変態なんだ。おれは参ったよ。春子にセーターなんか買ってやって、まったくモッタイないみたいなもんだ」

セーター、という言葉で、元木英夫は思い出した。緑色のセーターを着た春子の写真を撮って、雑誌の表紙に載せるという約束を望月がしていたこと。望月の言葉を聞いたときの、春子という女の憧憬《どうけい》にちかい瞳《ひとみ》だけ、ぽっかり元木英夫のまえに浮び上った。

「それは、それで結構だよ。だけど、例の表紙の写真の件はどうなった」

「あれか、あんなことは、もう取りやめさ、あたりまえじゃないか」

「そいつはいけない、まるで子供が遠足に出掛ける前の晩のような眼つきをして、待っていたじゃないか」

と、言いかけて、彼は口を噤《つぐ》んだ。望月五郎とその女のことに、ムキになりかかっている自分に気付いて、なにか滑稽《こっけい》な気持になったのだ。「すこし調子が外れている」と、自分のうちで勝手に跳《は》ね上った心臓を眺《なが》めて、彼は苦笑した。

元木英夫は原瑠璃子と見合いをしたため、軀《からだ》に澱《よど》んだ滓《かす》を放散させようとして、望月五郎と一緒に隅田川東北の街を訪れた。その街で、彼はあけみという女を買い、心理の上のアクロバティックな快感に満足して戻ってきて、瑠璃子のことを思い浮べると、かえって歪《ゆが》んだ情欲が投影されてくるのだった。

数日後、見合いの世話をした知人が、元木英夫の会社に訪れてくると、申し訳なさそうな顔をして言った。

「どうも香《かん》しく《ば》ないんだ。先方では文句はないのだが……。瑠璃子嬢の身辺調査を頼んでおいたのが、届いたんだがね。近所の噂《うわさ》では、どうやら、そのう、色キチガイみたいなところがあるというんだがねえ。なに、べつに具体的な事実がどうこうというわけじゃなくて、ただ、戦争中からあんまり派手な恰好《かっこう》をして頻繁《ひんぱん》に出歩くのと、それから、ちょっと素人《しろうと》の娘ばなれした色っぽさが、たたっているらしいんだが」

彼は、苦笑して答えた。

「なるほど、だが僕はそんなことは気にかけないことにするよ」

そこで、元木英夫は原瑠璃子とは、「ともかく、しばらくおつき合いをしてみる」という関係になった。そういう関係の男女として、会社の終る五時から九時過ぎまでの交際は、不自然なものではなかった。

彼らは、頻繁に逢《あ》った。話題は、瑠璃子が提供した。彼は、もっぱら聞き役にまわった。この二人の男女のあいだの話題は奇妙なもので、彼女は自分の初恋の男のことを、詳細にくりかえして語るのだ。

その男が、どんなに純一な人間であったか。彼と彼女との恋が、どんなに清純なものであったか。彼が東大の法科を出た秀才で、海軍の予備士官となり、戦艦大和《やまと》に乗組んでどんなに悲愴《ひそう》な最期《さいご》を遂げたか。彼女が、どれほどまでに、彼に魂を奪われつづけ、いまもなお、奪われつづけているか。

彼女の頰《ほお》はしだいに紅潮し、瞳はうるんでゆき、呼吸を荒くして言う。

「それでね、あの人が出征するとき、わたしにこう言ったのよ。……僕が死んだら、るりはどんな男と一緒になるだろうか。僕の魂はいつまでもとどまって、じっと見守っているよ。だから、どうか僕よりくだらない男とは結婚しないでね」

そんなとき、彼は苦笑しながら、答える。

「どうりで、魂が翔《と》びまわっている羽音が、さっきからざわざわ聞えていると思ったよ」

しかし、彼は苦笑ばかりしているわけではなかった。なぜこのような初恋物語を、彼女が執拗《しつよう》に喋るのか、ということを彼は考えてみるのだが、それに対する回答が幾つか頭の中に並び、そのうちのどれを選んでよいか定まらないままに、曖昧模糊《あいまいもこ》とした気分になってしまう。そして、それは曖昧模糊とした彼女の心の状態からそのまま打ち出されてきたためのように思えてくる。

それよりも、その純情な初恋物語は、すでに彼の心に投影されている歪められた情欲を、決定的なものにしてしまった。

季節は夏に向っていた。原瑠璃子は、白いレースのついた真紅のサテンのワンピースに、幅のひろいビロードのベルトを胴に結び、とき色のパラソルをさして内股《うちまた》に歩いた。彼は、彼女の悪趣味で不統一な衣裳《いしょう》にたいして償いでもしたがっているかのように、灰色の開襟《かいきん》シャツの目立たない服装を選んで、寄り添って街を歩いたりした。

街路樹の公孫樹《いちょう》の葉は、光を透《とお》さない厚さとなり、濃い緑で、吹く風にパリパリと乾いた音で鳴った。

そんなある夕方。埃《ほこり》っぽい白い鋪装路を、彼は瑠璃子と歩いていた。視界には、大きく曲った道の先に、隅田川下流の水が拡《ひろ》がっていた。川に架っている鉄骨の橋も遠くに小さく見えていた。

空気には、川の臭《にお》いが混っていた。海を渡ってくる潮風の匂《にお》いが少しと、残りは泥溝《どぶ》の水の臭いである。彼の傍では、瑠璃子が斜めに顔を仰向《あおむ》けて、例の純愛物語を矢《や》継早《つぎばや》に投げ上げていた。

彼女は、自分の言葉に陶酔しはじめている様子だった。軽い昂奮《こうふん》が、全身をつつんでいた。彼は、親切に丁重に彼女の一語一語にうなずきかえし、彼女と並んでゆっくり歩いていた。

沈みかかっている陽《ひ》のために、街中の物体は長くて淡い影を地面に横たえていた。二人が進んでゆく歩道を、一本の樹木の陰が遮《さえぎ》っていた。その黒い影は、車道から歩道を横切って、一軒の小さい洋館に届き、その入口を暗く塗りつぶしていた。彼は瑠璃子の腕をかかえて、明るい街からその陰の中へ飛び込んだ。もちろん、その洋館の入口がホテルの入口だということに気がついていてのことである。

彼女は容易《たやす》く彼に従った。その洋館の一室の中でも、彼女の純愛物語はつづいていた。彼はやはり親切に丁重にうなずきかえし、やがて親切丁寧にその衣裳を脱がした。

彼の指は、一つ一つ狂いなく女の衣服についているボタンやホックを探り当てていった。

缶詰《かんづめ》をつくるための流れ作業というのがある。ゆっくり動いている革ベルトの上に、空缶が載せられ、移動してゆくその缶に中身が詰めこまれ、機械とともにブリキ板が落ちてきて蓋《ふた》となり、鉄の腕が動いてレッテルが貼《は》りつけられ、一つの製品が完成する。この二人の男女は、まるでその流れ作業に従事しているように見えた。先刻、二人が歩いていた白く乾いた道路は、ゆっくり動いている白い革ベルトででもあったかのようだ。

この女は軀を開くときには、原始的な叫び声を上げる、と彼は予想していたのだが、それは彼が謬《あやま》っていた。瑠璃子は、海軍予備士官の教えこんだものと思われる、特殊で露骨な言葉を、執拗に叫んだ。

その夜の後も、瑠璃子の純愛物語は、同じように繰返された。

彼も同じように親切丁寧にその衣裳を取去り、そして何気なく、気付かぬように、女の唇《くちびる》から洩《も》れる歓語を彼の趣味に合うように、修正してやる。

幾回聞かされても、その純愛物語は彼の記憶のなかで、いたるところ落丁だらけであったが、瑠璃子の髪の毛の匂い、唇の匂い、皮膚の匂いはたちまち微細な点までも彼の記憶に刻みこまれてしまう。

彼は瑠璃子を、珍しい玩具をとり扱うように操作しているつもりだった。丁寧にとり扱えば扱うほど、彼は自分たち二人を大きな侮辱のなかに投げ込んでいる気持に捉《とら》えられる。そして、そのことから彼は刺戟《しげき》を覚え、気を紛らわしていた。

彼は、そのことを、はっきり意識に上らせていて、瑠璃子にたいしては少しも愛情を持っていないつもりだった。たしかに、愛情に忍びこまれた男の状態からは、彼は遠いようだった。


元木英夫があけみの伝言を受けてから数日後、会社の昼休みの時間のことである。日本橋付近のビルにある事務所の一隅《いちぐう》では、若い男が折鞄《おりかばん》の中から書類のようなものを取出して、二、三人の社員と話し合っている。一見、取引の打合せに来ているとしか見えぬ様子だし、そこがこの青年の目の付けどころでもある。じつは、この男はこの界隈の事務所を廻《まわ》って、いかがわしい冊子や写真を売り歩いているのだ。

そうと知って観察すると、この青年と話し合っている男たちとの間には、一種独特のなれなれしさを見出《みいだ》すことができる。そこには、親愛の趣さえ窺《うかが》われるほどである。それは、年少のころ、恥部を示し合った同士のもつ、独特の親愛感に似ている。

そのとき、望月五郎が薄ら笑いを浮べて親しげに、彼に話しかけてきた。

「今度の日曜、例の場所へつき合わないか。すこしは、俗世間の塵《ちり》を払いにゆくものだ」

と、暗に、瑠璃子のことをひやかす口調だった。

「それから、ちょっと廻り道をしなくちゃいかんから、午後から一緒に行ってくれると都合が良いんだが」

「明るいうちから、なにを始めるつもりなのだ」

「じつは例の春子の件が、のっぴきならなくなってしまったんだ。ほら、あの『船』の表紙写真のことだよ。それがね、俺が蘭子のところへ上ったことが、とうとうバレちまってね。なあに、春子にとって俺は金蔓《かねづる》になる客ってわけでもないんだから、縁が切れても構やしないとはいうものの、やはり同じ店の女を買ったということは、仁義にもとることになるからな。俺としても、少々負け目《ひめ》ができたというわけさ。それで春子が言うには、あの写真の件さえ果してくれたなら、もう蘭子とのことは怒らないで目をつむると言うわけなんだ」

「それは、それで結構だが、あの春子という女のクローズアップを『船』の表紙に載せられるかな」

「君は案外、正直だねえ。あんな一般の目につかない業界誌のことだもの。載ることになっていたけど、金詰りで休刊に相成った、渡してあった写真は先方で行方不明にしちまった、悪《あ》しからず、という次第で、空の写真機でパチリというわけさ」

「おい、それはいかん、君、それはいけないよ」

と、元木はおもわず手を振った。

「君、それは可哀《かわい》そうだ。せめて、写真だけでもやった方がいい」

「なあに、知らぬが仏さ。だいたい、フィルムを買ったり現像させたり、面倒くさくてかなわない。空の写真機でパチリ、と、こいつは素敵な思い付きだ。それにしても君は、今日はバカに善良そうなことを言うじゃないか」

と、望月はロイド眼鏡の縁に手をあてて、元木の顔を眺めた。

元木英夫がはげしく手を振ったのは、その写真撮影のときの情景が、なまなましく眼《め》に浮んだからである。

春子にとっては、自分の姿が美しく着色されて雑誌の表紙を飾り、そのことが、この街の女たちのあいだで噂され、さらにクローズアップされた自分が外の世界へばら撒《ま》かれてゆくことは、この上なくその胸を躍らせる事柄《ことがら》なのである。

春子は、一番よい衣裳で身を飾り、何時間もかかって化粧し、時間をかけて顔をいじくればそれだけかえって娼婦らしい外貌《がいぼう》になってゆくことには、もちろん気付かず、いそいそとして写真機の前に立つ。

シャッターの押される瞬間、緊張のあまり、ややこわばった笑顔で彼女の顔がしばらく覆《おお》われる。やがて、吻《ほ》っとした深い安堵《あんど》と充足感が、軀のすみずみまで行きわたり、筋肉がほぐれて、望月五郎にたいする感謝の気持がわき上ってくる。

しかし、フィルムは入っていない。

この情景は、その裏側の風景を春子は知らないものだとはいえ、元木英夫には耐えられないのである。この残酷さが（それを、望月五郎は気付いていないし、又、気にとめようともしないのであるが）、元木自身の心の裡で、十分練り上げられ、彼から発して春子に向ったものであったならば、彼は容易に耐えるであろう。しかし、傍観者としての彼は、それには耐えられない神経をもっているのであった。

そのことは、元木英夫の感受性の鋭さではあっても、優しさではない。それは、結局のところ自分自身に向けられたものであり、自分自身の神経をいたわるためのものであって、エゴイズムの一種である。

彼は、その事柄に偏執的にこだわってゆく自分を感じていた。その気持を救うために、彼はある思いつきに行きあたった。彼は答えた。

「それも、よかろうよ。それじゃ、日曜にはお伴《とも》することにしよう」

言ってしまうと、彼はもう、相手とは何ひとつ話題のないことに気付いて、手持無《ぶ》沙汰《さた》になってしまう。

元木英夫は、相手の血色のよい脂《あぶら》ぎった、自信ありげな顔つきを眺めながら、重い疲労に襲われ、なにもかも徒労の感じを覚えて暗い気持になってゆく。その一方、彼は生活してゆく金を取れるだけの勤務はともかく果し、時折は、法律に触れない範囲において金を儲《もう》けて、一度にそれを散じたりして、生きているのであった。

このように、娼婦の街の外側で一つの写真撮影の準備が進められている丁度同じ頃《ころ》、この街でも一つの撮影が行われた。いや、ある意味では、撮影の準備が進められたとも言えるのである。

蒸し暑いある午後、あけみの部屋をのぞいた蘭子が、曖昧な表情で、

「あけみちゃん、ちょっとシルバー・ホテルまでつき合ってくれない」

と言った。どうしたの、と訊《たず》ねると、たいしたことじゃない、ちょっとでいいからお願い、というので、あけみは何気なくつれ立って外へ出た。

陽がまだ高い時間のこの街はひっそりとして明るい水底のようだったが、それでも

商売に熱心な女がところどころ店先に佇《たたず》んで、時折、この街を通り抜けて行く男を捉《とら》えようと待ち構えていた。

シルバー・ホテルというのは、この界隈《かいわい》にはめずらしく洋風のやや高級な同伴宿で、気紛《きまぐ》れな客に、どこか外で泊ろう、と誘われると娼家ヴィナスの女たちはこの家を使うことにしていた。

三階の一室に蘭子と一緒に入ってゆくと、ベッドに腰掛けているシャツ一枚の若い男が鈍く光る上眼使いで、彼女たちをむかえた。

あけみがいささかたじろぐと、すかさず蘭子が男に寄添いながら、「この人、あたしの彼氏よ」と紹介した。

頭髪を光らせた肩幅の広い与太者風の男で、その眼の光が白濁しているのに、あけみに向ける視線が、あけみの軀のあちこちに鋭く焦点を結ぶのが気にかかった。それにしても、この二人が自分を呼び出して、何の用事があるのだろう、とあけみは訝《いぶか》しく思いながらも、しばらく戸口に佇んでいた。

蘭子が、長い睫毛《まつげ》の生えている瞼《まぶた》をパチパチとわざとらしく開閉させて、説明をはじめた。男は終始黙ったまま、調べるような眼であけみを見ていた。

「この人がね」と蘭子は眼で男を示して、「あたしたちの恋の記念に写真を撮ろうって、撮影所の友達からカメラを借りてきたの。それでね、あけみちゃんに手伝ってもらいたいの。セルフ・タイマーを使っても撮れないことはないけど、それじゃやっぱり具合が悪いって言うの」

「あら、そんなこと、おやすい御用よ。シャッターを押せばいいんでしょう」

「ええ、ただそれだけでいいのよ。照明の方はもう用意してあるから……。でも、ちょっと普通の写真と違うのよ。あたしイヤだって言ったんだけど、そうしないと、本当の恋のしるしが遺《のこ》らないって言うんだもの。だからあたし、気の置けない人に撮《うつ》してもらうなら、って言ったの」

あけみに、おもむろにその意味が分ってきた。彼らが撮されようとしているのは、自分たちの愛撫《あいぶ》のすがたなのである。

あけみは一瞬たじろいだ。蘭子と男との肉体が狭い室内でぐんぐん膨れ上って、あけみを壁に押しつけてくるような感じに気押されながら、「恋の記念にだって……、あの街の強い刺戟に馴《な》らされてしまうと、このようなかたちでお互の熱情をたしかめなくては、物足らぬ気持になってしまうのだろうか……」と蘭子の言葉をそのまま受止めて考えただけであった。その奥にある彼らの意図に、思いを及ぼす余裕は、あけみの心には残されていなかった。

あけみの気配を察して、蘭子が、

「ね、お願いよ」

と言うと、男は素早く立上って、コードのスイッチを押した。あらかじめ準備された二つの昼光灯の強烈な光が寝台の上に集って、白いシーツがあざやかに浮び上ると、男は相変らず黙ったまま、逞《たくま》しく盛り上った背中の線をあらわにして、シャツを脱ぎはじめた。

あけみの存在が、蘭子たちを一層刺戟しているらしかった。

ファインダーの中に映っている親指の先ほどの大きさの男女がさまざまの形に縺《もつ》れ合う絵姿を、あけみはじっと見詰めていた。それにしても、男は種々の技巧を使いすぎるようであった。そして、ある瞬間、姿態が定まると、

「撮して」

と、冷たい低い声であけみに命令した。その声が間隔を置いて七回も繰返されると、あけみはその光景から、おもい嫌悪《けんお》の念に突落されていった。ファインダーの中の絵姿に、あけみは豆人形でも眺《なが》めるような無感動さで対《む》き合っていたつもりであったが、じつは烈《はげ》しい昂奮かあるいは嫌悪かに雪崩《なだ》れ落ちてゆきかかっていた。

嫌悪の方に落ちて行ったあけみは、この撮影の底の方にひそんでいる企《たくら》みに突当っ

た気持がした。しかし、その企みが分り切っていているようでいて、そのくせ明瞭《めいりょう》な形にまとまってこない。

蘭子たちに、やがて、終りが来た。

男は素早く衣服をつけると、ベッドの上に脂ののった白い腕を横に投げ出して、しばし動けないでいる蘭子をチラと眺め、

「君も必要なときには、いつでも撮してあげるぜ」とあけみに言った。さらに、「いま、一人だけでも、どうだい」と妙に執拗な調子で言った。

「いつか、そんなときにはね」

とあけみは答えると、心の中にあった彼らの企みの漠然《ばくぜん》とした形が、にわかに鮮かな形に組立ってゆきそうになった。あけみは、あわただしく、その部屋から逃れ出た。

このとき、あけみにはこの撮影の隠された意図の一部は、分っていたといえる。ただ、その事柄をはっきり頭の中に組立てようとすると、あけみはにわかにものうくなってしまい、頭の機能が停止してしまう。それは、その事柄の中に、あけみにとって最も不快なものが含まれていることを示していた。

しかし、その事柄は意外に早く、極めて具体的なかたちであけみの眼の前に置かれた。

蘭子とシルバー・ホテルに行ってから十日も経《た》たぬある夜。あけみの部屋へ上った見知らぬ客、会社員風の若い男が曖昧《あいまい》な笑いを浮べながら、ポケットから一枚の写真を取出した。

ハガキの半分ほどの大きさの印画紙の上に、蘭子が横たわっていた。相手の男は、顔の写らないレンズの角度になっていた。

「あら、これ蘭子さんの……」

予期した事柄に行き当った気持になる前に、やはりあけみは、一瞬はげしい混乱を示した。

「これ、ここの店の蘭子さんて人よ、あなた知っているの」

「いま、店の前に立っていたじゃないか。この写真を見たとき、どこかで見た顔だと思って考えてみたら、ここの街で見た女だということを思い出してね。ちょっと眺めにやってきたのさ」

「ちょっと眺めに、わざわざ来るなんて、ずい分ご苦労なことね」

「たいへん露骨な恰好《かっこう》をしている写真をポケットに入れてさ、ご本人の盛装している姿と対《む》い合《か》ってみるなんて、なかなか面白いことさ。ちょっとした、心理のスポーツといったところだね」

「それなら、いっそのこと蘭子さんのところへ上ればいいのに」

「それは君、あんまり悪趣味というものだ」

男はちょっと笑って、そう言った。

「どうして、この写真を持っているの」

「売りに来た若い男から買ったんだ。会社の事務所を渡り歩いて、売っている商売の男がいるんだ。不景気でも、こういう場所がどうにかやって行けるように、それで結構食べて行けるのさ。僕みたいな客がいて、買ってやるからね」

「その売りに来た男って、髪をアブラで光らせた役者みたいな男だったかしら」

「さあ、そうじゃなかったとおもうね。どこと言って印象に残らない、平凡な男だったよ。それがどうしたのだい。そんなこと、どうでもいいじゃないか」

生温い声を出して、男は蘭子の写真をあけみの前でひらひらさせながら、あけみの傍へ寄添ってきた。

「ちょっと待って、その写真、わたしに頂戴《ちょうだい》」

「ああ、いいとも」

と、男は相手をその写真で、煽情《せんじょう》しようとする企みに気を奪われていて、簡単に承諾した。しかし、男の企みはあけみの上に、逆の効果を及ぼしていたのだ。

あけみは、もうその写真を見ていたのではなかった。その写真にそそがれた男たちの眼、陰湿に光る沢山の眼を見ていたのだ。その沢山な眼は、あけみを追いつめ、この街に追い込んだ眼なのだ。さらに、そんな眼によってこの街に追い込まれてしまったということ、そんな特殊な動機によって動かされる女であったということに、いまあけみはこの街の中で復讐《ふくしゅう》を受けているのだ。

冷たくなってしまった軀《からだ》を、あけみは黙って横たえていた。

若い男は、思惑の外れた顔を露骨に見せて、帰っていった。

あけみは蘭子の部屋へ入っていった。蘭子は鏡台のまえに膝《ひざ》をくずしてななめに坐《すわ》り、みだれた口紅を直していたが、鏡の中の眼をうごかして、背後のあけみに挨拶《あいさつ》をおくった。シュミーズだけの蘭子の横腹に、いまさらのように強靱《きょうじん》な線を感じながら、あけみは指先にはさんだ例の写真を示そうとした。そのとき、ふっと、二つの疑問が浮び上ってきた。

蘭子もやはり欺《だま》されているのではないだろうか。自分たちの恋のしるしのための撮影だと思いこんでいるのではないだろうか、ということ。

もう一つは、ホテルの部屋で、男が執拗《しつよう》な口調で、あけみも写真に撮されないか、と誘ったこと。それは、あのような光景によって刺戟《しげき》し混乱させ、さらには共犯の意識さえ起させて、あけみの写真も撮してしまおうと企んでいたのではなかったか。

咄嗟《とっさ》のあいだに、そのような考えが明確な輪郭をもたずにいりみだれて、あけみを襲った。一瞬ためらったが、思い切って写真を差出した。

「これ、あなた知ってるの」

蘭子は眉《まゆ》を大袈裟《おおげさ》にしかめ、舌の尖《さき》を白い歯のあいだからチラと出して、

「あらあら、もうあけみさんの手に入ったの。わるいことはできません」

と、甘えるような口調に、道化た調子を含めて言った。

「そう、それでは蘭子さんは、はじめから知っていたのね」

蘭子はいっそう甘ったるい調子になり、

「だって、あけみさん、あたし、それと分るような言い方をしたつもりよ。露骨に、これこれしかじかと話すわけにもいかないじゃなくて」

「だけど、あたしをあの部屋につれていったのは、なぜなの。あなたたち、わたしを道具にして、一層昂奮《こうふん》しようとしたためなの」

「道具だなんて、そりゃあ、白状するわ。そんな気持も少しはあったけど、本当はあけみさんにもお金儲けさせてあげたかったのさ。一人だけの写真でもいいのよ。お小遣いぐらいにはなったのに。あんたったら、さっさと帰っちまうんだもの。彼氏、あ

れで大分儲けたのよ」

「儲けたなんて、あなた、こんな写真がいっぱい、いろんな男に見られることを考えても、なんともないの」

そのとき、蘭子は平然として、こう言った。

「あたしね、その写真をみて、たくさんの男たちが昂奮していると思うと、なんとなく肌《はだ》がヒリヒリするようないい気分になってくるの。あけみさん、それお客に貰《もら》ったんでしょ。そいつもすっかり頭に血がのぼっていたでしょう。それにしてもあけみさんて、案外初心《うぶ》なのねえ」

あけみは、その言葉を聞きながら、この街へのはげしい嫌悪を覚えた。自分の内にあるものを大きく切り捨てて、この街に自分を適応させてゆかなくては、とあけみはもう一度考えた。それとも、……と彼女は、頭の片隅《かたすみ》で、ちらと考えた。……この街から出て、外の街へ戻ってゆくか。外の街を捨て去るときには、気負う気持も多分に含まれていた筈《はず》なのに。しかし、其処《そこ》ではやはり、あの蘭子の写真に注がれているような陰湿な眼が無数に重なり合って空間を満たしているのだ。このとき、あけみにとって、すべての空気が針状のガラスのようなものに凝固して、膚《はだ》に押迫ってくるのを感じた。

その翌日。

夕刻、立派な体格のあの薪炭商《しんたんしょう》が、あけみを誘いにヴィナスに現れた。かなり離れた場所にある遊園地まで、出掛けて行って、ウォーター・シュートに乗らないか、と言うのである。

この男は、ずっとあけみのもとに通ってきていた。以前から、この男はあけみと連れ立って、外の世界に出てみたがっていた。戦災で妻を失ったという、この中年のやもめ男は「あけみさんのような綺麗《きれい》な女と、ぜひ一緒に街を歩いてみたい」と、彼女の部屋に来るたびに言うのだ。

アメリカのサーカス団が来朝したときにも見物に誘われたが、あけみは断った。動物園に犀《さい》が来たから見物に行きませんか、と言われたときにも、あけみは断った。男の誘いは、すべて断ったが、この男に対してあけみの軀が鋭い反応を示すことは、毎回繰返されていた。

この男の傍にいると、あけみは両腕を背後に綯《な》いあわせた形で溺《おぼ》れてゆく、それはあけみ自身の習慣のようなものになってしまっていた。だから、男は彼女に好意を持たれているということを疑っていない。あけみにしても、ふと不安になることがある。

自分の心と無関係な場所にいると思っている男だが、このような状態を繰返してゆくうちに、はっと気付いた時には、自分の両腕が軀の背後から脱《のが》れ出て、男の背にまつわり、相手の背に密着した掌が異常に熱している、といった形になっていることが起りはしまいか。

もし、そのような形になっている自分の軀を見出《みいだ》したときには、その形に心の方が引きずられ当て嵌《は》められてしまうのではないだろうか。と、あけみは不安に思うのである。

男に、ウォーター・シュートに乗りに行かないか、と誘われたとき、あけみは常になく承諾した。それは、平和な時代に遊園地の花形だったウォーター・シュートというものによって、安穏《あんのん》だった少女時代への郷愁が引出されたこともあったが、なによりも、あけみが蘭子の写真を見た翌日であったためだ。

男は嬉《うれ》しさをあらわに示して、その夜あけみを独占するための代償をヴィナスに支払い、彼女を連れて車に乗った。

夏の夜の遊園地は、大層な賑《にぎ》わいである。

黄や赤や青色や、白色に塗られた木馬が輪の形に連《つら》って、ゆっくり上下に波動しながら回転している。木馬の背には、さまざまな色の晴着を着せられた幼い子供が、一人ずつ跨《また》って真剣な顔つきで手綱を握っていた。木馬館の円屋根の軒には、色電球の点《とも》された提灯《ちょうちん》がいっぱい吊《つる》されて、拡声器がホーム・ソング調の伴奏音楽をひびかせている。

その音楽と拮抗《きっこう》するように、少し離れた場所の拡声器がにぎやかなジャズを夜空に吹き上げている。そこは、ミラー・ボックスという一種の大きなビックリ箱が置いてある娯楽館だ。

男はあけみを促して、ウォーター・シュートの乗場の方へ歩いて行った。

鈍いモーターのひびきとともに、ワイヤーで曳《ひ》き上げられてきた矩形《くけい》の舟に男と並んで坐ったあけみは、空白な心で、高い鉄骨の塔から斜めに水の中に消えているレールの上を、扁平《へんぺい》な舟が滑り落ちてゆくのを待っていた。

二条の鉄のレールが、薄暗い空間の中に消えて、そのはるか下の方に、水のひろがりが仄白《ほのじろ》く光っている。

その水のひろがり、池の水の滑らかな光がぐんぐん眼《め》に迫って、さっと大きく拡《ひろ》がると二つに割れた。舟底が水面をたたきつけて、水しぶきが四方に飛散し、池の傍の旗亭に点された電燈《でんとう》の黄色い光が、その飛沫《ひまつ》を照らし出した。

舟の舳《へさき》に客の方を向いて立っている船頭は、その刹那《せつな》空中にほうり上げられて身をくねらせたが、ふたたびもとの場所へ巧みに軀を安定させた。この年若い船頭は、あきらかに客の眼を意識して、自分の鮮かな演技を愉《たの》しんでいた。

池の中央で静止してしまった舟は、船頭の竿《さお》で、ゆっくり岸へ運ばれてゆく。数十秒前までの速度感とは対蹠《たいしょ》的なまどろっこしさで、すぐ眼の前にある岸がなかなか近づいてこない。

岸へ上ると、男はあけみを促して、もう一度高い鉄骨塔の頂上へつながる路《みち》を登ってゆくのである。そして、さらにもう一度。

ウォーター・シュートに乗ろう、とあけみを誘った言葉を忠実に愚直に実行している男の姿、と彼女は考えて黙って男の後に従っていた。しかし、じつは男はあけみに一つの言葉を言い出しかけては、その契機を失ってしまうことを繰返しているうち、半ば機械的に三度目に塔の頂上に立っていたのである。

「あけみさん、俺《おれ》はあんたにあそこに居てもらいたくないんだ。俺は、あんたが他の男に抱かれるとおもうと……」

という、男の口ごもりがちな言葉があけみの耳に届いたとき、彼女の眼には、白い水しぶきと中空で身をくねらせている船頭の黒い影が映っていた。

鈍い速度で岸に近よってゆく舟の上で、あけみは訊《たず》ねた。

「いま、あなたのおっしゃったこと、どういうことなの」

「あけみさん、俺と結婚してくれないか」

男の声は大きく、舳で竿を握っている若い船頭の肩がぴくりと揺れた。

あけみがあの街に入って半年に満たないのだが、その間でも数人の男からそのような言葉を聞いた。しかし、それは結局、妾《めかけ》になれば部屋でも持たせてやる、とかそれに類似の意味であった。

けれども、今の男の言葉には、求愛のひびきがあった。

そのひびきが、堅く甲《よろ》われているあけみの心の、ちょっとした隙間《すきま》を衝《つ》いた。一瞬の間、あけみはもっとも凡庸な女になって、「その言葉に従うということは、一人の男と夫婦になって、家庭を持つことなのだ」という考えに取囲まれた。

男と二人で、家庭を営む、という形の魅力は、女の心に働きかけるというより、もっと根深く、女という存在を作り上げている細胞全体に働きかけてゆく。女性は種族を保存してゆくための一つの営み、すなわち出産の苦痛を引受けているので、男性にくらべて皮膚に痛点が少ないということだが、そういう生理組織全体をひっくるめてのものに、働きかけてゆくのだ。

あけみは、次の瞬間、自分を動揺させたのはその言葉を発した男から切り離されたひびき、そのひびきを意味するもので、相変らずその男には自分は無関心であることに気付いた。

そして、心を甲い直して立直ろうと努めるのだった。

傍に立っている薪炭商の大きな肩が、あけみの軀を押していた。そのとき、ふっと、元木英夫という男のことが浮んで、すぐに消えた。


その夜から数日経って、また一枚の写真をあけみは手渡された。

写真の上では、盛装した春子が、モーターボートを背景にして微笑していた。そして、手渡した男は、元木英夫である。

しかし、ここで話をその前の日曜日に戻さなくてはならない。


その日曜日の午後、望月と春子と元木の三人は、春子たちの街の裏手にある水際《みずぎわ》の公園からモーターボートに乗って、隅田川を海へ向って下っていった。望月が運転しているモーターボートは、彼が取引先から借りてきたものだ。

隅田川は、黒い一本の帯である。往時、白魚が獲《と》れたという面影《おもかげ》はどこにも窺《うかが》うことができない。いまでは、メタンガスの泡《あわ》が水面に噴き出している場所さえある。上げ潮になると、溝泥《どぶどろ》の臭《にお》いがとくに強く漂いはじめる。

低いモーターの機関の音が、すれ違う蒸気船のポンポンという破裂音とからみ合って、晴れた空へかるやかに消えてゆく。春子の頭髪をつつんだ水玉模様のネッカチーフが、華やかな色を風に翻《ひるがえ》した。

元木英夫は、舳に佇《たたず》んで肩から下げた彼自身の写真機、ちゃんとフィルムの入った機械を、片手で抑えていた。

風の無い穏やかな日和《ひより》である。ボートは幾つもの鉄の橋を潜《くぐ》って河口に近づいていった。

ボートの中を隈《くま》なく照らしている日射《ひざ》しが、すうっと陰って橋の下に入ると、すぐ次の橋が新しい形を見せて迫ってくる。ずいぶん以前、この川の水が澄んでいた頃《ころ》、沢山の鉄の橋を架けなくてはならなくなったとき、風景を損わないために一つ一つの橋の形に工夫の限りが尽されたのだそうである。その後で、郊外電鉄の市中乗り入れ線の鉄橋が、無造作に架けられてしまったとき、人々はその蕪雑《ぶざつ》で無趣味な形に眉を顰《ひそ》めたということだ。しかし、一本の黒い帯となってしまった現在の隅田川にとっては、その単調で無装飾な鉄橋の上を箱型の車輛《しゃりょう》が連って轟々《ごうごう》と走り過ぎてゆくのを見ていると、かえって趣さえ感じられる程である。

河口から東京港をなしている水面に出ると、大小形状さまざまの各国の船が、あちこちに点々と錨《いかり》を下ろしている。三人を乗せたモーターボートはその間を縫って、これから撮影のモデルになる筈の春子のために、適当な背景を求めて走りまわっている形を示しているのだった。

そして、元木英夫はレンズに淡黄色のフィルターを取付けた。彼は、空の写真機を向ける筈の望月五郎の横で、素早く春子の姿態をフィルムに収めてやろうと、その準備をしていたのだ。

その夕方、元木英夫は望月が執拗に誘うのを断った。瑠璃子と会う約束が、あらかじめ作られてあった。

銀座裏の約束の場所へ向っているあいだ、彼は望月の後を追って、あの街へ急いでいる錯覚に捉《とら》えられた。

此頃《このごろ》では彼らの待ち合せ場所は、両側に並木の生えている裏通りにある白服のボーイばかりの小さなスタンドバーにきめられていた。脚の長い丸椅子《まるいす》に腰をおろすと、バーテンは心得ていて、元木の前には安ウイスキーをダブルにしたグラスを、瑠璃子の前にはシングルのハイボールを黙って置く。

その日、ドアを押すとすでに坐って待っている瑠璃子の姿が側面から眺《なが》められた。背の高い椅子が、腰掛けた恰好《かっこう》の軀を宙に浮せて、軀のプロポーションがはっきり分る。瑠璃子の服装には不調和な点が少なくなってきて、薄暗い室内で彼女の坐っているあたりが際立って鮮かに浮び上っている。彼はその姿態を見ると、洋服に覆《おお》われている内側の瑠璃子の軀がはっきり、網膜に映ってしまう。その軀は、一見均斉《きんせい》が取れているように見えるものの、やはり長目の胴体の下に少し彎曲《わんきょく》した肉づきのよい脚が付いている。

元木は、その軀つきを、好もしくおもう。そして、彼が瑠璃子に会って、まず最初に浮んでくるのは、いつもその種の事柄《ことがら》なのである。

最近では、瑠璃子は全身で彼が気に入っている様子であった。このところ、彼女が初恋の男のことを話さないのに、彼は気付いていた。それは、ふたたび白い色に戻った彼女の全体が、相手の男の好む色に染められるのを待っている姿と見えた。夜店で売っている何度でも使える画板。……白いセルロイドの面にマッチの軸木などで描いた画《え》や文字が、そのセルロイドの下のボール板を動かして又もとの位置に戻すことによって、拭《ぬぐ》い去るように消えてもとの白い面となる。そして、もう一度マッチの軸木によって描《か》き手の好む模様を描かれるのを待ちうけている白さを、そのハガキ大のひろがりのなかに漂わせている、あの玩具。……それを眺めている感も、そこにはあった。

軽い痴呆感《ちほうかん》に覆われた、純情な女の姿。あの見合いの日、瑠璃子の前に現れた男が他の人物であったとしても、ただ彼女の話を親切に訊《き》いてやり、次に、その軀《からだ》を奪う行為さえ持ったなら、瑠璃子はやはり同じ経緯を辿《たど》ることだろう、と元木英夫は考える。

そういう考えは、彼に不快な気持を与えはしない。むしろかえって、彼は両手の掌《てのひら》で彼女の両肩を挟《はさ》んで、その柔らかい小さい軀をじわりと押潰《おしつぶ》してしまいたいように、烈《はげ》しく彼女に向って傾斜してゆく気持を覚える。彼は瑠璃子との交際においては、精神は関与していないと考えている。しかし、こういう際には、彼女の肉の奥からやさしく掌に触れてくる肩の骨の手応《てごた》えなどが、いわゆる精神的と称する会話以上に彼の心に語りかけてくるようになっていた。

その夜、スタンドバーの内部で歩み寄ってゆく彼を見る瑠璃子の眼には、元木英夫の望む色彩に自分を染め上げてゆこうと願う鮮烈な光があった。しかし、その光は、彼女の精神から発してくるとは思えない。彼女の内部は薄い膜に覆われて遮断《しゃだん》されており、それとは無関係の部分から滲《にじ》み出た色が眼窩《がんか》に集って、一つの発光体になっているように考えられてしまう。

一方、元木は隅田川東北の街からの望月五郎の伝言を不意に思い出した。あけみという女が、瑠璃子と全く対蹠的な存在として浮び上ってきた。この二人の女は、それぞれ棲《す》んでいる場所が入れ違っているように思える。まったく、娼婦《しょうふ》というものは、赤線地帯とか青線地帯とかに居るばかりのものではないのだ。しかし、実際のあけみという女の姿を脳裏に描こうとすると、眼鼻立ちも集ってこない漠然《ばくぜん》とした形しか備えないのに、彼は気がついた。

この瞬間、昼間に写した春子の写真を届けかたがた、一人であの街へ行きあけみという女と会ってみようという考えが、元木英夫の中に入りこんできた。

元木英夫は瑠璃子の傍に歩み寄って、高い椅子に並んで腰かけた。

白服のボーイが、カウンターの上に黙ってダブルのウイスキーを置く。彼は、その薄くて硬いガラスを前歯でちょっと噛《か》むようにして、ぐっと液体を咽喉《のど》の奥にほうり込む。そして、瑠璃子との話題で、なにかあたりを憚《はばか》らぬ声で話してもよい事柄を考えようとする。ところが、それはなかなか思い付くことができない。

そのとき、瑠璃子の声がした。

「あなたのおかげで、お酒を呑《の》むようになってしまったわ」

「僕の教えたことは、そのくらいのものだな」

「あら、そうでもない筈よ」

瑠璃子が横眼で、彼をそっと睨《にら》む。その薄鼠色《うすねずいろ》と青色との混ってしかも白さを失わない不思議な白眼の部分が、ぐっと大きくなって電気の光に映える。

「わたし、さくらんぼが載っかっているカクテルが飲みたい。いいでしょ」

急に、そんなことを彼女は言いはじめる。

「厄介《やっかい》なことを言い出したな。あれは高価《たか》いんだぞ」

と、彼が半ば冗談で言うと、彼女の眼に狼狽《ろうばい》の色が走って、

「あら困った。でも、わたしお金もっているから」

と、膝《ひざ》の上のハンドバッグの口金をあわてて開けようとする。彼は、その細い指先のあわただしげで同時に繊細な動きを見て、この女の指は、男の軀に触れるためにだけ作られているようだ、と思う。彼は、その手を押しとどめて、

「冗談だよ、なにもいますぐ金を出したって仕方がないだろう。おい、ボーイさん、このお嬢さんにマンハッタンを一つあげてくれ」

女の肘《ひじ》が、軽く彼の脇腹《わきばら》を小突いた。彼には、それがどういう意味か分らなかった。

二人はバーを出ると、メイン・ストリートを交叉《こうさ》して伸びている街路を川の方角に向ってぶらぶら歩いて行く。

明るいショウウインドウの傍を通り過ぎるとき、瑠璃子はしばしば立止る。以前は、アヒルが首を上下に振動かしてコップの水に嘴《くちばし》を突入れている玩具とか、小さなアクセサリーとか、そのようなものばかりが彼女の眼を惹《ひ》いていた。ところがこの夜、彼女が足をとどめる場所といえば、家具や世帯道具を陳列している大きな商店の前とか、ベビイ用品の並べてある飾窓の前とかなのだ。

「どうしたのだ、妊娠したわけでもないのだろう」

「そうじゃないんだけど。わたしもうかうかしてはいられないわ。さっき、あなたが『このお嬢さん』と言ったでしょう。良い奥さんになる準備を、そろそろ始めなくちゃ」

瑠璃子にとっては元木英夫との交際は、何の疑念もなくそのまま結婚という形につながっているのだ。しかし、彼にとっては、瑠璃子と結婚するという形が考えられるということに今はじめて気付いたような気分になった。お互が根気よく理解しようとすることを続け、忍耐をつづける上に築き上げて行かなくてはならぬ結婚という一つの事業。そのことに、瑠璃子と一緒に這入《はい》って行こうという気持は、彼にはどうしても起ってはこない。

そのことにもっとも不適当な女として、彼女を思い浮べることしかできない。

瑠璃子は、またその種の飾窓を覗《のぞ》き込んでいる。その姿は、彼に重苦しい気分を惹き起させる。

その上、風の無い夏の夜は蒸し暑く、彼は背中を汗の粒が流れ下るのを感じている。それなのに、彼は瑠璃子とこうして街路を歩いているのが不自然な気分になってくる。いま彼女の言った結婚という問題に関して会話してみようとも思うのだが、それも似合わしくない気持になってしまう。彼は、瑠璃子と皮膚を密着させ、腕をからみ合せていないことが、間違いのような気分に引込まれてしまう。

二人の歩いている街路は、しだいに川に近づいてゆく。そして結局、彼らはいつもの小さなホテルの部屋の中で、二人きりになってしまうのだ。

その部屋の中で、元木英夫の眼に映っている瑠璃子はにわかにいきいきしはじめる。

しかし、やがて午後九時がくると、腕時計に眼を近づけた瑠璃子が言うのだ。

「九時になったわ。もう帰らないと、お母さまが心配するわ。それに、わたしたちはまだ婚約中なのですものね。あまり、だらしなくするといけないわ」

彼は黙って頷《うなず》きながら、瑠璃子の洋服の背中のホックを掛ける手助けをする。

もう一枚の写真を、あけみが受取った日のことに、話を移すことにしよう。

その日の夕刻、鏡に向って、あけみは顔を映してみていた。いつもの癖で、下唇《したくちびる》を歯でちょっとしごいてから、口紅の色を選ぶ。しかしこの頃では、橙色《だいだいいろ》の種類を手にすることに、ためらいを覚えるようになった。

毎日、眺めているものの変化は、なかなか目に留まり難いものである。あけみは、男たちの下で痙攣《けいれん》しかすかな声を洩《も》らしはじめて以来、自分の顔つきが徐々に変りはじめて、いまではもうはっきりと「娼婦の顔」になってしまったのではないか、という不安に捉われる。

以前は、橙色の口紅をつけた唇と蒼《あお》ざめた皮膚との対照から、わざと娼婦らしい効果を認めて自虐《じぎゃく》的な気分をもったものであった。しかし、それは自分の顔のニュアンスについて自信を持てたころのはかない遊戯であったわけだ。

むかし、拾ってきた真黒い小猫《こねこ》が数ヵ月のあいだに二倍ちかくの大きさになったことを他から指摘されたとき、その事柄をはっきり事実として納得するのにしばらく惑ったことを、あけみは思い出したりした。

そのような不安に捉えられると、あけみの内に二つの気持が浮び上る。その二つの気持は、ほとんど同時に、一つは鈍い角度でそれに続いてもう一つが鋭い角度を示して浮び上るのだ。

その一つは、この街から脱《ぬ》け出すことは、いまの時期を逃したならばもう不可能になってしまう、という恐れである。不可能というよりむしろ、外の世界の光の中に置かれることが、彼女という存在にとって不適当になってしまう、という恐れである。彼女の身をつつむ空気の層がいつも異臭に似たたたずまいを示し、彼女の額に捺《お》された烙印《らくいん》を見る眼《め》を、常に彼女は意識しつづけなくてはならなくなる。その烙印を見る眼は、外の世界の人々の眼であり、また彼女自身の眼なのだ。そして、彼女はここにおいても場ちがいな場所に身を置いている気持に、悩まされつづけなくてはならないだろう。

その恐れに捉われると、あけみの中にすっかり平凡な女の心の動きが潜りこんで大きな場所を占めてしまうのだ。そのときには、あけみはまるで無理無体にこの街に売られてきた娘のように、一刻もはやく脱《のが》れ出したい気持に捉えられてしまう。自ら選んでこの街に身を置いたというあの驕慢《きょうまん》ともいえる気分は、跡形もなく消え失《う》せてしまっているのだ。

そして、そのとき彼女の耳にひびいてくる幻の音がある。それは夜の遊園地で、水の上を鈍い速度で動いている平たい舟の上で、あの無器用で頑丈《がんじょう》な薪炭商《しんたんしょう》の言った声だ。

「あけみさん、俺《おれ》と結婚してくれないか」

その声はあけみの耳の中に棲みついて、時折、かすれた音でささやく。その声がひびくとき、あけみの心にはその声の主への愛情は起らず、苛立《いらだ》たしい気分だけが浮び上ってくる。

あけみの内に浮び上る二つの気持の、もう一つは、それとは対蹠《たいしょ》的なものだ。それは、彼女の心を大きく占めた平凡な女の心の動きに烈しく反撥《はんぱつ》して、その隙間《すきま》から鋭く噴出する。

平凡な女としての気持は、この街にあけみが身を置く原因となった考え方を嘲笑《あざわら》うように、また復讐《ふくしゅう》しているように、鈍い広い背中を見せて彼女の心にうずくまっている。そして、もう一つの気持は、そのうずくまっているものに刃向うように、現れてきたものだ。

それは、この街から外の世界への脱出口を彼女自身の手で塞《ふさ》いでしまおうという考えである。そして、あけみ自身が選んだこの街の中に、眼を瞑《つむ》って凝《じ》っとうずくまってしまおうという気持なのだ。

そしてそのときにも彼女の耳にひびいてくる幻の音がある。それは、白昼のシルバー・ホテルの一室で、あの白濁した眼の焦点を、鋭く結ばして、蘭子の情夫の言った声だ。

「撮《うつ》して」

あるいはまた、

「君も必要なときには、いつでも撮してあげるぜ。一人だけでも、どうだい」

その声が、あけみの耳の洞《ほら》の中で反響すると、彼女の網膜に映し出される光景がある。それは、あけみの裸形の写真が、無数に外の世界にばらまかれてゆく光景である。ひらひら舞っているその絵姿は、その街以外のすべての空間を埋めつくして、いくら彼女が腕を動かして掻《か》き分けようとしても、無駄《むだ》なのだ。その印画紙は、たちまち彼女の腕に軀に粘りつき、あとから際限もなく新しい紙が舞い下りてきて、如何《いか》にしてもあけみは身を容《い》れる空間を作り上げることができない。

この二つの気持はそれぞれ同じ力で互いに拮抗《きっこう》しているか、というと、そうではない。この街にも身の置き場所がなくなりはじめ、そしてまた、外の世界においても同様である、という考えに取憑《とりつ》かれかけているあけみの苛立たしさが、第二の気持を引寄せたともいえる。

人は、追いこまれた立場から脱け出ることとも考えるが、又その立場を意味づけることも考えるものだ。しかし、すでにあけみはその段階には立っていない。だから、その街の中に、あけみは凝っとうずくまるだけになる。

したがって、第二の気持は、決意ともいえるものだが、多分にヒステリックな尖《とが》った角度で跳《は》ね上る。そして、苛立たしさにつづくものは、投げやりな、衰えた気分である。そうなると、その気持は脆弱《ぜいじゃく》なものに見えはじめ、それに反して第一の気持は、平凡なだけに一層のたしかさをもって第二の気持を圧倒しはじめるように思えてくる。

二つの気持のバランスが右に述べた具合になった瞬間に、あけみの耳にまたしても薪炭商の求婚の言葉がひびいてくる。そのとき、彼女はその幻の声に向ってうなずいた。もしもこの瞬間に、彼があけみの傍に居たならば、承諾の言葉を聞くことができた筈《はず》である。

幻の声に向ってうなずいたとき、あけみの心に浮び上ったのは、その男に対する愛情ではなく、やはり苛立たしい気分に過ぎなかった。

外れの部屋で流行のメロディを口ずさむ春子の声。隣の室の蘭子の含み笑い。あけみは、次第に気分の衰えを覚えてゆく。

不意に、男と女の会話の声が、大きく廊下に反響した。

部屋の戸を開いて客を送り出そうとした足を止めて、戸口で話し合っているらしい。女の声はユミの声だから、廊下の突きあたりの部屋だ。ユミは約一ヵ月以前に来た娘である。機嫌《きげん》のよい、はしゃいだ声を出して、東北訛《なまり》をまる出しにして喋《しゃべ》っている。ユミは平素は標準語を装って話すことにしているのだから、どうしたわけだろうか、とあけみは聞き耳を立てた。すると、男も東北弁を使っていることが分った。

「んだらなあ、スンジョていうどごを知ってんべ」

「ほだなどご、オラ知ゃね。どさあんなや」

「ほうれ、新庄よ。歌の文句にもあんべ。わたしゃ新庄の梅の花、あなたナントカの鶯《うぐいす》よ、て、ほれ、あんべや」

「マムロ川音頭だべ。ヤットン節のもと唄《うた》だべなあ」

「んだ。んだ」

ユミは普段抑えつけていなくてはならぬ訛を憚るところなく使えるのが嬉《うれ》しいらしく、ことさら強く訛をひびかせて話しているように聞えた。

話し声は、あけみの部屋の前の廊下を通りすぎてゆく。そのとき、ユミの声がすこ

し小さくなり、標準語に変って、

「なるべく早く、また来てね。今度くるときは、もっと沢山お金をもってくるのよ。その分だけちゃんと余計にサービスしてあげるからね」

「チェッ、その分だけちゃんと、なんてはっきりしてやがら」

「あたり前よ。こっちは商売ですからね。品物は大切に取扱わなくちゃ」

そこで二人とも声を合せて笑い、また東北弁に戻って、にぎやかに遠ざかってゆく。

廊下で、ユミの後姿を追いかけるように春子の声がひびいた。

「ユミちゃん、同じ郷土の人に会えてよかったわね」

皮肉ではなく、面白がって喜んでいる声の調子だった。春子は笑いつづけながら、あけみの部屋に入ってきて言った。

「ずいぶん陽気な娘《こ》ね。すっかり笑っちゃった」

「だけど、あんなに仲良さそうにしているくせに、とても冷たいことを言っていたわよ、あの娘は。もっとお金をもってくればその分だけ余計にサービスしてあげる、だなんて」

「そうなの、とってもハッキリしているのさ。五百円ならスカートだけ脱ぐ、千円くれれば全部脱ぐ。泊ってくれれば声を出してあげる、ときめているのだって」

春子はそこで声を潜めて、重大なことを打明ける調子になり、

「あの娘、とっても綺麗《きれい》な軀をしているのよ。乳首なんか、まるで娘のようなのさ」

春子は投げやりな口調で、言葉をつづけた。

「娘だから、そんな具合にきめたとおりにやれるのよ。女になってないから出来るのさ。もっとも、女でなくなっちゃっても出来ることだけどね」

衰え脆《もろ》くなった心の状態は、ある事柄《ことがら》に反応する場合、その振幅を度外れて大きくしたり、狂った動き方をし易《やす》くなりがちのものである。

そんな状態で、その夕刻から数時間ののちにあけみは元木英夫を迎えた。だから、彼が、

「じつは、今日は頼まれた用事もあったのでね」

と、弁解めいた口調で、春子の写真をあけみに差出し、

「望月がこのところ忙しくて来られないから、僕がことづかってきたんだ。例の表紙の写真なんだが、どうも不景気で雑誌の方は休刊になるらしいので表紙に載せる件ははっきりしたことが言えないが、ともかくこの写真を届けてくれ、と頼まれたんだ。君から春子君に渡してあげてくれたまえ」

と話すのを聞いたとき、あけみは不意に自分の眼が涙で潤《うるお》いはじめ、視野にあるものがそれぞれの輪郭からはみ出してゆくのを見るのだった。

あけみは、望月五郎がフィルムの入っていない写真機で春子を撮したことを知っていた。蘭子から聞いて、知っていたのである。望月が蘭子の歓心を買う意味を含めて、むしろ得意げに手柄話のような語調で、寝物語に喋ったのだ。そのことをあけみに告げる蘭子の言葉にも、いい気味だという響が含まれていたが、あけみはそれを重い気持で聞いた。その侮辱が、自分の身にまで及ぶ気持であった。

したがって、元木英夫の差出した写真を見て、あけみは一瞬とまどったが、すぐに彼の言葉の嘘《うそ》に気付いた。そして、春子の写真を彼が持っている経緯も、推測できるような気がした。彼女は自分の推測が間違っているかもしれない、とも考えた。しかし、涙はすでに流れはじめていた。

気がかりな人物に会えたということも、彼女の気持を弛《ゆる》めていた。あけみは、思いやり深い心に触れる気持になって、それが彼女の脆くなっている心を擽《くすぐ》ったのである。涙は、もとの心に復してからも、それだけが別の生理に属しているようにとめどもなく滲み出てきた。あけみは元木英夫という男を前にして、むしろ戸惑いながら言った。

「あなたは、やさしい方ね。わたし、知っているのよ。このまえの日曜のこと。蘭子さんから望月さんの写真機のことを聞きましたわ」

「…………」

「あなたもそのときご一緒だったそうね。春子さんの写真、あなたが撮したものなのでしょう」

「…………」

「あなたはやさしい方ね」

あけみは、ふたたび繰返して、その言葉を慈《いつく》しむようにゆっくり唇に上せた。

彼は、この言葉を見当違いのもののように聞いた。彼自身の気分を守るために、他人の馴染《なじみ》だった女の姿を撮影し、現像させ、拡大させ、さらにわざわざこの街まで持って来ている自分自身の姿が、この「やさしい」という言葉によって彼の目の前にいまさらのように浮び上り、腹立たしい気分になった。

長い睫毛《まつげ》が濡《ぬ》れて、黒くきらめいている女の瞳《ひとみ》を、彼は美しいと思って眺めた。と同時に、その涙につながる女の心を、やはり平凡なあたりまえの女のものであったか、と見てしまう。

そのとき、彼の前に在るのは、涙ぐんでいる美しい娼婦《しょうふ》であった。そして、その姿態と、記憶のなかにあった女のにわかの変貌《へんぼう》とが彼を刺戟《しげき》した。

彼はあけみを抱こうとした。

あけみの涙は、じつは、場違いな位置に身を置いてしまった人間の、苦しみの積みかさなって溢《あふ》れ出たものと、結局においては言えるのであったが。

あけみが男の軀《からだ》に接触するときの平素の習慣として、彼女は元木英夫という男の姿を思い浮べ、その幻影に縋《すが》ろうとした。そして、相手の男が他ならぬ元木自身であることに、いまさらのように気付いた。そのとき、彼女と男とのあいだの膜、つまり彼女と相手の男との軀を遮《さえぎ》るための砦《とりで》が取除かれ、あけみの軀は相手に直接溶け入って、燃え上った。

成熟した女の、長いあいだ内に潜められた恋慕の情が、思い叶《かな》って滾《こん》々《こん》と相手に降りそそいでゆくときに、そのあけみの状態ははからずも似てしまったのだ。

元木英夫が立去った後、あけみはしばらく部屋の中に坐《すわ》りつづけていた。

先刻、全身に行きわたった感覚を彼女はなにかたしかなもののように自分の心に手繰り寄せ、抱き締めてみる。なにかがあるようだ。なにか軀の組織のなかに紛れこんでしまったものが。

あけみは、ふと一つの疑問に行き当った。先刻、自分が元木英夫という男の下に在ったとき、自分の両腕が軀の裏側から脱れ出て、男の背にまつわり、掌が相手の背で異常に熱したのではなかったろうか。おもわず掌を眼の前に上げて、彼女はそのひろがりを凝視した。そして呟《つぶや》いた。

「わたしが、あの男を愛しているということになるのだろうか」


元木英夫が写真を手渡して帰った日の翌日から半ヵ月の間、元木も望月五郎も多忙をきわめた。

極東の情勢の影響で、沈滞気味だった海運界もようやく活潑《かっぱつ》になる気配が見えはじめた。彼らの汽船会社では、このとき丁度、某造船所に依頼して二ヵ月ほど前に竣工《しゅんこう》し進水式を済せた一万トン級の貨物船のレセプションを芝浦で行い、各方面の人たちを招待することになっていた。

望月も元木も当日の接待役に選ばれたため、招待日が迫った半ヵ月間は雑務多忙であった。

原瑠璃子は接待係の徽《しる》しとしてクリーム色の大きな造花の薔薇《ばら》を胸に飾る未来の夫の姿を見るのをたのしみにして、当日の来るのを待ち遠しがっていた。「ぜひ、お母さまも一緒にひっぱって行くことよ」とはしゃいでいた。

元木英夫は、赤いリボンの垂れ下った、その途方もなく華やかな造花に、かなり辟《へき》易《えき》している様子であった。

望月五郎は、さすがの彼も、今度はひどく閉口していた。というのは、娼家ヴィナスの主人の居間で、このレセプションの華やかさを話題にして、酔った揚句の調子の良さで、「当日はみなさん是非とも御来駕《ごらいが》を」と口をすべらせた。そのため、主人以下従業員全員の招待を余儀なくされてしまっていた。

主人は、過日の少年野球連盟結成式のときに着用したモーニングを虫干しさせて当日に備えていた。また、女たちにも命令して、特別派手な衣裳《いしょう》をあれこれと準備させていた。

望月が、元木英夫に苦わらいしながら話しかけた。

「今回ばかりは、よろしく頼むよ。衆人環視のなかで、あらっゴロさん、なんて黄色い声をかけられたんじゃ、とてもかなわないからな。それが君、窈窕《ようちょう》たる美女ならともかく、やっぱり彼女たちは一目瞭然《りょうぜん》、それと分るからなあ。出世のさまたげだよ」

「それは残念。君が先頭に立って、モーニング姿のおやじさん、ママさん、蘭子嬢、春子嬢以下数名の美女を引率して、威風堂々と行進する姿が見られるものと、楽しみにしていたのになあ」

「チェッ、冗談じゃないよ」

「だが、僕の方に声がかかるなんてことはないだろうね。縁談のさまたげになるからな」

「君は、馴染というほどじゃないから、大丈夫だ。まあせいぜい、おやじさんが鹿爪《しかつめ》らしい顔で会釈《えしゃく》する程度だから。もっとも、あけみという女がいるけれどね。あの女は内気だからはしたない真似《まね》はしないよ。なーに、会社の行きつけの料理屋の連中ということで、誤魔化せばいいさ。どうも近頃《ちかごろ》は品が落ちて困るとか、なんとか」

「そう。そういう誤魔化しかたは、ご自分のために使うことになるだろうよ」

元木英夫は、先日の交渉の際、あけみという女の中に平凡な心を見てしまった気持だったので、好奇心が消えていた。だから、望月五郎の愚痴まじりの話を、滑稽《こっけい》な気分を覚えながら軽く受流しているのだ。

「ところで、君、蘭子が俺《おれ》と家を持ちたいというのだが、どう思うね」

望月の口調は、相手の意見を訊《き》くというより、むしろ惚気《のろけ》まじりで言葉をつづけた。

「うまくいっている例が近頃ほとんどないので、俺もちょっと二の足を踏んでいるんだがな。蘭子は他の女とはよほど違って、教養もあるし、それに悪い男は絶対寄せつけていないと言うんだ。いや、もちろん結婚するわけじゃないさ。そんなことになったら、それこそ出世のさまたげだよ。それに、具合よく行かなくなったら、またもとの街へ戻って働いてもらえばいいのだから、どっちに転んだって損はないだろう」「なんだ、それじゃ君が悪い男になってくっつくというわけじゃないか。まあ、好きなようにやってくれ」

まともに受けとって返事をする筋合のものでもなし、元木はそう答えたが、ふと自分がそんな立場に置かれたら、どういう態度を取るだろうか、と考えてみた。

「あの街にふさわしくないと思えるような特殊な女に行き当ったと仮定して……。最初はふさわしくなかった女でも次第にあの街の色に染められてしまうだろうから、よほど稀《まれ》な例となるだろうが……。まず、その稀だという事柄自体が俺に一つの刺戟を与えるだろう。しかし、どんな女でも、あの街に棲《す》んでいたということ、つまり、一夜に数人の男と寝て毎日を過すという生活環境にあったということは、女の生理に何等かの習慣を与えているに違いない。俺は十分な金を与え、一方、十分な生理の満足を与えずに、何ヵ月かある距離を置いて眺めていることだろう」

彼の想像の内の女は、彼のその視界のなかで、じりっじりっともとの街の方角へ、その肉体がひき寄せられてゆくのだった。

彼には、その女の姿とともに、それを眺めている自分自身の姿も見えてくるのだ。そのとき、夢のなかでまるで脈絡のない人物がにわかに登場するときのように、あけみという女が、ぽっかり彼の脳裏に浮んで消えた。

新造船のレセプションまでの半月間を元木英夫と望月五郎は多忙に過していたが、その半月間は、あけみにとっても多難な日々が続いた。あけみばかりでなく、娼家ヴィナスの女たちの上にも、またその界隈《かいわい》にもいろいろな出来事が重なって起った。

一年間の出来事が、あたかもこの半月に集中した趣があった。

レセプションへの望月五郎の招待に、ヴィナスの主人が大そう乗気になってしまったので、あけみは悩んでいた。自分の外貌《がいぼう》の変化についての気懸りが、ことあたらしく烈《はげ》しく頭をもたげ、彼女の心を動揺させた。マストからマストへ張った紐《ひも》に色とりどりの万国旗を飾った新造船の甲板上で、外の世界の沢山の人たちに立混ることを考えると、あけみの心は混乱してしまう。そのときのあけみの姿に向ける元木英夫の眼のことを思うと、彼女は烈しい不安に捉《とら》えられる。そのときの彼の眼にあらわれる表情に、その一点にあけみの心はするどく懸ってゆく。

あけみの心は逡巡《しゅんじゅん》し揺れ動く。しかし、やがて元木英夫と過した先日の夜の記憶がよみがえってくる。あの全身に行きわたったたしかさに惹《ひ》かれる気持が、不安を押除《おしの》けてゆく。

しかし、それも僅《わず》かの間のことだ。不安の念はすぐに押返し、覆《おお》いかぶさってくる。一方、求婚の言葉をあけみの耳にささやいて以来、あの薪炭商《しんたんしょう》はほとんど毎日のように電話をかけてくるか、あるいはあけみの部屋へ来て、彼女の返事を求めていた。そして、あけみは一層、混乱に陥ってゆくのであった。

その半月間のうちに、川開きの日があった。

川開きの場所は、あけみたちの街よりやや下流に寄ったところであるが、その日は昼間から、花火の炸裂《さくれつ》する音がひびいてきた。

盛夏の五時といえば、まだ日射《ひざ》しが地面に行きわたっている時刻だが、女たちはそれぞれの店頭に佇《たたず》んで商売をはじめなくてはならない。この街にまぎれ込んでくる人影は疎《まば》らである。狭い路《みち》の両側に立並んだ女たちから声をかけられながら、明るい光を浴びてこの街を通り抜けてゆく男の姿勢には、さすがにぎごちなさが窺《うかが》われる。歩いてゆく手足の動きが、どことなく堅い。あるいは、殊更《ことさら》もの馴《な》れた態度を装って、女たちと冗談口のやりとりをしている。

「ちょっと、ちょっと、寄ってらっしゃいてば」

「だめだよ、蟬《せみ》の抜殻《ぬけがら》だ」

「なに言ってんのさ、昼間っからモテルて顔じゃないよ。抜殻なのは、財布のほうだろ」

「チェッ、生意気言うな、このすべた」

「とっとと行っちまいな、この三角野郎」

狭い街筋に、ほんの僅かのあいだ、両側の女たちの笑い声が漂う。そのざわめきが消えると、あとには白く乾いた路ががらんとして残っている。やがてまた、新しい男がその路に這入《はい》ってくる。炸裂する花火の音が、相変らず断続してひびいている。

「明るいうちからポンポン花火を打上げて、無駄《むだ》なことだねえ」

「だけど昼間の花火にだって、ちゃんと一等二等があるんだって話よ。あれで、一生懸命、競争してるのさ」

娼家ヴィナスの店先で、春子とユミが話し合っている。

「だって、どうやって一等二等をきめるんだろ。まるで摑《つか》まえどころがないじゃないの」

「なんだか、煙のかたちとか、そんなものできめるとかいう話さ。そんな無駄づかいをするくらいなら、あたしのとこへ遊びに来ればいいのに」

「煙のかたちか。そんなら、きっと音の具合でもきめるのかもしれないね。やっぱり、花火でも鳴きのいい方が、いいいってね」

「鳴きがいいっていえば、ユミちゃん、あんたこのごろ、ちょっと声が大きすぎるよ。あんな具合にやられると、まるであたしがサービスが悪いみたいで困るじゃないの」

そう言うと春子は、狭い路の真中に出て、空を仰いでみた。立並んでいる二階家の軒が狭い路の両側に張り出して、空への視野はごく小範囲に劃《くぎ》られてしまっていた。打上ってからしばらく消えずに漂っている筈《はず》の花火の煙も、見ることは出来なかった。

夜になった。花火見物の方に客をとられて、街は閑散としていた。

あの薪炭商の背の低い幅広の軀が路の曲り角にあらわれて、真直《まっす》ぐに娼家ヴィナスに入り、あけみの肩をかかえるようにして二階へ上っていった。

春子がユミにささやいた。

「今夜あたり来てくれるなんて、実のある証拠だよ」

「なあに、けちけちしてるのさ。舟を都合して花火を見せてくれるくらいじゃなくちゃ。きっと、安上りに花火でも見るつもりなんだろ、物干にでも出てみてさ」

あけみの部屋で、薪炭商は二つ折の財布から数枚の紙幣を抜き出して、差出した。

あけみは近頃では、金を受取ろうとする指先がぎごちなくなり、ためらいを覚えることがしばしば起っていた。この街へ来た当初は、金銭の取引という枠《わく》の中に自分自身を収めてしまうことに懸命であったために、そのようなためらいは彼女の心の中で握り潰《つぶ》されていた。

いまも、あけみには千円札をつまんでいる男の太い篦形《へらがた》の指先が、いかにも鈍感そうに見えた。挟《はさ》んでいるその指先から、あけみはトゲでも引抜くように紙幣を抜いた。そのとき、以前に一人の客が、「ともかく事務的な用件を片づけておくことにして」と言いながら紙幣を差出したことを、ふっと思い出した。その男の顔に浮んでいた、面映《おもはゆ》げな色も思い出した。しかし、その男の顔は思い出せなかった。それは元木英夫という男だったような気持が、彼女の心を掠《かす》めた。と同時に、元木という男の、冷たい検《しら》べるような眼《め》も浮び上ってきた。あけみは、混乱しはじめた。

男の声が、耳に届いた。

「今夜は、あんたが首を縦に振るのを見るまでは帰らないよ。泊りがけで、どうしても結婚を承諾させるつもりだよ」

あけみは黙って俯《うつむ》いていた。こういう言葉を聞くのが、厭《いや》なのか厭ではないのか、彼女は自分の心を覗《のぞ》いてみるのだが、不分明なのだ。相変らず、花火の炸裂する音がひびいていた。

「今夜は川開きだなあ。今年の仕掛花火は特別手の込んだものだという噂《うわさ》だよ。おや、窓のところが赤くなったり青くなったりするね、その窓から花火が見えるのかい」

「いいえ、あの色はね、前の家が昨日ネオンをつけたんです。点《つ》いたり消えたりするネオンが反射する色なのよ」

「あけみさん、あんた、花火を見に出掛けたくないかい」

「花火は、そこの物干に出れば見えますよ。それに、わたし花火なんて、あまり好きじゃないの」

そのとき、鈍感そうなこの男のどこに潜んでいたかとおもわれる狡猾《こうかつ》な表情をみせて、粘りつく調子で言った。

「そう、花火は好きでなくてもさ、浴衣《ゆかた》がけで玄関から下駄《げた》をつっかけて、ぶらりと大川端へ出てみる気分というのはいいもんだよ。誰はばかるところなく、どこへもゼニなど払い込まないで。どうかね、わしと結婚すれば不自由はさせないがねえ」

その言葉は、あけみの脆弱《ぜいじゃく》になっている五感を刺戟した。少女の頃、あけみも一度、連れられて川開きの見物に行ったことがある。巨大な菊花模様が夜の空いっぱいにさまざまの色を鏤《ちりば》めて拡《ひろ》がり、やがて暗い空に吸収され尽す。その瞬間、舳《へさき》を並べて川の上に舫《もや》っている舟の上から、縁日の夜店で売っている安物の玩具《おもちゃ》の花火を打上げたものがあった。空気の洩《も》るような音と一緒に、赤い玉、青い玉、黄色い玉がつづいて打上った。それは、いかにも心細げで且《か》つ道化た感じであった。あたりの舟から笑い声とざわめきが起った。

そんな情景があけみの心に、不意に顔を出した。そして、それは次から次へと連想を呼んでいった。地面にうずくまるようにして指先で支えている線香花火の、爆《は》ぜる音と煙のにおい、縁日のアセチレンガスのにおい。夜店の前を行き来する白っぽい浴衣やシャツの色。夜の空気のなかでひびく、下駄の音。長いコンクリート塀《べい》に指先をあてがって歩いてゆくときの、ざらざらと当ってくる指先の感触。

絶えず苦痛に悩まされている病人が、ただ苦痛のないだけの時間に身を置くことに憧《あこが》れるのに似た気持で、あけみは心に浮んでくる情景を眺《なが》めていた。

「そうねえ、あなたと結婚すれば、とにかくここから出られるのねえ。結婚しなくちゃいけないわねえ」

あけみは、低く呟いた。

「え、いま何て言ったんだい」

「ええ、もうちょっとだけ考えさせて頂戴《ちょうだい》」

あけみは今度は明瞭にそう答えると、この夜、異変が起ることを願う気持だった。その異変とは、これからの一夜にあけみの掌が男の背に密着して灼熱《しゃくねつ》することを、身を反らして自分一人の中に溺《おぼ》れてゆかずに、相手に寄添ってゆく姿勢を、意味していた。

しかし、あけみの上には異変はついに起らなかった。異変は別の場所で、この夜、起った。

ヴィナスの向い側の娼家《しょうか》で事件が起ったのは、その夜半、正確にいえば午前二時であった。

しかし、翌朝の午前十時まで、事件は小さな部屋に閉じこめられたままになっていた。十時になっても起きてこない女たちの部屋の扉《とびら》を、その店のママさんが一つ一つ開いてまわった。

早苗という女の部屋の扉を開いた瞬間、烈しい勢で転がり出て戸口に立っているママさんの軀《からだ》に突当ったものがある。だらしなく寝衣を着た恰好《かっこう》でそのまま廊下に坐《すわ》りこんだ男は、早苗のところへ泊った客と分った。気の弱そうな若い男である。彼はママさんの足に獅嚙《しが》みつくような姿勢になって、

「人殺しだ」

と、叫んだ。

開いた戸口から見透《みとお》せる部屋の中には、血で濡《ぬ》れている敷布団《しきぶとん》の上に仰向けに倒れている女の軀と、その傍に放心したように胡坐《こざ》している職人風の若者の姿が見えた。

そこで、騒ぎがはじまった。恐怖のために女たちは唇《くちびる》を白くして、意味なく狭い家の中を右往左往していた。女たちの中で気丈なものが警官と医師を迎えに走った。その混乱の中で、犯人だけが呆《ぼ》んやり坐りつづけていた。やがて駆けつけた警官は、何の苦もなく男の手首に手錠を掛けて連れ去って行った。

医師は、倒れている女の軀をちょっと調べて、すぐに首を振った。鋭利な刃物で心臓部が深く抉《えぐ》られてあった。ほとんど声も出ない即死である。

医師が来たころには、しばらく声を失っていたその店の女たちは、にわかに饒舌《じょうぜつ》になりはじめていた。事件は、この街の店から店へ、女から女へと伝わりはじめた。

あけみの部屋には、前夜から引続いて薪炭商《しんたんしょう》が留まっていた。あけみから結婚承諾の答を得られないからである。しかし、あけみの周囲も、たちまち殺された女についての話でいっぱいになってしまった。蘭子も春子もユミも、口々に殺された女のことを喋《しゃべ》りながら、あけみの部屋に集ってきたからだ。

「あけみさん、すっかり閉じこもっておたのしみてわけね。向いの家で人殺しがあったっていうのに、出てこようとしないのだからねえ」

「そういうわけじゃないのよ。人殺しのあった家を覗いてみるのが、億劫《おっくう》な気持がして厭《いや》だったの。殺されたのが早苗さんていうあのおとなしい人だということは、ここにいても分ったけれど、いったいどんな具合だったの」

「ほら、ユミちゃん、もう一度喋れてうれしいじゃないの。この娘ったら、さっきから喋りたくってうずうずしているのに、もうみんな知っちまっているんでね、ようやく洗濯《せんたく》屋を捉《つか》まえて長講一席やったところだったのさ。あけみさんと、彼氏と、聞き手が二人も出来たじゃないか」

「だけど、ユミちゃん、よっぽど注意しなくちゃ、今度はあんたの番だよ。あんたみたいなチャッカリした娘が、よく殺《や》られるんだ、あーあ、そろそろあたしも商売替えをしようかなあ、今度は芸者にでもなってみようかな」

　蘭子の言葉に、ユミは勢込んで答えた。

「あら、お生憎《あいにく》さま。あたいはそんなヘマな目には遇《あ》わないわよ。早苗という娘は、だいたい心掛けがわるいのさ。あの人殺しをした職人が、十時ごろ泊りに来たとき、もう先に泊り客が上っていたので断ったというんだもの。断られた職人がさ、ひどく酔っぱらって十二時ごろまたやってきたときにも、やっぱり断ったんだって。二人の男に軀は一つというけどさ。あたいだったら、そんな断るようなモッタイない真似はしないな。なにもいちいち念入りにやらなくたって、いいじゃないのさ。早いとこ、酔っぱらって赫《か》ッとしてる頭を静めといてやれば、ノミで突刺されたりなんぞ、しなくても済んだものなのに。一つ一つ念入りに、……あら、ごめんなさい、蘭子ねえさんもその口だったかしらん」

「なにを生意気な口をきいてるんだい。そんなことは、あんたみたいに、お尻《しり》に青いとこの残ってる娘っ子には分りゃしないんだからね」

「まあ、ちょっと待って、喧嘩《けんか》はあとでね。それで、その断られた男ていうのがどうしたの」

あけみが、二人の女を抑えて、ユミにたずねた。あけみの周囲に渦巻《うずま》いている饒舌の塊の中から、しだいに事件の輪郭が彫り出されてきた。

早苗という女が、その夜も一度現れた男を断ったとき、その若い大工は泥酔《でいすい》にちかい状態だったそうである。それから約一時間後、彼女が階下の自分の部屋で、泊り客と寝ていると、隣家との境の細い路に面した窓から不意に躍りこんできた男が、先刻の若い大工だった。その男は、片手に握りしめていたノミでいきなり女の心臓部を抉った。

「それで早苗て女の子はね、キャッて言う暇もないうちに死んじまったんだってさ。もっともすこしぐらい悲鳴をあげたってドタバタやったって、誰も人殺しとは思やしないけどさ。だけどね、あたいはこう思うんだけど、その犯人もなにも殺すつもりで窓から覗いてたんじゃないんだよ、きっと。やっぱり未練が残ってさ、そこらをウロウロして小路に忍び込んでね、覗きをやってみたらばさ、赫ッとなるような具合に、あの早苗て娘が始めたんだよ、きっと。あとは無我夢中てわけじゃないかな」

「そうよ、ユミちゃんの言うように、あたしもあの犯人の男、悪い男じゃないとおもうわ。だってね、その男ったら早苗さんの死に顔を綺麗《きれい》に化粧してあげてね、枕《まくら》もとに坐ってその顔を眺めたきり、朝まで動かなかったって言うことだもの」

「春子ねえさんたら、ずいぶんそのことが気に入ったらしいけど、ちっとも面白くないや。殺されてからいくら優しくされたって仕方がないさ、生きてる間に百円札の一枚でもくれた方がよっぽどいいさ」

あけみが口を挿《はさ》んだ。

「だけど、ユミちゃん。早苗さんのところへ泊っていたお客は、いったい何をしていたの」

「それが傑作なのよ」

と、ユミは息を引くような笑い声をたててから言葉をつづけた。

「女の子を刺してからね、犯人の男がお客の方を向いて、すごい顔をして言ったんだって。騒ぐとおまえも殺すぞッ、てね。それでそのお客ったら、真蒼《まっさお》になって震えながら、布団の端に膝《ひざ》を揃《そろ》えて坐ってね、朝までじっと動かないでいたんだって」

「おやおや、ずいぶん頼りない話なのねえ」

「そんな頼りない男に義理立てして、もう一人の客を断っちゃったために殺されたなんて、まったく割の合わないことだわね。その点、蘭ちゃんの彼氏は頼りになるわね、それに、もう一人のお客も頼りになるしねえ」

春子が、顴骨《かんこつ》を尖《とが》らせた意地悪い顔つきになってそう言った。蘭子と春子とのあいだの、望月五郎をめぐってのいきさつを知らないユミが、無邪気な顔で質問した。

「蘭子ねえさんの彼氏って、あのロイド眼鏡の人のことなの」

その言葉に、誰も答えるものがなくて、しばらく会話が跡切《とぎ》れた。それまで一言も口を挿まなかった薪炭商の男が、ぽつりと言った。

「その早苗さんという死んだ女には、身もとを引受けている人がはっきりしているのかね」

しばらくそのまま沈黙がつづいて、やがてユミが、

「なんでも、はっきりしない、ということよ」

と答え、また沈黙に戻った。それぞれの女が、それぞれの物思いにおもわず引込まれてしまった。あけみは、その短い時間に、脳裏に浮び上った自分のこれまでの生涯《しょうがい》を辿《たど》ってしまい、たった一人で現在この街に佇んでいる自分自身の軀をあらためて眺めまわしている姿勢になった。そのとき、男の冴《さ》えない声がもう一度響いた。

「あけみさん、やっぱりわしと結婚しようじゃないか」

「…………」

「そうか、やっと、承知してくれたか」

そういう男の声に、はじめて、あけみはいま自分の首が縦に動いて、承諾の意を示したことを知った。

女たちの間に、ざわめきが起って、春子やユミたちの強い調子の声が聞えた。

「死人が出た朝に、結婚の話なんて」

「そりゃ、早苗さんて女の子、身もと引受人がないかもしれないけど、ちゃんと焼いて骨にはしてくれるわよ。お葬式までは無理かもしれないけど」

「だいたい、死んじまったあと、どうなったって、死んだ方では知ったことじゃない

さ」

女たちの調子には、自分たちの陣営から引抜かれて行こうとしている一人を、力を合せて引止めようとしているような趣があった。そして、あけみ自身、女たちの言葉の一つ一つにうなずく気持なのだが、すでに動いてしまった首のことを取消す言葉は咽喉《のど》にひっかかって唇に上ってこない。

「それじゃ、わしは早速家へ帰って、いろいろ支度して明日にでもまたくるからな」

そういう男の声が聞えてきたときには、むしろあけみは思いがけなく一つの方角が定まってしまった事の成行に、そのまま身を委《まか》せてみようという気持になっていた。

女たちの視線を顔の膚に痛く感じながら、あけみは、「ともかく、この街から出てみよう、出られるときに、ともかく出てみることにしよう」と口の中で呟《つぶや》いていた。

あけみがおもわず結婚承諾の気持を示してしまったとき、男の言葉は、その場の空気とその言葉を発する時機を、鮮かに捉《とら》えていたものだった。無骨で無器用そうな男の示したこの事柄《ことがら》について、あけみが気付いたのは、男が帰ってかなり時間が経《た》ってからだ。

彼女は、そのことを、きっと偶然の機会に一致したものだろうと、考えてみた。しかし、それはあけみの考え違いであることが、次第に明らかになってきた。

翌日、男があけみの部屋に現れたときには、彼の態度が変っていた。あけみが娼婦であることをひたすら隠蔽《いんぺい》して自分の家へ迎え入れるために、極度の配慮をはじめたのである。

「わしは一週間のうちに、いろんな準備をしてくるからな、そうしたら、あんたはしばらくアパートででも暮してから、わしのところへ来てもらいたいんだ。あんたは、ちゃんとしたお嬢さんに見える人なんだし、わしも、お嬢さんと結婚するということにしたいのだからね」

と彼は言うと、つづいて、あけみを令嬢に偽装させるための計画をおどろくほどの綿密さで語った。あけみは、いつもは鈍感な筈《はず》の、いや事実鈍感にちがいないこの男が、このような事柄になると示しはじめた緻密《ちみつ》さに啞然《あぜん》とした。成功した商人として持っている緻密さに、あけみの問題がこの際、重なったわけである。

あけみは、男が彼女のまわりから娼婦である痕跡《こんせき》をすべて洗いおとそうとして懸命になりはじめたのを見ると、一層自分自身の身のまわりに漂っている空気について、自信を失ってしまう。そして、そういう相手にも自分自身にも烈《はげ》しい嫌悪《けんお》を覚えて、このまま相手からも自分からも眼を背けて、じっと街の中にうずくまってしまいたい気持に襲われる。しかし、すでに一つの方向に進んでいる流れの上に自分の身を委せてしまおうとおもう気持が、首をもたげる。あけみはいっそのこと自分の掌が、薪炭商の背に密着して灼熱することを、奇跡を待つ気持で願った。

しかし、そのことは起らない。それどころか、別の事柄が起るようになった。結婚を承諾して以来、逞《たくま》しい男の胸に抱かれて、いつものように自分一人の快感に溺れることさえ、出来なくなってしまったのだ。

そのことは、あけみがこの男を、いままでのように自分の肉体を通過してゆく物体としてではなく、特定の愛の対象として眺めてみよう、と無意識のうちに試みていることを意味していた。しかし、そのことは、あけみには直《す》ぐには分らなかった。

乾いた地面が濡れた水を染《し》みとってゆくように、それは徐《おもむ》ろにあけみに分ってくる。そして、これから自分の夫になる男、という意識のもとに男に抱かれていることが、一層あけみの体内から燃え上るものを奪ってしまうということが明らかになったとき、彼女は耐えがたい気持に捉《とら》えられた。

男は、ますます綿密に計画を進めはじめる。その様子を眺めていると、あけみは自分がこの町を脱《ぬ》け出してふたたび売春の位置、それも自分一人のための快感さえ覚えられない、特定の一人にたいしての娼婦の場所へ向って押流されているという気持に陥《お》ち込んでゆく。

あけみの前身を匿《かく》しおおせて妻としたときには差引勘定かなりの利潤である、というような男の計算さえ、あけみは男の張り出した顎骨のあたりに読み取れる気分に陥ちこんだりする。

しかし、あけみはあらためて男への拒絶の言葉を投げかける気持も失っていて、事の成行に流されてゆく。時折、男が懸命になるほど自分には娼婦の臭《にお》いが染みついてしまったのだろうか、と疑う気持も突上げてくる。

そのとき反射的に脳裏に浮ぶのは、数日後のレセプションの日、明るい外界の光に照らされた自分の姿に向けるときの、元木英夫という男の眼《め》の色についてのことだ。その一点に、結局、あけみの心は鋭く懸ってゆく。そして、その情景を想像しかけると、いつも彼女ははげしい混乱に陥ちてしまう。


あけみがそのような状態にあった午後、蘭子が部屋に入ってきて、甘ったるい口調で言った。

「ねえ、あけみさん、もう一度だけお願いしたいのだけど、ほら、いつかのシャッターを押す仕事よ。このまえのポーズの写真、もう売れなくなってしまったので、新しいのを撮《うつ》そうというのよ。彼氏、このまえのことで味を占めちゃって、どうしてもあけみさんに撮してもらいたいって言うの。そうした方が、熱演できるということなのよ。お礼するわ、お願い」

あけみは、そのときの自分のうちに、その申し出を断る理由をまったく見出《みいだ》せなかった。蘭子はあけみの眼の色を見てとると、言葉をつづけた。

「そうしたら、あたし此処《ここ》をやめるわ。彼氏が銀座のキャバレーのくちを見つけてきてくれたのよ」

あけみの脳裏に、華やかなイヴニングドレスを纏《まと》った蘭子の姿態が浮んだ。濡れて閃《ひか》る大きな眼、長い睫毛《まつげ》のしたで素早くまたたいたり、淑《しと》やかに伏せられたり、ななめに瞳《ひとみ》が動くと白い部分が蒼《あお》じろく光ったり、そのときの蘭子は、男が自分の衣裳《いしょう》を脱がすのに、かなりの時間と金とを必要とする、そのような在り方を楽しんでいるのだ。しかし、その生活に馴《な》れると、また彼女は退屈しはじめる。そのとき、蘭子が娼《しょう》婦《ふ》の街に戻る気持になることが有り得ないとは、誰が断言できるだろうか。この生の色彩が汎濫《はんらん》している街、僅《わず》かの紙幣と交換にたやすく蘭子の衣裳が脱がされ、あとは露骨な肉体の交渉が行われる街。蘭子という女は、二つの街における二つの生き方の間を揺れ動き、しばらくはあの与太者風の男にだけ心を与えていると思い込み、白く濁った眼のその男は、その間ずっと蘭子から金を搾《しぼ》りあげるだろう。

しかし、あけみ自身は、どうなって行くのだろう。一つの方向を持った道が彼女の前に拓《ひら》かれて、数日前から、その上をあけみは歩くことに心を定めた筈だった。それにもかかわらず、あけみは数ヵ月後の自分の姿を描いてみようとおもっても、その像は明確な輪郭を取ろうとしない。

シルバー・ホテルの一室は、ひどく蒸し暑かった。眼前に繰拡《くりひろ》げられてゆく、色調の異なる二つの軀のもつれ合う姿態にレンズを向けながら、あけみは烈しく淫《みだ》らになってゆく心を覚えていた。

その昂《たか》ぶった心に、これからの日々自分が感覚のない軀を投げ出してゆく筈のあの薪炭商の表情が浮んできた。鈍重な顔の底に、抜目なくあけみを良家の娘に仕立てるための狡猾《こうかつ》な計算を潜めている、あの表情。あけみはその顔に復讐《ふくしゅう》の気持を覚える。と同時に、自分自身にたいしても、悪意に満ちた気持に捉えられてゆく。

あけみは、蘭子の情人の白濁した眼に向って、

「わたしも写して頂戴《ちょうだい》」

と言いながら、のろのろした動作でワンピースのホックに指をのばしていった。

あけみは、自分の写真が無数に外の世界へ撒《ま》き散らされてゆく光景を思いうかべ、

その絵姿がひらひらと舞っている空間に身をすすめて行くことに、ひりひりと皮膚を刺す感触を覚えていた。その感触は、蘭子とは全く異質のものである。

そして、身をすすめて辿り着く地点に、あの薪炭商の鈍重な顔が笑顔を示している。と、その傍に、元木英夫という男の冷たい眼をした顔が浮び上った。あけみは、自分の絵姿が舞っている空間に佇《たたず》んでいるのに、やはり、その眼に浮び上る陰翳《いんえい》に、賭《かけ》に似た気持を抱いている。

その二つの顔を見詰めながら、あけみはふたたび混乱に陥ってゆく。


新造貨物船星光丸のレセプションの日が来た。

接待役の元木英夫は、一休みして舳《へさき》の柵《さく》に寄りかかり、瑠璃子母娘《おやこ》と雑談していた。客船ではない星光丸の柵は、腰までの高さしかない。船は要所要所に紅白の紐《ひも》を張って進路を示し、船内くまなく観覧できるようにしてあったので、船首に立っている彼の近くも人々はぞろぞろ通り過ぎていった。

時折、花火が昼間の晴れた空に打上げられ、甲高い乾いた音で破裂して、白い煙を残していた。船首の柵に靠《もた》れたままの姿勢で首をめぐらして下を覗《のぞ》くと、水面はかなり下の方で、機械油の虹《にじ》のような色に覆《おお》われて光っていた。水面のひろがりが桟橋《さんばし》のコンクリートの堅い線に劃《くぎ》られて、桟橋の上に張られた天幕がまるい形に見下ろせる。その天幕の中では、酒肴《しゅこう》が饗《きょう》されていて、ラウドスピーカーの濁った響が湧《わ》き上ってくる。

瑠璃子の母親は、華やかな道具立てに満足して、媚《こび》をまだ残しているよく光る眼で元木英夫の胸の造花の薔薇《ばら》を眺め、その大きな花がなにか彼の将来への保証でもあるかのような瞳の色になり、機嫌よく喋《しゃべ》っていた。

「それで、結婚式の日取りなども、きめなくてはなりませんわね。こういうことは一生に一度のことでございますから、よっぽど慎重に、手落ちのないようにいたしませんとねえ」

と、もう一度、視線を元木英夫の胸の薔薇に当てて言った。

「仲人をしていただくかたは、英夫さんの会社のどなたか偉いかたにお願いできると、よろしいのですけれどもね」

瑠璃子は、母親に顔を寄せて、充足した視線を一緒に彼の方に向けていた。二十歳あまり年齢の隔りのある二人の女の顔は、こうして並べてみると奇妙なほどよく似ていた。彼は、その顔を見ていると、精巧な人造人間と対《むか》い合っているような錯覚に、ふと捉えられる。

やがて、彼女たちは船長室を見物すると言って、立去って行った。彼は、その後姿を眼で追いつづける。その後姿の一つは、胴のところで細くくびれている曲線を見せている。彼が、よく知っている、そして気に入っている曲線。その傍に並んでいるのは、同じような骨格ではあるが、胴のくびれのところに鈍感そうなまた逞しそうな肉の付いてしまった中年女の軀《からだ》である。

瑠璃子の軀から脱け出した魂が、衣裳《いしょう》をつけて傍に並んで歩いている、そんなことをふと彼は考えてしまう。また、二十年後の瑠璃子が彼女と肩を並べて歩いてゆく、そんなことも彼の脳裏を掠《かす》める。「見合い」という形式から始まった瑠璃子との交際であるから、「結婚」という形に辿りつくことは当然のことになるわけなのだが、彼には少しも瑠璃子と結婚する気持はない。元木英夫のなかに「どうやら、これは冗談が過ぎたようだ」という気持が這入《はい》りこんでしまう。

彼は、苦笑いを浮べて、皮肉な自嘲《じちょう》するような眼の色になってゆく。

彼女たちの後姿が、船首から中甲板に降りるタラップに達しないうちに、中甲板から上ってくるなまなましい色彩の一群が、彼の眼に映った。

あけみの姿も、その群れに混っていた。

瑠璃子とあけみとは、未知の人間としてすれ違った。

元木英夫があけみに視線を移したときには、瑠璃子を見送った眼の色が、そのまま残っていた。そして、彼の眼の色にたいして賭のような気持でいたあけみを、その色は深く抉《えぐ》ってしまった。

そのとき、タラップに達した瑠璃子が、振向いて笑顔を示しながら大きく手を振った。彼はそれに苦笑で答え、その眼をふたたびあけみに戻した。彼の視線の行方を追って、振向いたあけみの視線が、華やかな令嬢の姿を捉えた。

すでにあけみは、彼の眼の色によって身の置き場所を失った気持になっていた。彼の眼の示す意味を、あけみは取違えていたのだが。その彼女の気持は、瑠璃子の姿によって一層はげしくバランスを失った。

自分の立っている地点から一瞬の間に消失してしまいたい、という気持が烈しくあけみを捉えた。どういう動作をしようというはっきりした意識はなかったが、彼女の軀は一つの塊となって、正面から元木英夫にぶつかって行った。あけみは、その咄嗟《とっさ》の間にふっと男の体臭を感じた。

不意をつかれた彼の軀は、あけみと縺《もつ》れ合って、柵の外の空間に投げ出された。軀にしっかり取縋《とりすが》っている女の腕を感じながら、何のためにこんなことになったのか、彼にはまったく理解できなかった。

あけみの脳裏にも、閃《ひらめ》いたものがあった。それは、身の置き場所のなくなった自分を、見えない巨大な手が新しい空間へ弾《はじ》き出してくれた、という考えである。

しかし、いずれも瞬間のことで、たちまち彼らの躯の周囲で烈しく空気が鳴り、呼吸の困難を覚え意識が薄れかけたとき、幾回かの回転のあげく脚をさきにして二つの躯は水面に切りこんでいった。長い距離を引込まれてゆき、ふたたび水面に浮び上ったとき、彼は女の躯をつき放そうとした。しかし、女の腕には必死の力がこもっていた。

それは殺意ではなかった。あけみが泳げないためにした、本能的な行為である。

また、二つの躯は沈みはじめ、さらにもう一度、ぽっかり浮び上った。水面にあらわれた部分が、はげしくあがいていた。

星光丸の水夫たちが数人、この男女を救うために、泳ぎ寄っていった。

重くるしくまつわりついてくる濡《ぬ》れた量感を、何回となく押脱ごうと踠《もが》いているつもりだったそのとき、遠い潮騒《しおさい》の音がしだいに近づいてくるように、沢山の人間たちがてんでに声を出している騒音が元木英夫の意識に入ってきた。

不明瞭《ふめいりょう》なその音の塊のなかで、年配の水夫が一きわ高い声で発した言葉を、彼は最初に耳にした。

「おい、見ろや、なんてまあ、よく似た顔をしてるもんだ。まるで、兄妹みてえじゃねえか」

　その言葉を聞いて、元木英夫がまず思ったのは、自分の災難が不測の災厄《さいやく》というものではないらしい、ということであった。自分の軀に衝《つ》き当ってくるまでのあけみという女の心の動きは、詳しく説明されてみれば、納得の行くものであろう。しかし、現在の彼の脳裏には、その経緯を組立てることのできる手掛りは、ほとんど見当らない。

　彼は、眼を開いた。

　夏の太陽の光は強すぎて、二、三度まばたきした。それが、正気づいたはっきりしたしるしとなった。

「あ、気がついた」

　という、ざわめきが周囲から起った。

　ヴィナスの主人や女たちの姿が、ごく近くで二つの溺《おぼ》れそこなった軀を覗きこんでいた。彼らの眼には、みな訝《いぶか》しげな割り切れない光が宿っていた。それらの眼は、みなこういう言葉を語っていた。

「これはどうしたわけだ、この男が店に来たのは、たった二回きりのことじゃなかったか」

その彼らの疑問を、口に出して元木英夫にたずねた男がいる。それは、望月五郎だ。彼はやっと正気づいた同僚の肩を摑《つか》んで、ゆすぶりながら、昂奮《こうふん》した口調で言った。

「おい、これはどういうわけだ。俺《おれ》にまで隠してなにかやっているなんて、あんまり水臭いじゃないか」

そして、この際、詰問《きつもん》する調子は適当でないということに気付いた彼は、

「いや、もう大丈夫だ、ひどい目にあってしまったなあ」

と慰める口調で、言葉をつけ加えた。

望月五郎は、女たちの中に蘭子の姿が見当らないことを不審におもっていた。そのことがこの小事件となにか関係があるかと疑って、性急な質問を元木英夫に向って浴びせかけたのだ。蘭子は、すでに数日前、あの街から銀座のキャバレーに移ってしまっていた。

つづいて、あけみが意識をとり戻した。わずかの時間、元木英夫よりも正気づくのが遅れたため、彼女の耳には、あの水夫の言葉は届かなかった。

明るい夏の光が、あけみの軀のまわりにいっぱい溢《あふ》れていた。長い熱病に魘《うな》されつ

づけた日夜から、ふと正気の瞬間が戻った気持にあけみは捉えられた。星光丸の柵の外に躯が投げ出されたときの、その空間の強い光を含んだ明るさが、あけみの眼の前に大きく拡がった。

しかし、それも一瞬の出来事だった。あけみの眼の前の輝いているひろがりから、たちまち光が脱落して、鈍い澱《よど》んだ色に変ってしまった。

やがて、そのひろがりの中に、あけみ自身の裸形を写した印画紙が一枚ひらひらと舞い下りてくる。その印画紙の枚数は、みるみるうちに殖《ふ》えてゆく。灰色の空間を舞い下りてゆく牡丹雪《ぼたんゆき》のように、それはいちめんに白い点々となって、そのひろがりを埋めはじめた。

その背景に、あの薪炭商の顔が大きく浮び上る。その顔は、鈍い笑いを漂わせている。その笑いに、狡猾そうな翳《かげ》が混ってすぐに消える。不意に、その眼に何ものかを認めた色が閃く。その眼は、こちらを、あけみの方を見ている。いや、それは舞い踊っている印画紙の上にそそがれているようだ。

にわかに、その眼の瞳孔《どうこう》が大きく拡がる。笑いが彼の顔から、拭《ぬぐ》い去ったように消えてしまう。そして、彼の顔はくるりとうしろを向いてしまった。

あけみの眼の前に垂れ下っている幕のようなものが消えて、やっと、彼女は現実にそこに立っている人間たちの姿を見ることができるようになった。

あけみは多くの眼が、疑わしげに探るように、自分に集っていることに、まず気付くのだった。あけみは、ふたたびあの街に戻って行こうとしている、自分の心を知った。

驟《しゅう》雨《う》

ある劇場の地下喫茶室が山村英夫の目的の場所だったが、鋪装路一ぱいに溢《あふ》れて行き交う人々の肩や背に邪魔されて、狭い歩幅でのろのろと進むことしか出来ない。日曜日の繁華街は、ひどい混雑だった。しかし、そのことは、彼を苛立《いらだ》たせはしない。うしろに連っている群衆が、彼の軀《からだ》をゆっくりした一定の速度で押してゆく。彼はエスカレーターに乗って動いているような気分でいるつもりだった。

厚いズックの布地を赤と青の縞模様《しまもよう》に染分けた日除《ひよ》けを、歩道に突出している商店が行手にあらわれた。近寄ってゆくと、それは時計屋だった。

約束の時刻は午後一時。彼は店内を覗《のぞ》いて、時計を見ようとした。

夏の終りの強い日射《ひざ》しに慣らされた彼の眼に、店の内部はひどく薄暗かった。壁一面に掛けられた大小形状さまざまの柱時計は、長針と短針があるものは鋭い角度にハネ上り、あるものは鈍角に離れたりして、おもいおもいの時刻を示していた。背後から押寄せてくる人の波は、彼に立止ることを許さない。その壁面に、あわただしく視線を走らせて、正しい時刻を選び出そうとした。そのとき、彼は胸がときめいていることに気付いたのである。

彼は自分の心臓に裏切られた心持になった。胸がときめくという久しく見失っていた感情に、この路上でめぐり逢《あ》おうとはまったく予測していなかった。これでは、まるで恋人に会いに行くような状態ではないか。

これから会う筈《はず》の女の顔を、彼は瞼《まぶた》に浮べてみた。言葉寡《すくな》く話をして、唇《くちびる》を小さく嚙《か》みしめる癖のある女。伏眼《ふしめ》がちの瞼を、密生している睫毛《まつげ》がきっかり縁取る。やや興味ある性格と、かなり魅惑的な軀をもった娼婦《しょうふ》。

その女を、彼は気に入っていた。気に入る、ということは愛するとは別のことだ。愛することは、この世の中に自分の分身を一つ持つことだ。それは、自分自身にたいしての顧慮が倍になることである。そこに愛情の鮮烈さもあるだろうが、わずらわしさが倍になることとしてそれから故意に身を避けているうちに、胸のときめくという感情は彼と疎遠《そえん》なものになって行った。

だから、思いがけず彼の内に這入《はい》りこんできたこの感情は、彼を不安にした。

鋪装路上をゆっくり動きながら、彼はその女と待ち合せをするに至る経緯を思い返した。

一ヵ月以前、彼は娼婦の町にいた。店の前に佇《たたず》んでいる一人の女から好もしい感じを受けたので、彼は女の部屋へ上った。

煙草《たばこ》に火をつけ、ゆっくり煙を吐きながら部屋のなかを見廻《みまわ》している彼の眼に、小さな額縁のなかの女優の顔が映った。映画雑誌のグラビア頁《ページ》から切り取られたらしいクローズ・アップで、レンズを正面から凝視している北欧系の冷たい顔は、その一部分が縦に切り捨てられ、従って片方の眼は三分の一ほど削りとられている。

そのトリミングの方法は、女優の大きな眼に、青白い光を感じさせる効果を挙げていた。

娼婦の手によってトリミングされた写真を見ることは、彼にとって初めての経験であった。そして、その娼婦は、大きく見開かれた女優の眼に、青白い光を灯《とも》したのだ。彼女自身の眼のなかに、同じ青白い光を見ようとして、彼は女に視線を移した。その光は、この町とは異質な閃《ひらめ》きを、彼に感じさせたのであった。

女は、しずかに湯呑《ゆのみ》を起して茶を注ごうとしていた。急須《きゅうす》を持上げた五本の指のたたずまいに、女の過去の一齣《ひとこま》が映し出されているのを彼は見た。

「きみ、茶の湯を習ったことがあるね」

「どうして、そんなことをお訊《たず》ねになるの」

鋭い咎《とが》めるような口調でその言葉を言い、続いて、小さく下唇を噛んだまま女の眼が力なく伏せられた。

彼は、やや興味を惹《ひ》かれた。しかし、それはこの町と女とのアンバランスな点に懸っているので、女をこの地域の外の街に置いて真昼の明るい光で眺《なが》めてみたら、その興味は色褪《いろあ》せる筈だ。むしろもっと娼婦らしい女の方がこの夜の相手として適当だったのだが、と遊客としての彼は感じはじめていた。

やがて下着だけになって寝具の中へ入ってくる女の姿態には、果して娼婦にふさわしくない慎しみ深い趣が窺《うかが》われた。

しかし、横たわったまま身を揉《も》みながら、シュミーズを肩からずり落してしまうと、にわかに女はみだらになった。

鏡の前に坐《すわ》って、みだれた化粧を直しながら、「また、来てくださるわね」と女は言った。その声は、もはや彼の耳には娼婦の常套《じょうとう》的な文句として届いた。そして、女の軀は彼の気に入った。飽きるまでに、あと幾度かこの女の許《もと》に通うことになるだろう、と彼はおもった。

勤務先の汽船会社の仕事で、彼はちょうど翌日から数週間東京を離れなくてはならなかった。

鏡の中で、女は彼を見詰めて言った。

「いつお帰りになるか、旅行先からお手紙をくださいませんか。宛名《あてな》はね……」

と、女はゆっくりした口調で、娼家の住所と自分の姓名を告げ、「わかりましたね、……ですよ」と、もう一度、彼の記憶に刻み込んでゆくように、一語一語念入りに繰返した。その教え訓《さと》すような口調は、この町から隔絶したなにか、たとえば幼稚園の先生の類《たぐい》を連想させた。一瞬のあいだに自分が幼児と化して、若い美しい保母の前に立たされている錯覚に、彼はふと陥った。

その記憶が旅情と結びついて、彼に手紙を書かせたのである。

ある湾に沿った土地の旅館で、彼は待ち合せの日時を便箋《びんせん》に記した。地味な茶色の封筒を選んで、女の宛名を書きつけたが、そのときの彼女の名は、手紙を相手にとどけるための事務的な符号として直《す》ぐ彼の脳裏から消え、女の姿態だけが色濃く残った。一方、彼の心の片隅《かたすみ》には、白昼の街にこの女を置いて、先夜娼婦の町において女に感じた余情を、拭《ぬぐ》い去ってしまおうという気持も潜んでいた。

地下喫茶室の入口が眼に映った。

自分が書き送った一方的な逢い引きの約束を、娼婦が守るかどうかということへの賭《かけ》に似た気持が、このように心臓の鼓動を速くしているのだ、と彼は考えようとした。

彼が地下へ降りて行ったとき、明るく照明された室内の片隅の椅子《いす》に、女はすでに坐っていた。地味な和服に控え目の化粧で、髪をうしろへ引詰めた面長《おもなが》な顔の大きな眼に、職業から滲みこんだ疲労と好色の翳《かげ》がかすかに澱《よど》んでいた。

指定の場所へ女が来たことが分った後も、彼の感情のたかぶりは続いていて、女の向い側に坐って唇を開いたが、気軽に言葉を出し兼ねた。女は、その様子を見て、

「わたし、義理がたい性質《たち》でしょう」

と、くすりと笑いを洩《も》らして言った。そして、相変らず黙ったまま見詰めている男の眼をみると、その言葉の陰翳《いんえい》が相手に伝わらないのを恐れるかのように、一つの挿《そう》話《わ》をつけ加えた。

「ほとんど毎週、金曜日のお昼にお会いする方があるのよ。いつも、お魚の料理を食べに連れていってくれるの。ちょび髭《ひげ》の、肥《ふと》った人でね、とってもお人好《ひとよ》しなの」

女の顔を見詰めたまま話を聞いていた彼は、無表情を装って、

「そう、それは結構だ」

と答えたが、心の中では、「これでは、まるで求愛をして拒絶されたような按配《あんばい》だ」

と呟《つぶや》いていた。そして、先刻時計屋の店頭で不意に彼の内部に潜りこんできた感情が、このような終点に辿《たど》りついたことに、ふたたび驚かされていた。

下駄穿《げたば》きの気楽な散歩の途中、落し穴に陥《お》ちこんだ気持に、彼はなっていた。

山村英夫は大学を出てサラリーマン生活三年目、まだしばらく独身でいるつもりだった。明るい光を怖《おそ》れるような恋をしたこともあったが、過ぎ去ってみればそれも平凡な思い出のなかに繰入れられてしまっていた。

現在の彼は、遊戯の段階からはみ出しそうな女性関係には巻き込まれまい、と堅く心に鎧《よろい》を着けていた。

そのために、彼は好んで娼婦の町を歩いた。娼婦との交渉がすべて遊戯の段階にとどまると考えるのは誤算だが、赤や青のネオンで飾られた戦後のこの町に佇んでみると、その誤算は滅多に起らない気分になってしまう。以前のこの地帯の様相には、人々に幻影を育《はぐく》ませる暗さと風物詩になる要素があった。しかし、現在のこの町には、心に搦《から》みついてくる触手がない。そして、ダンサー風の女たちは、清潔に掃除されピカピカ磨《みが》き上げられた器械のように、店頭に並んでいる。

このような娼婦の町を、肉体上の衛生もかなり行届いているとともに、平衡を保とうとしている彼の精神の衛生に適《かな》っていると、彼は看做《みな》していた。

この町では、女の言葉の裏に隠されている心について、考えをめぐらさなくてはならぬ煩《わずら》わしさがない。たとえば、「あなたが好き」という女の言葉は、それに続く行為が保証されている以上、そのまま受取っておけばよいわけだ。

その彼の心が、眼の前の女の言葉によって動揺させられていることは、彼にとっては甚《はなは》だ心外な出来事なのであった。


最初、無表情を装っていた彼の眼は、いまは波立っている彼自身の内部を眺めはじめたので、その視線は女の上に固定されたまま全く表情が窺われなくなった。

「そんなに、じっと顔を見ては厭《いや》」

その言葉で、外側へ呼び戻された彼の眼に、女の白い顔が浮び上った。

「どうして」

「あなたとお会いしていると、恥ずかしいという気持を思い出したの」

「なるほど、それはいい文句だ。商売柄《しょうばいがら》いろんな言葉を知っているね」

その言葉を、彼は軽い調子で口に出すことができたので、二人のまわりの空気がゆらいでほぐれていった。

やっと彼は、遊客という位置に戻ることが出来たので、それからの会話はなだらかに進んでいった。といっても、彼が女の身の上話を求めたりしたわけではない。彼はむしろ、明るい猥談《わいだん》の類を話題にした。

その話題が一層女の心を解いて、彼女も娼家に現れた人間ポンプのことを話した。「人間ポンプ」というのは、特殊な胃袋を観《み》せものにして舞台に立っている男で、呑みこんだガソリンに点火して唇から火焔《かえん》を吐いたり、幾枚も次々と胃の腑《ふ》へ納めた剃《かみ》刀《そり》の刃を重ね合せて口から取出したりするのである。

そして、彼女の話は、主にその男の異常体質に関してであった。

その話を聞いているうちに、彼は女が露骨な言葉を使うのを巧みに避けていることに気付いた。そのことは話の猥雑な内容と奇妙に照応して、官能的な効果をあざやかに彼の心に投げかけた。

彼は次第に寛《くつろ》いだ気持になったつもりだった。みだらになったときの女の姿態がふと脳裏を掠《かす》めた。軽薄な調子で、言葉が出ていった。

「きみは面白い女だな、僕の友人たちを紹介しようか」

女はにわかに口を噤《つぐ》んで、睫毛を伏せてしまった。寂しい顔がよく似合った。

自分の言葉がフットライトとなって、女の娼婦という位置をその心のなかに照らし出したことが、女をにわかに沈黙させたのだ、と彼は気付いた。しかし、眼の前の女が彼一人で独占できない、多くの男たちを送り迎えしている軀であることを、今更のように自分自身に納得させようという気持も、その言葉の裏に潜んでいたのだ。そのことには、女と別れたあとで彼は気付いた。

ふたたび訪れた沈黙を救おうとするように、あるいはそれに抵抗するかのように、女はゆっくりした口調で話しはじめた。

「こういうこと、どう考えますか。たとえば、わたしがあなたを好きだとしてね、あなたに義理をたてて、次にお会いするときまで操《みさお》を守っておくことが出来るかどうか、ということ」

操を守っておく、という表現の内容はすぐには分らなかった。娼婦の場合、それはオルガスムスにならぬようにする、と考える以外には解釈のしようがなさそうである。娼婦には、唇をあるいは乳房を神聖な箇所として他の男に触れさせずに、愛人のために大切に残しておく例がしばしばある。しかし、オルガスムスをとって置くということは、娼婦の置かれている場所が性の営みに囲繞《いじょう》されているだけに、彼の盲点にはいっていたようだ。

新鮮な気分が彼の心に拡《ひろ》がっていった。と同時に、かすかな苛立ちをも感じた。

「そんなことは出来ないだろう」

「そう、やっぱりあなたはオトナね。だから好きよ」

あなたが好き、女のそんな言葉がまたしても彼の心にひっかかってくる。彼は膨れあがってくる想念に捉《とら》われはじめた。

操を守っておくためには……、他の男の傍で快感が軀に浮び上ってくると、彼女はそれが高潮してゆくのを抑えようとする。そのときには必ず、愛する男の姿が女の脳裏に浮ぶ筈だ。あたかも身を守る楯《たて》であるかのように、密着している他の軀との間にその男の姿をすべり込ませて、彼女は迫ってくるものを禦《ふせ》ごうとし、自分の内部で湧《わ》き上るものを抑えようとする。他の軀からそそぎこまれようとする快楽の量と愛する男の幻影とがしばらく拮抗《きっこう》し、ついに愛人の面影の周囲がギザギザになり、やがて罅《ひび》割《わ》れて四方へ淡く拡散してしまう。

その想像から、えたいの知れない苦痛を感じて、彼はおもわず、

「操を守ってもらうような男にはなりたくない」

と呟くと、口説かれた女が巧みに相手をそらすように、女はかるく笑って、言った。

「あら、ずいぶん取り越し苦労をしてるのね」

その言葉は彼を不快にした。単なる娼婦の言葉が自分の心を傷つけているという事

実が、一層彼を不快にした。彼の心は、それに反撥《はんぱつ》した。彼は、もう一度、女をはっきり娼婦の位置に置いてみなくてはならない、と考えた。女をホテルに誘って、その軀を金で買ってみよう。

彼はそのとき、女の眼が濡《ぬ》れた光におおわれているのに気付いた。巧みに相手をそらすような言葉とは釣合《つりあ》わぬものが、その光にある。恋をしている女の眼の光に似ていた。彼は不安になり、そして不安になった自分に擽《くすぐ》ったい気持を覚えた。いままでの話題が、女の欲情を唆《そそ》ったまでのことなのだろう、煽情《せんじょう》された光なのだろう、と彼は女を見詰めた。

女は彼の視線に気付き、軽く唇を噛むと下を向いて乱れた呼吸をととのえていたが、急に顔をあげると笑い声をたてた。

その声は、周囲のテーブルの人々が振向くほど、華やかで高かった。

しかし、その笑い声は不意に消えて、ふっと寂しい表情が女の顔を覆《おお》った。その顔を見て、喉《のど》もとまで出かかっていた誘いの言葉が、彼の唇でとどまった。目に見えぬ掌が彼の口に押当てられて、出てゆこうとする言葉を阻《はば》んでいるかのようだった。このとき彼は、相手が軀を売る稼業《かぎょう》の女であることが、かえって女をホテルへ誘うことを躇《ため》らわせているのを感じていた。

ともかく戸外へ出よう、と彼は思った。

女を促して立上ると、裏の出口へ向った。この地下の喫茶室の裏口は、狭いコンクリートの階段が細い裏通りに口を開いていた。

喫茶室の内部からの視線も遮《さえぎ》られている人気ない階段の下に佇んだ女は、彼の顔をちょっと窺い、小走りに一息に駆けあがってしまった。下駄の乾いた音が、あたりの堅い壁に反響した。短冊形《たんざくがた》に外の光が輝いている出口に、逆光を受けて佇んでいた女は、彼がゆっくりと昇ってくるのを待って、

「今度お会いするまで、わたし、操を守っておくわね」

とささやくと、微笑《ほほえ》みを残して急ぎ足に去っていった。取残された彼の心に、このときはっきりと、女が固有名詞となって這入りこんできた。海浜の旅館で彼が書き記した封筒の宛名のなかの「道子」という女の名が、ぽっかり彼の瞼に浮び上ってきた。

晩夏から秋が深くなるまでの約一ヵ月半の間、山村英夫はかなりの回数の朝を、道子の部屋で迎えた。

そのために必要とした金の遣《や》り繰りのために、彼は月給の前借をしたり、曾祖父《そうそふ》から伝わった「水心子正秀」の銘刀を金に替えたりした。但《ただ》し、この刀に関しては、女

のために先祖伝来の品を手離すという気持ではなく、彼には山村家の家系を自分で断絶してしまおうという密《ひそ》かな気持があって、その方へ力点が懸っているのだと、自分の行為を解釈していた。

だが、金を工面して女のところに通ったという事実は、動かせない。そして、それはすべてあの日曜日の別れ際《ぎわ》に道子がささやいた「操を守っておく」という言葉のせいだ、と彼は考えようとした。

その言葉は、彼を苛立《いらだ》たしい気分にさせた。その苛立たしさは、道子の言葉によって導き出される風景から与えられる、肉体的な不快感であると彼は思った。彼自身の影像が道子と見知らぬ男との肉体の間に挟《はさ》まれて、あるいは圧縮されあるいは拡散しかかっているあの風景。その不快感から脱《のが》れるためには、道子の傍の見知らぬ男たちを排除して、彼自身がずっとその位置にいる以外に方法はなかった。

彼はその苛立たしさを、あくまでも生理的なものに看做そうとしていたが、しかしそれだけでは済みそうにない症状が次第に濃厚にあらわれはじめた。

午後十一時。

この夜も、彼は道子の部屋へ泊ろうとして娼家《しょうか》の入口に歩み寄っていった。

店頭に佇《たたず》んでいる女たちは彼の顔を見覚えて、誘いの声をかけることはなくなっていたが、目立って背の高い女が、傍を通り過ぎて店内へ入ってゆこうとする彼の耳もとでささやいた。

「ちょっと。頸《くび》すじのところをつまんでくれない。はやくお客があるおまじないにさ、あんたにやってもらうと縁起がいいのよ」

彼は立止って、肩先までかかっている女の髪を持ちあげた。漆黒の豊かな毛髪が、人の好さそうな平凡な顔を縁取っていた。

頸すじの筋肉をつまみ上げながら、

「どうして、僕だと縁起がいいのだい」

と、彼は訊《たず》ねてみた。

「どうしてもさ」

「それなら、もっと縁起のいいように、お尻《しり》を撫《な》でておいてやろうか」

「バカ、おねえさんに叱《しか》られるよ」

道子がこの店へ来てから、すでに二年間が経《た》っている。一方、女たちの移り変りは激しいので、彼女はこの店での最古参になってしまった。したがって、他の女たちからは「おねえさん」と呼ばれていたが、その女の口調には、そのためばかりでない好意が感じられた。

約十分後、風呂《ふろ》へはいるために彼と道子が階下へ降りてゆくと、その背の高い女が面映《おもはゆ》げな若い男を従えて、意気揚々と登ってくるのに出逢《であ》った。

女は片眼《かため》をつぶって彼に合図をおくり、狭い梯子段《はしごだん》の途中ですれ違いざま道子の腰を強く掌で叩《たた》いた。道子の笑い声が、華やかに彼の耳をうった。

風呂から上って先に部屋へ戻り、窓に腰をおろして街の光景を見下していた彼に、道子は黙って冷たい牛乳瓶《ぎゅうにゅうびん》を手渡すと、

「ね、またしばらくつきあって」

と言いながら、ダイスの道具を取出した。

その夜は、彼には悪い目ばかり出た。一方道子は大そう運がついていた。五つの骰《さ》子《い》が、机の上で乾いた音をたてて転がって止ると、何かしら役のついた骰子の目が並んでいるのだ。

彼女は興に乗って、幾度も繰返して骰子を振りつづけている。

不細工に大きい木製の骰子を五つ、ボール紙の筒のなかへ入れて、小さい机の上に振出す。女はすでに、かなりの額の貯金を持っているらしい。部屋の調度品も、よく選ばれたものを揃《そろ》えていたし、いま骰子を転がしている机も紫檀《したん》であるが、このダイ

スの道具だけは粗末だった。

もしこの遊戯の道具も金のかかった品であった場合、彼女の身をとりまく侘《わび》しさはかえって深いのではなかろうか。彼は次第に、輪郭がはっきり定まらない、とりとめのない物思いに捉われていった。

街では、鋪装路をひっきりなしに歩む遊客の靴音《くつおと》と、男を誘う女たちの嬌声《きょうせい》が、執拗《しつよう》に繰返される主旋律のように響いていた。

にわかに、罵《のの》りあう声が、街の一角から巻起った。彼の物思いは、破られた。悪罵《あくば》の言葉のなかから、飛び抜けて鮮明な女の声が浮び上って、

「どうせ、あたしは淫売《いんばい》だよッ」

と叫んだ。続いて、男の濁った声が、

「へえ、おまえ淫売だって。インバイて、いったいどんなことをするんだい」

「ヘン、そんなこと知らないのか。淫売てのはね」

と、そこで女の声が詰った。

彼はひどく切迫している自分の心を知った。彼には、道子の顔が正視できない。伏せた眼に、机の上の骰子の目が映ってくる。四つの骰子が1、残りの一つが5を示している。数秒前、彼女が振った骰子なのだ。

街全体がにわかに静寂になって、次の言葉を待っているように思えたとき、戸外の女の声が急に勢づいた語調でふたたび叫びはじめた。

「そりゃあ、淫売てのはね」

彼は、彼自身がこれから定義されるかのように緊張した。甲高い女の声が、次の言葉を発した。

「そりゃね、インをバイするのさ、ハハハ」

「アッハッハ」

酔っているらしい相手の男の明け放しの笑い声が続いて、室内の彼の緊張は急速にとけていった。

彼は、5の目の骰子を素早く親指の腹で押して、1の目に変えると、

「おい、きみ、すごい目が並んでいるじゃないか」

と、道子の肩をかるく押した。

「あら、わたしぼんやりしてしまって……。まあ、すてき。全部1じゃないの」

そう言ってから、道子は大きな笑い声を立てた。その笑い声は、平素と同じく暗い翳《かげ》のない華やかさだった。しかしこの場合、声に籠《こも》った量感は、彼女の笑い声から暗い翳を拭《ぬぐ》い去るためのもののように思えて、かえって侘しく彼の耳に響いた。

別の日の朝、九時過ぎ。

彼は道子と一緒に、娼家の裏口から出ようとしていた。

道子の部屋に泊った翌朝は、彼は一層怠惰な会社員になり、彼女とともに朝の街へ出てコーヒーとトーストを摂《と》ってから、十一時近くに出社する。

狭い路地で道子と軀《からだ》を押合うようにしながら背を跼《かが》めて、裏木戸を開けようとしていると、外側から戸がひらいて彼の眼前に老人の顔があった。扇形に拡げた幾冊かの薄い印刷物をもった手を煽《あお》ぐように上下させながら、皺《しわ》にかこまれた口をすぼめて、来年の運勢暦だから買ってくれ、といった。

不意を打たれて恥じらった彼の目に、冊子の表紙に印刷されている「何某易断所本部」とか「家宝運勢暦」とか筆太の文字が映ると、おもわずポケットの金を探って買ってしまった。道子が肩越しに覗《のぞ》きこんで、はやく自分の運勢を調べてくれ、といった。彼は歩みを遅くして、その冊子をめくって彼女の星を探した。そのときはじめて、道子が四つ下の年齢であることを知った。

道子の運勢の載っている頁《ページ》を探しているとき、自分では全くこのような暦を信じていないのにもかかわらず、彼は良い星を彼女のために願っているのに気付いた。

この時刻の娼婦の町には、人影はほとんど見られない。毛の短い白い犬が彼の方へ首を向けて、短く吠《ほ》えた。その声がガランとした街に、深夜の鳴声のように反響した。

街はネオンに飾られた夜とはまったく変貌《へんぼう》して、娼家はすべて門口を閉し、化粧を落し、疲れて仮睡《まどろ》んでいる。夜には無かった触手がその街から伸びてきて、彼の心に搦《から》みつこうとする。このときの彼の眼には、道子が昔ながらの紅燈《こうとう》の巷《ちまた》に棲む女、大時代な運勢暦に一喜一憂する女として映り、その女の心を慮《おもんぱか》って彼は道子に良い星を願ったのであろうか。

ともかく、この彼の心は、道子へ向ってはっきりした傾斜を示していた。運勢暦の、彼女の年齢が当っている「九紫火星」の頁に、大盛運という活字と、真白い星印を見たとき、彼は安堵《あんど》の感を覚えた。

九紫火星の欄には、さらに旭日昇天という文字とともに稚拙な挿絵《さしえ》がついていて、水平線上に輝いている朝日に向って勇ましく進んでいるポンポン蒸気のような船が描かれてあった。

道子はそれを見て、「ずいぶん、ハデな絵ねえ、来年はいくらかいいことがあるのかしら」と、控え目の笑顔を示した。彼はこのとき初めて、彼女の笑い声に哀切な翳を見たように思った。

それでも、喫茶店の椅子《いす》に坐《すわ》ったときには、道子の口はほぐれて、「はやくこの商売から抜け出したい」と語りはじめた。

「ママさんにはね。どこかの支店を委《まか》せるからやってみないかって、言われているのだけど、どうせ廃《や》めるのならキッパリ縁を切りたいの。貯金がもっと出来たら、花屋さんをやろうかと思ってる。うんとお金があったら、お湯屋さんの方が儲《もう》かるそうだけど。手相を観《み》てもらったら、わたしやっぱり水商売に向いてると言われたけど、お湯屋さんて水商売のうちかしら」

と言って、彼女はいつもの華やかな笑い声をひびかせた。

彼は、道子のいなくなった町を思い浮べてみた……。

そのときは、自分は道子の花屋へ何の花を買いに行くだろう。だんだらのチューリップなどが陽気でよい。銭湯を開業したら、手拭とシャボンをもって一風呂浴びに行くわけか。

彼の耳に、ふたたび道子の声が聞えてくる。

「一度廃めたら決して戻ってこないようにしたいわ。廃めたひとたちのほとんど全部が、また戻ってきていますものねえ。そんなことになったら、わたし、自分に恥ずかしいの」

そして、彼女は眼を伏せ、呟くように言った。

「つらい、ことですわねえ」

別れて、電車に乗り、座席に坐って先刻の道子との会話をぼんやり反芻《はんすう》しながら手に持っていた運勢暦の彼自身の星を探してみた。四緑《しろく》木星、小衰運という星で、故障した自動車の下に仰向けに這《は》い込んで修繕している男の絵が載っている。『本年貴下は本命年になりました。俗に八方塞《ふさ》がりといいますが……、云々《うんぬん》』という文字を拾い読みながら、先刻道子のために暦を開こうとしたとき自分の心に動いたものについて、彼ははじめて考えをめぐらせはじめた。

そのとき、隣席から話しかけてくる声が、彼の物思いを断ち切った。

「珍しいものをお持ちですな。お若いのにおめずらしい、御研究になっているのですか」

首をまわしてみると、古びた詰襟《つめえり》の服を着た中年の男が、落ち窪《くぼ》んだ眼窩《がんか》のなかで眼を光らせていた。

彼は曖昧《あいまい》に、いや別に、と答えた。しかし、以後終点までどうやら偏執的なところの感じられるその男から、運命の神秘についての退屈な講義を聞かされ続けなくてはならなかった。

十月も末に近づき、山村英夫のいる事務室の窓からは、鈴懸《すずかけ》の街路樹がその葉群のてっぺんを、黄ばんだ色に変えてゆくのが見られた。

その季節のある朝、出社した彼が少女の淹《い》れてくれた熱い茶を飲みながら新聞を眺《なが》めていると、隣席の古田五郎が白い角封筒をさしのべてきた。

古田五郎——。その男と山村英夫とは、麻雀《マージャン》の打合せとか、悪事の相談とかのときには円滑に会話が弾むのであったが、それが済んでしまうと沈黙がやってくる。

山村英夫は、この男と同じ範疇《はんちゅう》の語彙《ごい》で会話できるのは麻雀と娼婦についてだけだ、と考えていたが、数ヵ月以前から娼婦についての話題は彼等の間から除かれた。それは、古田五郎に社の重役の娘との縁談が起ったためだ。彼はその縁談にすこぶる熱心で、にわかに素行を慎みはじめたのである。一方、その縁談によって出世の約束手形をポケットへ入れることが出来たかのように、以来彼の同僚にたいする態度は横柄《おうへい》になった。

白い封筒をはさんだ古田の指に、金の婚約指環《ゆびわ》が光った。果して、封筒からは金縁の堅い紙片があらわれて、古田五郎と何某の次女何子とが十一月△△日に結婚披露宴《ひろうえん》を行う旨《むね》が、印刷されてあった。

「君には、社の同僚代表ということで出席してもらいたい」

「出席するよ」

古田五郎は、ゆっくりした大きな動作で腕をうごかしてロイド眼鏡を外し、水色の縞《しま》のはいったハンカチでレンズを拭《ふ》きながら、凝《じ》っと上目使いで相手を見て、

「ところで、服装は背広でも結構だが、式服ならそれに越したことはない。なにせ、相手の家があのとおりなんでね、ハッハッハ」

人間の男の充足した表情をあらわに示して笑っている顔を、ぼんやり眺めながら、山村英夫は「このようにして、また一組の夫婦が出来上ってゆくのだな」と感じていた。

その華燭《かしょく》の宴が迫ったある午後、関西の造船所と連絡しなくてはならぬ急用が出来て、山村英夫はにわかに出張することになった。

披露宴の前夜までには帰京できるように予定をつくりながら、独身者の気軽さで鞄《かばん》にタオルを入れただけの旅仕度をして、彼はそのまま東京駅へ向った。

古田五郎の結婚式の前夜、予定どおり旅行から戻ってきた山村英夫は、娼家の一室にいた。

道子は彼と一緒に風呂へ入り、煤煙《ばいえん》で汚れた彼の髪の毛に石鹸《せっけん》を二度つけ直して、

丁寧に洗ってくれた。道子が彼にたいして抱いている感情の基調をなしている好意は、この日は上昇して恋慕の情に近くなっているかのような風情《ふぜい》が、彼女の態度から窺《うかが》われた。

それは、彼が身につけて持ち帰った旅のにおいが、道子の感傷を唆《そそ》ったためであったかもしれない。しかし、彼女のこのような状態に気を許してはいけない。たとえば、ある夜、彼は道子と数日後の正午にあの地下喫茶室で待ち合せて、映画を観にゆく約束をした。道子が忘れないように、壁に懸っている製薬会社の大きなカレンダーの約束の日付の上に、彼は鉛筆で印をつけようとした。そのとき、道子は彼の手をそっと抑えてこう言った。

「あら、いけないわ。ほかのお客さんがヘンに思うから」

彼は部屋に戻って、窓に腰かけた。

道子の部屋は、二階からさらに短い階段を昇った中三階にあって、そこから彼は町のたたずまいを見下ろした。この町を歩いている男たちは、大部分が靴を履いた背広姿である。女たちはほとんど洋装で、キャバレーの女給と大差ない服装だ。

高い場所から見下ろしている彼の眼に映ってくる男たちの扁平《へんぺい》な姿、ゆっくり動いていた帽子や肩が、不意にざわざわと揺れはじめた。と、街にあふれている黄色い光のなかを、燦《きらめ》きながら過ぎてゆく白い条《すじ》。黒い花のひらくように、蝙蝠傘《こうもりがさ》がひとつ、彼の眼の下で開いた。

町を、俄雨《にわかあめ》が襲ったのだ。大部分の男たちは傘を持っていない。

色めき立った女たちの呼声が、地面をはげしく叩く雨の音を圧倒し、白い雨の幕を突破った。

「ちょっと、ちょっと、そのお眼鏡さん」

「あら、あなたどこかで見たことあるわよ」

「そちらのかた、お戻りになって」

めまぐるしく交錯する嬌声。しかし、その誘いの言葉は、戦前の狭斜《きょうしゃ》の巷について記した書物に出てくる言葉からほとんど変化していないことに、彼は今はじめてのように気付いた。

彼はその呼声を気遠く聞きながら、夜はクリーム色の乾燥したペンキのように明るいだけの筈《はず》であるこの町から、無数の触手がひらひらと伸びてきて、彼の心に搦みついてくるのを知った。

夜のこの町から、彼ははじめて「情緒」を感じてしまったのである。

すっかり脂気《あぶらけ》を洗い落してしまった彼の髪は、外気に触れているうちに乾いてきて、パサパサと前に垂れ下り、意外に少年染《じ》みた顔つきになった。

その様子をみた道子の唇《くちびる》から、

「はやく、あなたに可愛《かわい》らしいお嫁さんを見付けてあげなくてはね」

という言葉が出ていった。

しかし、道子は「可愛らしいお嫁さん」を見付けられる環境には置かれていない。

その言葉の意味は何なのだろう。

彼は疑い、そしてたじろぐ気持も起ってきた。その間隙《かんげき》に不意に浮び上ったものがある。

「そういえば、明日は古田五郎の婚礼で、僕も出席するわけだった。それもなるべくモーニングを着てという次第だ」

脳裏に浮んだこの光景は、彼の顔に曖昧な苦笑を漂わせた。

その笑いを見て、道子は言った。

「あら、あなた、もう奥さんがおありになるのね」

彼はおどろいて、女の顔を見た。女の眼は、濡《ぬ》れていた。

たやすく軀を提供するだけにかえって捉《とら》え難い娼婦《しょうふ》の心に、触れ得たのかという気持が彼の胸に拡《ひろ》がっていった。

甘い響をもった声が、彼の唇から出ていった。

「バカだな、僕はまだ独身だよ」

道子は不意を打たれた顔になった。

かがやきはじめた女の瞳《ひとみ》をみて、彼の心は不安定なものに変っていった。


道子の傍で送ったその一夜は、夢ばかり多い寝ぐるしいものだった。

その夢のひとつで、彼は道子を愛していた。それまで道子が娼婦であることが彼の精神の衛生を保たせていたのだが、ひとたび彼女を愛してしまったいまは、そのことがすべて裏返しになって、彼の心を苦しめにくるのだった。


瞼《まぶた》の上が仄《ほの》あたたかく明るんだ心持で、彼が眼《め》を開くと、あたりには晩秋の日光が満ちていて、朝の装いをして枕《まくら》もとに端坐《たんざ》している道子と視線が合った。彼女は眩《まぶ》しそうな優しい笑顔を示して立上ると、彼に洗面道具と安全剃刀《かみそり》を渡して、言った。

「はやくお顔を洗っていらっしゃい」

ずっと以前から道子という女とこのような朝を繰返している錯覚に、彼は陥りかかった。

しかし、階下の洗面所から再び部屋へ戻って、乱れている髪を整えようと、櫛《くし》を探すため鏡台の引出しを開けたとき、そこに入っていたものが彼の眼を撲《う》った。使い古した安全剃刀の刃が四枚、重なり合って錆《さ》びついているのだ。

その四枚の剃刀の刃から、数多くの男の影像が濛々《もうもう》と煙のように立昇り、やがてさまざまの形に凝結した。道子に向って、あるものは腕をさしのべ、あるものは猥《みだ》らな恰好《かっこう》をした。

はげしく揺れ動くものを、自分の内部に見詰めながら、彼は何とかして平静を取戻そうとした。しかし、鋭い鉤《かぎ》が打込まれているのを、認めないわけにはいかなかった。それでも、彼はその状態から逃れ出そうと企《たくら》んでいた。

道子は、駅まで送ってゆく、と言った。二人の吐く息が白く、道路の改修工事で掘りかえされた土に霜柱が立っていた。十一月中旬のこの朝としては、おそらく例年にない低い気温なのであろう。途中、繁華街に並行した幅広い裏通りの喫茶室に、二人は立寄った。

ヒュッテ風の建物の階上へ昇ってゆくと、室内には午前の光がななめに差し入って、光の縞のなかで細かい塵埃《じんあい》がキラキラ舞っていた。窓際《まどぎわ》の席に一足さきに歩み寄った彼は、光を背にした位置を占め、前の椅子に道子のくるのを待った。

前の椅子の背には、日光がフットライトのように直射していた。何気なく、道子が彼と向い合って腰をおろしたとき、明るい光が彼女の顔を真正面から照らし出した。彼は企んでいたのである。皮膚に澱《よど》んだ商売の疲れが朝の光にあばきだされて、瞭《あきら》かな娼婦の貌《かお》が浮び上るのを、彼は凝っと見詰めて心の反応を待っていた。眩しさに一瞬耐えた道子の眼と、彼の眼と合った。彼女は反射的に掌で顔を覆《おお》い、その姿態のまま彼の傍に席を移すと、ゆっくり腕をおろし、やがてハンカチでかるく頰《ほお》をおさえながら、

「コーヒーちょうだい」

と、低い声で給仕に呼びかけた。

背けた視線を窓の外へ向けた彼は、道子が彼の企みに気付いたのかどうか、思いめぐらしていた。「ただ眩しかっただけなのだ、この密《ひそ》かな企みに気付くなんて、そんなことがあり得るだろうか」

そのとき、彼の眼に、異様な光景が映ってきた。

道路の向う側に植えられている一本の贋《にせ》アカシヤから、そのすべての枝から、夥《おびただ》しい葉が一斉《いっせい》に離れ落ちているのだ。風は無く、梢《こずえ》の細い枝もすこしも揺れていない。葉の色はまだ緑をとどめている。それなのに、はげしい落葉である。それは、まるで

緑いろの驟雨《しゅうう》であった。ある期間かかって少しずつ淋《さび》しくなってゆく筈の樹木が、一瞬のうちに裸木となってしまおうとしている。地面にはいちめんに緑の葉が散り敷いた。

道子は、彼の視線を辿《たど》ってみた。

「まあ、きれい、といっていいのかしら……。いったい、どうしたのでしょう」

「たぶん、不意に降りた霜のせいだろう」

と彼は答えながら、その言葉を少しも信じようとしない自分の心に気付いていた。

彼は、今夜はなるべく黒っぽい背広に着かえて、隣席の同僚の華燭の宴に出席することにしよう、と物憂《ものう》く考えた。

披露宴は滞《とどこお》りなく終り、満悦の表情を隠さず示した古田五郎は、新婦を伴って熱海へ発《た》っていった。

東京駅のプラットホームに取残された山村英夫は、道子という女に向って傾斜している自分の心を見詰めて、しばらく佇《たたず》んでいた。

彼は街へ出て、映画を一つ観た。その外国映画には、キラリと光る鋭さを地味な色合の厚い布でおしつつんだような演技を示す女優が主演していた。そのＪ・Ｊという女優が道子に似ていると、彼は以前から思っていた。以前にそのことを彼が告げたとき、道子は、「わたしは誰にも似ていなくていいの。わたしは、わたしだけでいいのです」と言った。その言葉には、昂然《こうぜん》とした語調は伴っていなかった。彼は狼狽《ろうばい》して、「贅沢《ぜいたく》を言うなよ。J・Jぐらいで我慢して置きなさい」と笑いに誤魔化そうとしたのであったが。

映画館から出て、しばらく一人で酒を飲んでいたが、やがて彼の足は、あの道子の棲《す》んでいる、原色の色彩が盛り上り溢《あふ》れている地帯へと向いていた。

午後十時、彼が道子の娼家へ着いたとき、彼女の姿は見えなかった。呼んでもらうと、しばらくして横の衝立《ついたて》の陰から道子の顔があらわれた。

軀《からだ》は衝立のうしろに隠れ、斜にのぞかせた顔と、衝立を摑《つか》んだ両手の指だけが彼の眼に映った。ちらりとあらわになった片方の肩からは、あわてて羽織った寝巻がずり落ちそうになっていた。

道子は、ささやくような声で言った。

「いま、時間のお客さんが上っているの。四十分ほど散歩してきて、お願い」

それから彼の顔をじっと見詰めて、曖昧な笑いを漂わせながら、

「ほんとうは、今夜は具合が悪いんだけど。わたし、疲れてしまったの。さっき、自

動車で乗りつけてきた人が、ホテルへ行こうというの。初めての人だったけど、面白半分、行ってみたらねえ……、とっても疲れちゃったの。だって、あなたがくるとは思わなかったんですもの。今朝、お別れしたばかりだったから」

この四十分間の散歩ほど、彼のいわゆる「衛生」に悪いものはなかった。縄《なわ》のれんの下った簡易食堂風の店に入って、彼はコップ酒と茹《ゆ》でた蟹《かに》を注文し、そこで時間を消そうとした。しかし、蟹の脚を折りとって杉箸《すぎばし》で肉をほじくり出しているうち、自分の心に消しがたい嫉妬《しっと》が動いているのを、彼は鮮明に感じてしまった。

それは明らかに、道子という女を独占できないために生じたものだった。道子を所有してゆく数多くの男たち。彼女のしとやかな身のこなしと知的な容貌《ようぼう》から、金にこだわらぬ馴染客《なじみきゃく》も多いそうだ。

娼婦の町の女にたいして、この種の嫉妬を起すほど馬鹿《ばか》げたことはない。それらは当然の事柄《ことがら》として、女に付随しているものなのだ。理性ではそう納得しながらも、嫉妬の感情はすでに動かし難く彼の心に喰《く》い入っていた。

この場に及んでも、彼はその感情を、なるべく器用に処理することを試みた。「嫉妬を飼い馴《な》らして友達にすれば、それは色ごとにとってこの上ない刺戟物《しげきぶつ》になるではないか」

二杯目の酒を注文した彼は、寛大な心持になろうとして、次のような架空の情景を思い浮べた。……それは、道子に馴染んだ男が数人集って、酒を酌《く》みかわしているのである。

「いや、なんとも、あの妓《こ》はいい女でして」「まったくお説のとおりで、これをご縁にひとつ末長くおつき合い願いたいもので、ハッハッハ」……そんな馬鹿げたことを空想している彼の脳裏に、ぽっかり古田五郎の顔が浮び上った。

いま、彼の頭のなかで響いた「ハッハッハ」という笑い声は、古田五郎が商取引のとき連発する笑い声の抑揚であったからである。

「あの男なら、やり兼ねないことだ」と考えると同時に、彼の心象の宴会の風景は、みるみるうちに不快な色を帯びはじめた。

酔いは彼の全身にまわっていた。

捥《もぎ》られ、折られた蟹の脚が、皿のまわりに、ニス塗りの食卓の上に散らばっていた。脚の肉をつつく力に手応《てごた》えがないことに気付いたとき、彼は杉箸が二つに折れかかっていることを知った。

薔《ば》薇《ら》販売人

曇った朝、勤め先の某商事会社へ行くつもりで、交叉路《こうさろ》に立っていた檜井《ひい》二郎は、にわかに気持が変った。

丁度来た逆方向のバスに乗り、いい加減のところで降りて、出鱈目《でたらめ》の路《みち》をあちこち曲って歩いていると、不意に眺望《ちょうぼう》が拓《ひら》けた。眼下に石膏色《せっこういろ》の市街が拡《ひろ》がって、そのなかを昆虫《こんちゅう》の触角のようにポールを斜につき出して、古風な電車がのろのろ動いていた。

彼はぶらぶら歩いていった。表札の名前を読んだり、コンクリート塀《べい》の上にいちめんに植えられたガラスの破片を眺《なが》めたり、町内案内図に描かれた薄汚れた立札に眼《め》を留めたりした。その案内板によると、彼の歩いている場所は、東京・小石川の高台にある某町であった。

彼はあちこち眺めて歩いていたが、思わず足を留めた。

道路からすこし引っこんだところにある、バラック建の小さな家の半ば開かれた窓の隙間《すきま》から、午前の光がななめに流れ込んでいて、部屋の内部が鮮かに彼の眼に映った。見透《みとお》せる範囲には、家具と名付けられるものは机ひとつない。だが彼の眼を惹《ひ》いたものは、全く装飾のない鼠色《ねずみいろ》の壁に、緋色《ひいろ》の羽織があたりの空気を圧する華やかさで掛けられていたことだ。

いくらか上向き加減の鼻すじの線をみせている女の横顔が、曇ガラスに隠されて頬《ほお》からうしろの部分は影絵になって見えた。ドテラを着た三十歳ばかりの男が自分の膝《ひざ》を腕でかかえて、緋色の羽織のしたの壁に背をもたせ、億劫《おっくう》そうにどうやら半眼《はんがん》を開いているらしい。二人の唇《くちびる》が交互にパクパクと動いて、声は聞えてこない。

この無言劇《パントマイム》に似た情景は、彼をのどかな気分に誘うものもあった。それと同時に、貧閑とした部屋の壁にたったひとつ、花飾りのように掛けられた女物の羽織の濃厚な赤い色は、なにか悪徳めいた匂《にお》いを漂わせたのか、檜井二郎の脳裏を掠《かす》めて過ぎたものがあった。

それは先日、盛り場の一ぱい呑屋《のみや》でのことだ。

「甘《あ》めえもんじゃねえか、濡手《ぬれて》に粟《あわ》の……、オッと金高《かね》は言うほどのこたあねえが、それでも焼酎《しょうちゅう》の一升や二升は大きな顔で呑めらあな。それにょ、まき上げるシカケがいいやな。オクサン薔薇の株、買ってチョウダイ、てえのは、ちっとばっかし粋《いき》じゃねえか」

と、カーキ色の詰襟服《つめえりふく》の若い男が、したたか酔って、屋台店の主人を相手に自分の生計の詐術《さじゅつ》を洩《も》らしはじめていた。

まず、葉をみんな挘《むし》ってしまった野イチゴの株に、一本一本薔薇の品種を思わせる名を記した紙片を結びつける。……ピンク・ローズ、チャーム、凝ったところではアメリカン・ビューティとかゴールデン・エンブレム。その棘《とげ》のある割箸《わりばし》のような切株を、バラと欺《あざむ》いて売りつける。そして、売られた側にしても、満更損ばかりしたと考えてはいけない。その切株から、やがて芽が出て葉が出て、花の咲くのを待っているうちに、どうやらこれは似ても似つかぬ野イチゴだと分ったときには、買った人間は吃驚《びっくり》する。花が咲くのを愉《たの》しんで、挙句の果にビックリすれば少々の金を払わされたことぐらい悔む必要はない。退屈なことばかり多い当節では、驚くことに金を費《つか》ってもよいではないか。

酔ったまぎれの出鱈目だったかどうかは分らないが、その若い男のアルコールの入った饒舌《じょうぜつ》の主旨である。

「それにさ、えたいの知れねえ切りっ株をよ、バラの花だってんで売りつけようてえときの口上が、こいつがまた豪勢でこてえられねえ」

と、その男が行商人風の弁舌さわやかに述べたてたところは、つまりこの株を買っておけば、やがて花咲く季節ともなると、あちらの道路沿いに植えた株はしねしね蔓《つる》をはびこらせて天然自然の生垣《いけがき》を形づくり、その垣根の表面は楚々《そそ》とした白い花でいちめんに覆《おお》われるし、こっちの株には、あるいは二羽の緋色の蝶《ちょう》が空中で戯《たわむ》れているような花弁をつけ、あるいは、中央に金色の条《すじ》をもった黄色の花弁が重なり合って、雌蕊《めしべ》雄蕊《おしべ》を中心にして八方に開くさまは、あたかもナントカ観音の光背のようである……、といった具合である。

檜井は先刻から、この男の饒舌を興味を持って聞いていた。一つ一つ異った品種の名札をつけられて植えられたバラの株が、やがていっせいに野イチゴの葉をつけ、チラホラと橙色《だいだいいろ》の実を結んだりするイメージは、ほのかな悪徳の匂いを含んでいた。それはむしろ、微笑《ほほえ》ましさのふくまれた、道化《おどけ》た気分のある悪徳だ。

「欺く」ということ、それがそのときの檜井の気にいっていた。とかく屈辱の多いであろう行商という生活の手段は、いつでも相手を欺けるという意識に支えられていれば、自分にも案外容易に出来るかもしれない……。

道傍《みちばた》に立止った檜井二郎の脳裏を、このような過ぎさった場面の匂いが掠めたのは、この二つの事柄《ことがら》のもつ雰囲気《ふんいき》が似かよったものであるからだろう。彼が立止ってから、歩きはじめるまで、実際はわずか数秒の間のことである。

しかし、ふたたび歩きはじめた彼の眼は、あたりに花を売る店を探していた。


季節は四月にはいったばかりだった。

萌《も》え出た若芽のにおいやかすかな花粉の甘ったるい薫《かお》りがあたりの空気に混りはじめて、檜井の心に懶《ものう》さと甘い記憶を呼び起し、さらにいつまでも果てない自らの無為にたいする苛立《いらだ》たしさを目覚ませた。昨年の春もそうだった。昨年、彼の鼻腔《びこう》を衝《つ》いた空気の匂いは今年といささかも違わず、先刻のことのようになまなましく彼の記憶にのぼった。

それに、日没が遅くなって、いつまでも明るい。それが彼の心を不安にした。下級社員である彼は、日没までの仕事の時間、接触する相手の気持をそらさないように、自分の表情を作り成さなくてはならない。それは、彼の性格として、かなりの努力を要した。暗くなって会社から帰ってはじめて、彼は自分の気持をそのまま表情にあらわすことが出来た。

つまり、檜井二郎は仮面を一つ持っているわけだった。

明るい時刻と暗い時刻の境目、つまりたそがれ時は、彼の顔面からその仮面のずり落ちてゆく時刻、というわけだった。そのことも、彼に黄昏《たそがれ》をなんとなく親しみを覚える時刻にしていた。

前日は日曜日だったので、日暮れ時を彼は自分の部屋で迎えた。彼は窓からそとを眺めていた。庭では雑草が何のまとまりもなく、傍若無人に蔓《はびこ》っていて、そのところどころに素朴《そぼく》な白い花を小さく固めて咲かせていた。

窓のそとに拡がっている薄明るい空気には、光というものが全く感じられず、したがって遠近感が失われてしまっていた。あらゆる物体や人物は画用紙に描かれた淡彩の絵のようで、それがそれぞれの厚みをもち、その周囲の空気を押分けて、止ったり動いたりしていることを忘れさせる。そんな光線の加減だった。

黄昏——という言葉のもつ陰翳《いんえい》には、光がある、どんなに覆いかくされていても、底の方で閃《ひらめ》いている光の感触を檜井二郎は感じるのだった。それはまた、重っくるしくても透明な色を含んでいる。乳白色に淀《よど》んでいても、光を透す磨《すり》ガラスの透明さがある。この休日の夕刻、彼はそのような「黄昏」に身を置きたい気分だった。しかし窓のそとに拡がっている風景は、皆同じ平面の上に並べられていた。

だから、彼はいささか不満だった。

そのとき、彼の心象に入ってきた雑草の姿態、それが彼の鼻翼をかすかに膨《ふくら》ませるのだった。関節が緩んでしまうような虚脱感と、底の方でかすかに疼《うず》きながら表面へ向って離れてゆこうとする力。重っくるしい不満と、わずかなしかし薄く拡がってゆきそうな快感。それらの混り合った感情が、不意に意識の表面にあらわれて花開いたもの。泥沼《どろぬま》の面を覆った蓮《はす》の蕾《つぼみ》が、聞きとれぬほどの音と一緒に開花するような……。

そんな夕刻を前日に持ったことが、次の朝、檜井二郎から勤めに行く気持を奪ってしまった。世間に出て、わずかな金を稼《かせ》いでいる時とすっかり調子を外した、なにか奇抜なことがやってみたい気持だった。

彼は高台にいて、花屋を探しているのだった。

檜井二郎は紅《あか》い薔薇を一輪だけ買い、先刻立止った家の前へ戻っていった。彼は企《たくら》んだのだった。贋《にせ》の行商人になりすまして、バラの花を売りに行こうと考えたのだ。そのとき彼の心にあるものは、結果を予測できない行為にたいしての興味であった。その興味を、先刻覗《のぞ》いた家の様子が、一層そそった。そして遂《つい》に、実際に彼が花を持って見知らぬ家の玄関に立つまでになった。

檜井二郎は二十三歳という年齢の割に老成した感じの青年であったが、ちょっとした筋肉の動かし方で、ひどく子供っぽい表情を作る術《すべ》を心得ていた。それとともに、その表情にふさわしい心持になる瞬間もある男だった。バラを手にして玄関に佇《たたず》んだ時の彼は、その二つの要素が同時に心に住んでいる状態だった。一つは分別くさい顔よりも稚《おさな》い顔付きの方が、花を売るのにふさわしいことが計量されているための表情。もう一つは、「どんな女もパラソルを買うときにはあどけない顔をする」と誰かが言った、それに似たあどけなさ。

彼のその顔付きを見て、出てきた女は心安くこう言った。

「いらないわ」

意外に、曖昧《あいまい》な抵抗があった。

「しかし、この花は安物じゃありません。バラですよ」

「え」

彼の言葉の意味を解し兼ねて、女は大きく眼を瞬《みは》ってから、ちょっと眉《まゆ》の間を寄せた。眼と眉と鼻梁《びりょう》のあたりの隆起の具合、それを彼は観察した。彼は、この時にはもうはっきりと意識的になっている稚い表情の陰で「悪くないタマだ」とわざと下卑た言葉で考えた。

「いえ、これは花のなかでも、一番筋のとおったバラの花なのでして、お宅で買っていただけない筈《はず》はないと思ったのですが、……つまりこうなんです」と彼は手にもった一輪だけのバラにチラと眼をやって、「今朝すこししか仕入れなかった品物がほとんど売れて、バラだけ一本残ったのです。そこで僕も少し気持にゆとりが出来て、この花はどんな家に売りに行こうか、などと考えながらブラブラ歩いていたら、ふとお宅の家のなかが見えたのですよ。別に覗いたわけじゃないのですが、あの壁の赤い羽織は目立ちますからね。ところが、こう言っては失礼かもしれないけれど、他にこれといった品物が見当りませんねえ。ガランとした部屋の壁にパッと華やかな色が燃えている。これはどうも大した舞台効果だ。こんな気持の方にならなら、バラの花も安心しておすすめ出来ると思ったもので……」

この言葉は彼の思惑どおり、女の心に媚《こ》びるところがあった。

「あら、舞台効果だなんて、なかなか……、あなたアルバイトの学生さんなの。……そうね、本当のところ、今日あの羽織を売っちまうつもりだから、あとにお花が欲しいところだけど、いまは全然お金ないの。今度のとき、きっと買ってあげるわ」

彼はそのまま引下った方がよいと考えた。手にもった花は、女に贈ってもかまわぬのだが、この次また来るためには、商売人として不自然にみえる行為は控えた方がよい、と考えるのだった。彼にとっては、女よりも、彼自身がバラの花売りになりおおせることが大切だったのである。

彼は帰路、贋の行商人ということを、新しく見つけた玩具のように楽しんだ。彼は本物のバラ売りになったつもりで、いろいろ想を練ったのだ。

行商人にとって大切なのは、まずなにより商品を売ることだ。そのためには、自分の商品の性格を十分に理解しなくてはならぬ。ばら科に属する薔薇という花。これは、美女の腕にさりげなく抱えられることもあれば、醜婦の窓辺に飾られて、その感傷を唆《そそ》ることもあろう。未熟な若者たちの恋愛遊戯の小道具となることもあろうし、さらにまた裸体写真のモデル女の陰部に置かれることもあるようだ。その度に、この花はあるいは安定したあるいは皮肉な、気取った、あるいはまたやりきれぬといった貌《かお》つきを示しながら、それぞれその場所に適応してゆく。……薔薇販売人もまた然《しか》り。それぞれの場合、花を売ろうとする相手の如何《いかん》によって、外面的な変貌《へんぼう》を遂げなくてはならない。

ここまで考えて、彼は苦笑した。これは自縄自縛《じじょうじばく》だった。これでは生計のためには一つの仮面を持たなくてはならない、という考え方に戻ってしまう。彼は考えるのをやめた。彼の薔薇販売は、遊戯だったのだから。

それから三日目の夕方、檜井二郎は会社の帰りにバラを一輪買って、また例の家を訪れた。彼の会社のある丸ノ内から、小石川の高台の下を通る直通バスがあるので、便利はよかった。

　出てきた男は立ったまま、彼の顔をじっと眺めた。男はしばらく黙ったままであったが、やがてグラリと軀《からだ》をゆすると、にわかに饒舌になった。

「やあ、いらっしゃい。どうです、愛想がいいでしょう。あなたは普通の花屋じゃないんだそうですからね。ミワコから聞きましたがね、なかなか商売上手だと感心しました。おまけにバラを売って歩くとは、ご念が入りましたな。まったく、バラとは考えたもんですな。ロマンチックですな」

「どうですか、バラ買ってもらえますか」

「あ、そうそう、あなたは花屋サンでしたね。たいしたもんだ。そうやって自分で働いて食っているのですからね。わたしの眼の色、あなたは分るでしょう。どうですか、わたしの眼付き。もともと良い方じゃないけど。わたしは、あなたみたいに自分で自分の生活を支えている人と、面と向うと、なんとなく怖気《おじけ》づいちまって、それから妙に憎らしくなるたちなんですよ。……ダメダメ、わたしがあなたのバラなんか、買うわけがないじゃありませんか。……それに、ミワコは留守ですよ。赤い羽織を売っちまったんで、これからはいつも今頃《いまごろ》は留守ですよ。あんな女が働ける商売といえば、まあ、夕方からですからね。だから、今度はお昼すぎにいらっしゃい。その頃は、わたしは研究のために外出というわけです。こうみえたって、そうぶらぶらしてるわけじゃない。日本人の顔が幾通りの系統に分れるか、目下研究中なんだ。毎日三時間ずつ、環状線に乗って調べている。この研究が完成したあかつきには、わたしはハタと膝をたたきますね。もっとも、それからどうする、と言われても困るがね。だが、一言いわせて貰《もら》いますが、ミワコはあなたの考えているような女じゃありませんよ。これは本当のことですがね、赤い羽織を壁に吊《つる》させたのはわたしなんですよ」

というと、男はそのまま奥へ引込んでしまった。檜井は一瞬、この男の隠された心が分ったような気持もしたが、それにしては男が自分にだけ不在の時間を知らせた気持を計りかねた。それに、この男はミワコという女の像をなんと曖昧に描いたことか。檜井自身、緋色の羽織とバラの取引とを結びつけた計算を、新しい玩具を与えられた子供のように弄《もてあそ》んでいたので、いま、ミワコという女を思い出そうとしても、チグハグな印象しか浮ばないのだった。それが彼の好奇心を唆った。外へ出て見上げた表札は、伊留間恭吾、とあった。表札書きの字体でない、達筆だった。

檜井二郎は昼すぎの時刻に伊留間家を訪れることを、幾度か考えては、思いとどまった。伊留間恭吾という男が、自分は不在で妻だけ在宅している時刻を、わざわざ示したことに、何か割り切れない、陥穽《かんせい》とでもいったものを感じたからだ。

そこで、彼はもう一度、夕刻に伊留間家を訪れることにした。

念のため、バラを一輪買った。

物憂《ものう》そうな顔にわずかに皮肉な笑いを浮べて、伊留間があらわれ、オヤどうしたのです、という言葉を、イエ万一商売にならないかと思って、と檜井が受けた。

「花はいりませんよ。わたしはもうあなたを花屋サンとして取扱いませんよ、いちいち断るのは面倒だから。それに、どうやらあなたはミワコに会わなかったようですね」

伊留間がこの前と同じような調子で、とめどなく喋《しゃべ》りはじめそうな気配を覚えて、

「いえ、一度昼頃、お訪ねしました」

檜井は嘘《うそ》を言った。伊留間の顔に、オヤ、といった翳《かげ》が掠《かす》めたのをみて、檜井は相手が口を開くまで、執拗《しつよう》に押黙っていた。

伊留間の眼《め》からものうい光が消えて、にわかに鋭い視線が檜井の眼に注がれた。相

手の心の底まで探らなければ気がすまない、といった偏執狂めいた光だった。その視線に会うと、檜井の心にはわれにもあらず嘘をついたという意識が拡《ひろ》がって、表情に動揺があらわれてくるのだった。

伊留間の顔に見分けられぬ程の薄笑いが浮んだ。

檜井が伊留間の言葉に、割り切れぬものを感じていたのは、もっともなことだった。伊留間恭吾は、企んでいたのだ。

やがて、伊留間が口を開いた。

「オヤ、そうでしたか。そうですかねえ。……それでどうです、あきれた女でしょう。あなた、なにか被害がありましたか」

伊留間恭吾は、このヒガイという言葉の効果を考えて、きわめて意識的な技巧を用いて発音したのだった。それは、まずヒガイという言葉の前にわずかの間隙《かんげき》を置き、その時間に貯《たくわ》えられた呼気が「ヒ」という音を強く押出すために集中され、嚙《か》んで吐き捨てるような強さで発せられた。それに続く「ガイ」はもっとも苦しい瞬間の過ぎた後の気安さのように、嗄《しわが》れた溜息《ためいき》のような音を押出したのである。

彼はこの発音をやりおおせると、今度は臆面《おくめん》もなく露骨な言葉を交えて喋りはじめるのだった。

「注意しておきますがね。瞞《だま》されちゃいけませんよ。ミワコて女は、いわば中身の入ってないビール瓶《びん》みたいな女なんですからね。その証拠には、あの女にはたった二種類しか表情がない。色情的な顔と、眉も眼も自分勝手な方向をむいてしまった、ポカンとした顔の二つだけ。この後の方の表情に余計な意味づけして考えてはいけませんよ。これは、あの女の頭がカラッポになっているときの顔なんですからね。頭の中になにか詰っているときは、必ず好色な顔付きになっている。まああなたが自分というものを抹殺《まっさつ》されたくないなら、あんな女と関係しない方が無事ですね。自分と他人との心のあいだの溝《みぞ》なんてものは、あの女にとって、何でもないものなんですからね。そのかわり、あの女の意識には、自分の軀の裏側の襞《ひだ》の具合まで、映し出されているかもしれませんけどね。男なんて、その襞にすべり込んでくる物質にすぎないんですよ」

このところ、伊留間の演技は満点とは言えなかった。なぜなら檜井は伊留間が自分の妻と称する女を、このように罵倒《ばとう》することに、以前と同様の割り切れぬ気持を抱いたからだ。ミワコというその女が、彼の言うように乱倫《らんりん》で、どんな男とも直《す》ぐに肉体の交渉をもつ女であり、彼の留守に訪れたという檜井との関係を疑って、伊留間がこのようなことを喋るにしては、あまりに伊留間の言葉はあくどすぎて、かえってそらぞらしいところがあった。

最後に、伊留間はこのようにつけ加えた。

「それからミワコが、なにか気の利《き》いた……、たとえばあなたの気に入ったあの赤い羽織のようなことですね、……そんなことを言ったりしても、けっして瞞されてはいけませんよ。それはみんな、わたしの亡霊なんですからね。まだあの女の正体を知らなかったころ、しつこく吹きこんだいろんな言葉が、すこしも心のなかに織り込まれないで、丁度小学生がイロハニホヘトを暗記するように、あの女の記憶にとどまっていて、相手次第でひょっこり口から出たりするんですよ。つまり、あなたとの交渉が最短距離で進むようにですね。あなたがバラの花を売ろうとするとき、相手の性格を嗅《か》ぎ分けて、一番上手な売込み方をするのと、そっくり同じことなんですよ」

伊留間家に置いて来れなかった花を一輪手にもって、高台がつきて急な坂になるあたりに檜井がさしかかったとき、馴《な》れ馴れしく声をかけた女があった。

「アラ、売れ残ったの」

ミワコだった。

「おや、お勤めはお休みですか」

伊留間の先刻の言葉や、「あんな女の働ける仕事は夜しかない」などという言葉が混り合って思い出され、彼は反射的に訊《たず》ねた。

「おつとめですって」

不審そうにミワコが言った。

ミワコが夜働く女、つまりダンサーかバアの女ということは、嘘らしい。伊留間にたいして割り切れぬ気持を抱いていた彼は、この時はっきり伊留間の企みにつき当った気がした。……それはいったい、どんな企みなのか。頰《ほお》の削《そ》げた、偏執的な眼をした伊留間という男の顔が眼に浮び、檜井自身の退屈まぎれのたくらみがそれに遮《さえぎ》られて、ふと戸惑った。彼は、何となく、顔に血の上るのを覚えるのだった。

それがミワコに誤解された。ミワコには、彼がこの前のように初心《うぶ》らしく見えてしまうのだった。

白い靄《もや》のようなものが、高台の下の街にひたひたとひろがっていて、光は艶《つや》を失っていた。ミワコは檜井と一緒にいて、気兼ねないやすらかな呼吸の出来る気持だった。彼女は檜井と肩を並べて、眼の下に拡がっている街を眺《なが》めた。靄の向う側で、キラキラと多くの灯火が燦《きら》めき始めていた。

その一つ一つの灯火をめぐっての、さまざまな人間たちのさまざまな営みを思って、ミワコは呟《つぶや》いた。

「ずいぶん、たくさんいるのねえ」

この漠然《ばくぜん》とした言葉の意味を、檜井は正確に理解した。それと同時に、ミワコについての今日の伊留間の言葉は、すべて嘘だったと感じはじめていた。

一方、ミワコは彼がそんな心の動きをしていることなぞ、考えてもみなかったのだ。

「今日は、お花買ってあげるわ」

そういう彼女の言葉の調子には、丁度、「可哀《かわい》そうな坊や」といっているような響があった。

それにしても、先日、檜井二郎が伊留間家を訪れ、花を抱いて佇んだとき、子供めいた表情を浮べ、しかもその表情にはわずかの間ではあったが無技巧なものも混っていたことは、彼自身では気付かぬ色々な問題を含んでいたのだ。

それは、二つの方向に作用していた。

第一に、伊留間恭吾の倦怠《けんたい》した、意地の悪くなっている心を刺戟《しげき》した。

伊留間が親ゆずりの多くもない資産を食いつくしかけていて、それでもまだ働く意欲を失っているのは、一種、病気のようなものなのだった。

彼はある友人に、いつもの皮肉な笑いを唇《くちびる》のまわりに漂わせて、こんな話をしたことがあった。

「こんな話はどうだ。同棲《どうせい》している若い男女が世の中に見切りをつけて、一緒に死のうということになった。生きていて三文の得もない、ということは、そのまま死ぬ理由にはならないが、まあともかく、一寸《ちょっと》したことが、彼等の心のなかに大きく拡大されて、それが踏切をつける動機となったとでも考えてくれたまえ。いずれにせよ、この話では、動機は大して問題ではないのだから。そこで書置などして、鼠《ねずみ》を殺すからと知人の医者から貰ってあった青酸加里を飲んでしまった。あと一分もすれば冥途《めいど》へ行くと、二人真剣な顔してしっかり抱き合って、お互の眼のなかを覗《のぞ》いていた、といった具合なんだ。……ところが、どうも怪しいと思って友人の医者が気を利かせていたんだな。青酸加里といってくれた粉が、実は硫酸マグネシウムだった。未《ま》だ死なない、もうそろそろ、と思ってるうちに、ひどい下痢さ。ところが病人は二人で、TOILETは一つだ。一人がなんとか治まると、あわてて入れ替る。男女こもごも出たり入ったりして、便所の戸はひっきりなしに開いたり閉ったり。ドタバタという騒ぎだ。深刻な話じゃないか、アハハハ」

聞かされた友人は、それが君の悪い癖だ。どうせまた作り話だろうが、かりそめにも死という問題をそんな風に茶化して取扱うものではない。それに、話そのものが悪趣味きわまる、とたしなめた。

伊留間は黙って笑っていたが、いささか自嘲《じちょう》の翳がまじった。まったくの作り話というわけではなかったのだ。

戦争末期の夏、まだ独身で大学を卒業したばかりのころ、彼は自殺しようとした。遺書も書いた。そして友人に貰った青酸加里を飲んだ。……それ迄《まで》、彼は空襲になると必ず付近の防空壕《ぼうくうごう》に逃げ込んでいたということは、分らぬような分ったようなことである。

ところがこの薬が硫酸マグネシウムで、死ぬかわりに烈《はげ》しい下痢となった。それとともに、にわかに空襲のサイレンが鳴りひびきあちこちで炸裂音《さくれつおん》が聞えはじめ、やがて天地がヒックリかえったような地響がしたが、彼はそれでも便所を離れられなかった。そのうちにさわぎも鎮《しず》まり、生きてふたたび見る自分の遺書の紙の白さが、こそばゆく彼の眼に沁《し》みた。……いつも潜りこんでいた近くの防空壕が、焼夷《しょうい》爆弾の直撃で、内の人間もろとも壊滅したということが伝わったころには、彼にはふたたび自殺する気持はなくなっていた。そのかわりに、放心したような気持が、いつまでも尾を曳《ひ》いて残った。

以来、ある対象にたまたま烈しい意欲が起りかかると、ふと書置の紙の白さがすっと彼の胸を撫《な》でて過ぎるのである。そのあとでは、その意欲はひどい自己嫌悪《けんお》にすり替えられているのであった。

伊留間恭吾のうちに残されたのは、自分自身の心の動きを執拗に追ってゆく眼だけになった。どんな些細《ささい》な失態も、彼の眼を脱《のが》れられない。やがて、彼自身の内部と他人の内部とが同一平面上に置かれて彼の眼に映るようになり、それが一種残酷な快感を交えるようになったとき、彼は他人の内面を曲技《アクロバティック》的に動揺さすことに、関心を持つようになったのだった。

彼の眼が、意外に若々しい艶を帯びて輝くのは、そのようなときだけだった。それはたとえば、十三、四歳、思春期に入ろうとする少女の瞳《ひとみ》を捉《とら》えて、覗き込んだりするときだ。彼は執拗に眼を離さないので、少女は瞳のやり場に戸惑って、その頬に血が上ってくる。……彼は薄笑いして、あの娘のなかでなにかが毀《こわ》れた、と思うのである。

檜井二郎にたいしての企《たくら》みも、伊留間のそのような心から出たものだった。

彼は檜井の顔を見たとき、「この青年に、ミワコに対する恋心を植えつけたら、面白かろう」と思ったのだ。

恋慕の情というものが、初心《うぶ》な人間に忍びこむと、無分別になる一方、相手に対する関心をヌケヌケと表明する技巧も知らず、その純情さがかえって抑えつけられた情欲の醜さを滲《にじ》み出させるようになることが多い。これを冷淡な眼で眺めていることの快感を、伊留間は引出そうと企んだ。

彼はまず、檜井の関心をミワコの上に向けさせ、その想像力を刺戟するように、曖《あい》昧《まい》なミワコの像を描いてみせた。

だが彼は、檜井にたいする自分の実験を、順序だてておし進めてゆく、というようなまどろっこしさに耐えられる男ではなかった。そこで、次に檜井に会った時、彼は檜井の心象の上に形づくられようとしている筈《はず》のミワコの像に、墨くろぐろと×印をつけることに興味を持ったのであった。

作者は、伊留間家の玄関で檜井二郎の示した子供めいた表情が、いかに伊留間恭吾に作用したかを述べたのだった。次に、檜井の表情の作用したもう一つの方向、すなわち、ミワコについて述べなくてはならない。

さて、先刻から檜井とミワコは夕刻、小石川の高台に立って、眼下にひろがっている風景を眺めていた。

高台の下を市街電車の走ってゆく、鈍い、とおい響がきこえていた。「ずいぶん、たくさんいるのねえ」……檜井はミワコの言葉を味わっていた。その灯火は、靄のむこうでチラチラして、舷側《げんそく》の灯《ひ》のようだった。港を見おろしている、錯覚があった。

彼はミワコに花を手渡した。そして言った。

「お金は、いりません」

ミワコが眼で問うた。眼の光だけ、暮れ残った。

彼はバラ売りの男としてでなく、ミワコと話し合ってみたい気持に、ふと捉われた。しかし、ミワコが今迄の彼の虚構を素直に受入れるかどうか。それは、冒険だった。檜井の関心は、自分をバラ売りの位置におくことから、既に伊留間夫妻のうえに移りつつあった。だから、伊留間家を訪れる口実を失いたくなかった。

彼は眼を伏せながら、「ね、このこと、御主人には秘密にしておいてください」とだけ言った。

また、市街電車の鈍い響がきこえてきた。埠頭《ふとう》で動いているクレーンの響のようだった。檜井は、神戸から横浜まで、貨物船に乗ったことを思い出していた。少年の日だった。下船のとき、朝鮮人のボーイが彼に手紙を陸で投函《とうかん》することをたのんだ。稚拙な文字で、神戸の喫茶店気付の女の名が書いてあった。ボーイは顔一面に平たい笑いを浮べて、切手代の銅貨を数枚、彼の掌に載せた。

風景が、檜井二郎の心を、甘くしているのだった。

一方ミワコは、彼の「秘密」という言葉に甘美なものを覚えた。秘密にするほどのことでもないと思えることを、秘密という檜井に、以前と同じ初心さを感じていたためもあったろう。


ミワコは、癇《かん》の強い驕慢《きょうまん》な、そして世紀末的な感情の動き方をすると同時に、心の隅に古風なところを根深くもっているといった、現在のような過渡期の日本で、一部によく見かけられるタイプの女であった。そんな女が、伊留間のような男、……なまけものだが、時折奇妙な、迫力といってもよいものを身のまわりに漂わす男、……に惹《ひ》かれたのに、不思議はなかった。女が惹かれた、となると、伊留間は蛙《かえる》を睨《にら》んだ蛇《へび》のようになるのだった。その男の態度が、ミワコの心の古風な部分を刺戟して、自ら男の完全な支配のもとに、身を置くのだった。お互のこの位置を、二人とも少しも疑わないで、この関係は彼等にとって固定観念になってしまった。それとともに、ミワコにたいしての伊留間の興味は薄らいでゆき、ミワコはその固定観念の枠《わく》の内で、かすかな不満と焦躁《しょうそう》を覚えていた。

そのミワコの意識にとって、檜井二郎は、危険のない、まことに適当な人物に見えてくるのだった。

四度目に、檜井二郎が伊留間家を訪れたとき、内部から女の忍び笑いが、いっとき聞えた。ついで男の何か言う声、それが止《や》むとふたたび女の、華やかではないが圧《お》し殺された光沢のある笑い声がきこえるのだった。それは嬌声《きょうせい》といってよかった。

彼が玄関の戸を開くのをためらっていると、内側で部屋の戸を開閉する音、つづいて三和土《たたき》へ降り立つ気配があった。

檜井がさきに戸を開いた。

下駄《げた》をつっかけていた伊留間が眼《め》を上げると、例のバラ売りの若者の姿を見るのだった。伊留間の眼に、にわかに光が集った。

「やあ、しばらく。ミワコは風邪気味で寝ていますがね。……わたしはこれから、ちょっと出掛けるところで、……実はね」

と、彼は声をひそめた。

「あなたの商売からヒントを得て、ひと儲《もう》けに出掛けるところですよ。もっともわたしの場合、知らない人のところへ行こうというわけじゃ、ないのだが。……いま、さんざんミワコに止められたんですがね」

伊留間は大判のノートブックを檜井の眼の前に開いて、彼の商品を示すのだった。檜井はノートのあいだに挿《はさ》まれている紙を見た。どの脚がだれのものかちょっと分らぬ塩梅《あんばい》にからまり合った男女の姿態が、誇張されて、極彩色に描かれてあった。

檜井はこの振舞にたいし、その裏にひそめられた企みを警戒して、黙って微笑したまま佇《たたず》んでいた。そのやわらかな微笑を見て、伊留間はいまはじめてのように、檜井がなかなかの美貌《びぼう》の青年であることを、感じるのだった。その微笑は子供染《じ》みたはじらいは含んでいなかった。伊留間は、これはとんでもない見立て違いをしたかな、とふと感じて、かすかな不安を覚えた。そのわずかな気持の狂いが、彼にかなりの失言を招いた。

「このまえのミワコのこと、あれはウソですよ。どうぞ、お手やわらかに」

高台の下の街へ、急な坂を降りながら、伊留間は自分の内部に新しい感情の動きを覚えていた。今迄とは異った角度から、ミワコという女に光線が当り、彼はあらためてミワコが自分の内部で占めている位置について、考えてみようとするのだった。彼は、そんな自分がもの珍しかった。彼は、ミワコがかなり美しい女であったことを、久しぶりで考えた。檜井という男の顔を思い出した。伊留間は幾度か踵《きびす》をかえして、戻って行こうとした。

部屋のなかへ洩《も》れてくる玄関での会話と気配から、ミワコは夫が先刻自分に見せた春画を、檜井にも示していることを知った。

自分がたったいま眺めた愛欲の姿態を、戸ひとつ隔てた場所で、ふたたび他の男が見ているということは、自分の裸身が覗かれているように彼女には錯覚されるのだった。風邪気味で寝ている彼女は、そっと肩を布団《ふとん》の下に埋めた。

だが、その男というのが檜井であることを思い出したミワコは、初心な少年のまえに、ぬめらかな裸身をあらわにしている想像に刺戟されて、声をかけた。

「わたし、起きられないの。かまわないから、上ってきて、花瓶《かびん》の花を替えて頂戴《ちょうだい》」

檜井の方に、躊躇《ちゅうちょ》する理由はなかった。彼は花瓶にバラを差すと、枕《まくら》もとに坐《すわ》ってミワコの顔を眺めた。畳の上には、注射器やアルコールの小瓶や、空になったアンプルや、注射液のボール箱など、あちこちちらばっていた。

ミワコは、次第に大胆になっていくのだった。

「ああ、だるくて仕方ないわ。あなた皮下注射、出来て」

檜井がうなずくと、彼女はかるくこぶしを握った片腕を布団から出して、天井に向ってさし伸べた。寝衣の袖《そで》がハラリと下って、上膊《じょうはく》のつけ根まであらわになった。むき出しにされた腕の皮膚全面が、いちどきにほの暖い空気に触れた。白い脆《もろ》そうな肌《はだ》の下に、青い血管の枝が透いてみえた。

「わたしの肌、こうみえて、なかなか丈夫なの。噛《か》んだって滅多に痕《あと》なんか着かないのよ」

ミワコは、むしろ躁《はしゃ》いだ心で、そんな言葉を喋《しゃべ》るのだった。しかし、檜井にとってその言葉は色情的な匂《にお》いがした。なまなましい連想が伴うものだった。

彼はうつむいて、アンプルの細くくびれたところをヤスリでキシキシ磨《す》った。そして、液体を注射器のなかへ吸い上げようとしたが、手がこまかく震えた。

彼はすでに幾人かの女体を知っていた。しかし、鋭く尖《とが》った白銀色の針を、このような肌理《きめ》こまかい皮膚のしたにすべらせてゆくことは、初めての経験だった。檜井は初めての事柄《ことがら》に、異常な好奇心をもつ種類の人間だったのだ。

ふたたびミワコは誤解した。この人、なんにも知らないんだわ、と彼女は考えた。伊留間のほかの男を知らない彼女は、この新しい男女の位置にすっかり満足して、軀《からだ》の芯《しん》でうずいているものは意識に上って来ず、その心は一層はしゃいでいった。

ミワコは自分の上膊を彼にあずけるとき、チラリと腋《わき》の下を示す腕のよじり方さえした。危険をともなわぬ範囲の冒険。彼女はその固定観念によって、やはり伊留間に従属していた。もしこの青年が夢中になったとしてもそれを軽く窘《たしな》めるだけの余裕を、彼女は心の底で感じていた。

檜井は女のその心を感じとって、憎いと思った。

檜井は彼女のうちに潜んでいるものを、曝《あば》き出す気持になった。先刻、春画をみてつつましやかな嬌声をあげていたころから、ミワコの軀にひそかに淫靡《いんび》な血が疼《うず》きはじめている筈だ、と彼は思うのだった。

檜井は、彼女の全身が衝動的に彼の意図する方向にむかうように、女の心に不意打を与えることを考えはじめていた。

丁度そのとき、ミワコの声がした。

「ねえ、トランプでもしましょうか」

その声には、ミワコが自分でも驚いたほど、なまめかしい匂《にお》いがあった。

彼の頭に、ある考えが閃《ひらめ》いた。

「トランプなんて、退屈ですよ。面白い遊びを教えてあげましょう。紙とエンピツはどこですか」

彼は紙片を三段に仕切り、一番上の段に十四項目の文字を書き並べた。

容貌・スタイル・色気・怜智《れいち》・判断力・情熱・意志・羞恥心《しゅうちしん》・手くだ・嫉妬心《しっとしん》・感受性・宗教心・運勢・才能。

これらの項目について、二十点満点としてまず自分自身を採点し、次に相手にその表を渡して訂正させる。ポオル・モオランが「夜ひらく」のなかに織りこんだこの遊戯を、檜井は試みようと思ったのだった。

これは危険な遊びである。モオランは、これを多人数の遊戯として取上げたが、それが二人の男女のあいだで行われる場合、その危険の意味はさらに微妙になる。これを始める以前と以後では、二人の関係は違ったものになってしまうのだ。

彼はさりげない顔で、この遊びを選んだ。彼はミワコにその要領を説明して、紙片を渡した。彼女は面白がって軽い昂奮《こうふん》を顔にあらわし、エンピツを握ってしばらく考

えていたが、ふと顔を上げて檜井をみると、

「ダメよ、わたし、うまく書けない」

と言った。

「それでは、僕が最初に、あなたを採点するから、それを訂正してもらうことにしましょう」

檜井とミワコとの位置は、徐々に変ってゆくのだった。ミワコは檜井の記した表を、最初は勢よく右端から順を追って訂正していった。しかし、次第にその鉛筆の動きが鈍くなった。

ミワコについての彼の採点は、なるべく客観的になろうとするものでも、彼の主観そのままに従ったものでもなかった。その点数がミワコにあたえる効果の計算のうえに立ち、さらにミワコの訂正してつける点数まで、意識されていた。

その事実がおぼろげにミワコの意識に上りはじめるのだった。ミワコはこの遊戯によって、檜井二郎の思いがけない成熟した面に行き当りかかっていたのだ。

試みに、そのときの遊戯のリストを説明してみよう。

伊留間ミワコの容貌は十七点、スタイルは十八点、と彼は採点しておいた。彼女は

それと同じ数字を書き記した。

色気の項目で、彼のつけた満点の二十という数字は五に訂正され、情熱の十八は七に、判断力の六は十五に、意志の十は十七に、羞恥心の十八は十五に、それぞれミワコの手によって修正された。

又、怜智の項目に彼の記した十三点は、？マークによって答えられていた。手くだに関しては、彼は零点をつけておいた。その項目までいって、ミワコの手が迷い、次を書き淀《よど》んだ。

彼はこの機会を捉えた。

「なにをしているんです。ぐずぐずしていると、接吻《せっぷん》しちゃいますよ」

大胆な声と、強い眼の光が正面からミワコを襲い、檜井は唇《くちびる》をわずかに前に出して、ゆっくり形を整えていった。その動きをみているミワコの唇は、無意識のうちに蛭《ひる》のようにすぼまっていった。

そのとき、彼女はそこにある男の顔が、ついさっきまで初心《うぶ》な青年だと思いこんでいた檜井二郎のものだということに、まるではじめてのように気付くのだった。

その事実がミワコの心を不意打した。彼の思いがけない変貌、それがにわかに彼女の心を襲い、烈《はげ》しく昂奮させたのだ。それはたとえば鳥肌になるといったような、生理的な、肉体の組織の昂奮だった。

ミワコの心に、檜井にたいする愛情が生れたわけでは、けっしてない。だが、彼の計算どおり、彼女のうちに引きおこされた昂奮は、どうにもならぬ方向に、ミワコを追いこんでいった。

ミワコの顎《あご》をかるく持上げようとした檜井の指先を、彼女は掌で防ぎ、その人差指をそのまま両の掌におしつつんで、しばらくのあいだ凝《じ》っとしていた。乱れた呼吸を整えようとしているようだった。

だが、ミワコも自分で持ち扱いかねた。彼女は檜井の人差指のさきを摑《つか》んで、その指を手の甲の方向へ、反らせはじめた。ところが、彼の指はどこまでも撓《しな》って、異常な角度まで反っていった。その角度が少しずつ深くなるにつれ、ミワコの呼吸は荒くみだれた。

ミワコは不意にその指を離すと、あらあらしく彼の手首を握りその掌を衣裳《いしょう》の上から自分の胸に押しつけようとした。彼はすばやく腕をひねって、たくみに着物の襟元《えりもと》からミワコの肌に掌をすべり込ませていった。

このミワコの動作は、自分のからだを一層効果的に相手に与えようとする媚態《びたい》ではなく、烈しく燃え上った体内のものを、いちずに相手にぶつけて行こうとするものだった。

女のこの烈しさが、檜井の心をも巻きこもうとした。次の瞬間に、彼の軀ははげしくミワコにぶつかっていこうとしていた。だがこのとき、些細《ささい》な障害が二人のあいだを遮《さえぎ》った。……女の乳房を覆《おお》おうとした彼の指に、軽いそして硬い抵抗が感じられたのだ。それは、硬く、乳首のまわりに渦巻《うずま》いている細毛だった。

彼のうちに点火され、ある歪《ゆが》みをもった意識にとっても、その存在はやはり一つの抵抗だった。それが持続を遮った。それが、ふと何の意味もなく、檜井の眼を上げさせた。そのとき、偶然彼の眼に映ったものは、次の間との境の襖《ふすま》のこみ入った唐草模様だった。その錯雑した線にそって、わずかに彼の視線が動いたとき、つめたいものが彼の体内をスッととおり抜けた。

「伊留間が、あのフスマのむこうにいる」

その考えが、恐ろしいほどの確実さを持って、彼の脳裏を掠《かす》めたのだ。

いつの間にか裏口からソッと戻ってきたあの男は、隣の部屋に蹲《うずくま》り、戸の隙間《すきま》に眼をおし当てて、自分の妻の情事を覗《のぞ》こうとしている。その眼は暗い光を湛《たた》えて、貪婪《どんらん》にかがやいている。その光は自らの内部を喰《く》い荒す輝きだ。自分自身の内側に傍観者の冷淡な眼を向けて、仔細《しさい》な点検を怠らず、自分の心のアクロバティックな動きにだけ、生きてゆく気力の支えを見出《みいだ》している伊留間のような男が、隣室に蹲って覗き見している自分の姿勢を見逃すはずがない。その醜い、滑稽《こっけい》でみじめな姿勢。その姿勢を自分がとるという意識に耐え、あえてぶざまに背をかがめて眼を戸の隙間に押しつけていることには、どれほど伊留間の求めている要素が多量に含まれていることか。

檜井は、襖の向う側に伊留間の潜んでいることを、ほとんど確信した。彼はみじかい、しかし、烈しいためらいののち、ミワコを押しのけると、襖に近づいていった。

今こそ、この襖を開き、そこに蹲っている伊留間の眼を、彼の感情の動きのすべてを知悉《ちしつ》した視線をもって、ハッシと打つのだ。その瞳《ひとみ》の底まで潜ってゆき、伊留間が自分自身で意味づけたその行為の裏づけを奪い去って、彼のうえにその醜い姿勢だけを残してやるのだ。

檜井は襖に手をかけた。はげしくそれを開いた。

しかし、彼の前にあったものは、ガランとした空間だけだった。

檜井の胸にも、同様の空間が開いた。

彼は感じるのだった。彼が伊留間という男について、なにを確実に知っているというのか。曝かれたのは、伊留間恭吾の姿勢ではなく、彼自身の姿勢ではなかったか。

その間、ミワコはただ黙って檜井の行動を眺めているだけだった。暗い、どんな行為も唐突には感じられないという体《てい》の眼で。

檜井二郎は放心したような指先で、何の意味もなく、あらわにされたままのミワコの乳房の細毛に、軽く触れてみた。渦巻いた黒い色が、白い膚《はだ》の上でかすかに揺らいでいた。

夏の休暇

隣家との境をつくっている長い木の塀《へい》の上を、小学五年生の一郎はひとりで行ったり来たりしていた。靴底《くつぞこ》の幅に足りない狭い場所を歩いてゆくことは、踏みはずさないよう気を使うことにだけ心がいっぱいになって、他のことを考えないで済むし、それに何かしらヒリヒリするような快さがある。すこし冒険をすれば、物置小屋の錆《さ》びたトタン屋根に飛び移って、さらに主屋《おもや》の二階建の瓦屋根《かわらやね》にまで登ってゆくことができる。うんと冒険をすれば、塀の行き止りにつづいて聳《そび》えている石崖《いしがけ》を、割れ目を靴の先で探しながら上まで登ってゆくこともできる。

塀の上にいる一郎の耳のそばで、不意に法師蟬《ほうしぜみ》が鳴きだした。オーシックツクと繰りかえしている鳴声で、夏休みがきたという気分が強くなりながら一郎は蟬の姿を探した。するとすぐ傍の、塀の板すれすれに植わっているツゲの樹《き》の幹に、すき透《とお》った翅《はね》をもった小さな昆虫《こんちゅう》が見えた。法師蟬はとくに敏感でめったにモチ竿《ざお》の先にかからないのに、それがすぐ眼《め》のまえに平気でとまっていることは不思議だった。手をのばせば、そのまま指先に挟《はさ》めそうな感じだ。もし捕えることができたら、なんという幸運だろう。しかし、油蟬の四分の一ほどの大きさしかなくて、すこし小さすぎるし、形も蜂《はち》にそっくりだ。あるいは、眼の前の虫は蜂なので、オーシックツクという声はどこか別のところから聞えてくるのではないか。一郎は、その虫の小さな軀《からだ》から音が出ているのかどうか、耳と目を緊張させてたしかめようとした。

「おい、イチロー」

男の大きな声が響いて、一郎の眼の前の虫がパッと飛び立った。いままで聞えていた蟬の声は、チチチチというような音に変って遠ざかっていった。あれはやっぱり法師蟬だったんだ、と一郎は自分の決断のわるさを悔み、塀の下に立っている男の方にちょっとうらめしそうに顔を向けた。

塀の下の若い男は、和服姿で機嫌《きげん》のよい笑顔を見せている。一郎の兄ともおもえる年配だが、父親なのである。一郎はこの父親の姿を、時折チラと見かけるだけだ。幾日も留守にしている父が帰ってきたなとおもっていると、間もなく二階の縁側でパンパンと鈍いような冴《さ》えたような妙な音がきこえてくる。一郎はその音が、父が両手にもった足袋の底を打ち合せて埃《ほこり》をはらっている音であることを知っている。そして、その音はまた、父の外出の前触れでもあるのだ。やがて父親の姿は、家の中から消えてしまう。

「一郎、ちょっと降りておいで」

降りるのは厭《いや》だな、地面に降りるとロクなことが起らないんだ、とおもいながら一郎はしぶしぶ塀の上から離れていった。

一郎が塀や屋根や石崖の上が好きなのは、ひとつにはその場所なら安全だという気持なのだ。一郎は勉強が嫌《きら》いだし、先生も仲間の生徒たちも嫌いだ。どういうわけか、すぐに気持も話もくい違ってしまう。つまり学校へ行くのが嫌いなのだが、あいにく小学生の一日の半分以上は学校で過ぎてゆくことになっている。学校から帰ってくるといつも一郎は自分の心がすっかり萎《な》えていることを感じる。まるで、心臓が箸《はし》の先でつまみ上げられた味噌汁《みそしる》の中のワカメの束のようだ。だから、ランドセルを部屋のなかへ投げこむと、すぐ塀の上に登ってしまう。

さて、「ちょっと降りておいで」という声に一郎はしぶしぶ塀を降りて、父親のまえに立った。

「明日、船に乗って大島へ連れていってやるぞ。三原山に登ってみよう」

父親のその言葉は、一郎を興奮させた。真青な海を進んでゆく汽船。火を吐いている山。三原山という火山の名は、一郎にとって刺戟《しげき》的な響をもっていた。この山の火口に飛び込んで死んでしまうことが流行している。つい先日も、この山に投身した若い男女が火口の内側につき出している岩の棚《たな》にひっかかって、奇跡的に救い出された、という新聞記事を読んだばかりだ。

夏休みの旅の目的地としてこの上ない場所だ、と一郎は思う。しかし父親と二人きりの旅だとすれば、ちょっと迷惑な感じもある。「何だって、そんな珍しいことを思いついたのだろう」と、一郎は思う。

「お母さんは一緒じゃないの」

「お母さんは、軀の加減がわるいから、家に残るんだ」

と、父親は答えた。

一郎の視界のなかに、父はめったに居ることがない。そして、たまに父と向い合っていると、一郎は動かし方の分らない機械の前に坐《すわ》っているような気分に襲われることがある。

たまたま家の中に姿をあらわした父親が、不意に烈《はげ》しく一郎を叱《しか》りつけることがある。一郎には、どう考えても叱られる筋道が分らないのだ。「ぼくには何も叱られる理由がないのだ」と一郎は、恐ろしさを我慢しながら、抗議の言葉をわめくこともある。しかし、そういうことが度重なってゆくうちに、一郎はしだいに理解しはじめた。

つまり、叱られる理由が何もないというところに鍵《かぎ》を探さなくてはならぬということ。父親の側から放射される怒りの波は、一郎を目指して押寄せてくるのではなく、たまたまその道すじに一郎がいて、その怒りの波につき当ってしまう場合が多いこと。だから、父親の身のまわりに子供の頭でははっきり了解できない現象が起ってもさして不思議におもう必要はない、と一郎は考えるようになっていた。

父についてのその種の現象は、翌日の汽船の上でも起った。

汽船が岸壁を離れてまもなく、一郎父子《おやこ》二人だけのはずの船室に若い女が入ってきて、父親の傍にすうっと坐った。唇《くちびる》がひどく赤くて、白いレースの手袋をしていた。美人だとおもった。父親は機嫌がよくて、一郎とその若い女とを食堂に連れて行ってくれた。

波の大きなうねりを感じさせるように、ゆっくり揺れているテーブルに向ってエビのフライを食べた。船室に戻ってから、しばらくするうち一郎は気分が悪くなった。気分の悪さを隠せなくなると、父親はみるみる不機嫌になった。

若い女が、一郎の傍へ寄って背中を撫《な》でようとすると、父親は、

「ほっておきなさい。だいたい、気分が悪くなりそうなのに、食堂へついてくるのがいけないんだ」

と荒い声で言った。

一郎は船室のベッドに横になって、手足の先だけ冷たくなる重苦しい気分を我慢しているうち、不意に生温《なまあたたか》いものが喉《のど》もとにこみ上げてきた。

一郎が吐いたのを見た父親は、今度はにわかに優しくなってしまった。

「船に酔ったんだな、そのまま横になっていなさい」

と言いながら、どんどん汚物の始末をはじめるのだ。

こんな小事件もあって、一郎父子と一郎には未知の若い女を乗せた汽船は、島の船着場へすべりこんだ。


宿屋が並んでいる場所に近づくと、若い女は別の宿屋に入ってしまった。一郎が父親と晩飯を食べ終ったとき、宿の若い女将《おかみ》が部屋の入口にきちんと坐って挨拶《あいさつ》の言葉を述べた。一郎がハッと眼を見張ったほど美しい婦人で、浅黒い細面《ほそおもて》に紺絣《こんがすり》の着物が匂《にお》うようだ。一郎が自分の胸にうけた感動を、何かの形で表現したいと焦《あせ》ったりためらったりしているうち、父の声が傍からさらりとした調子でこう言った。

「奥さん、とてもお綺麗《きれい》ですね」

「そう、そう言えればいいわけなんだが」という先を越されたような気持と、「ずいぶん欲張っているな」という気持とを同時に覚えて、一郎が父親の方に眼を向けると、そこには一人の青年の横顔があった。

その横顔は、抵抗できぬ美青年のものとして、一郎の眼に映ってきた。まったく一郎の父親の年齢は若かった。異常なまでに若い。一郎が生れたとき、父親は数え年十九歳、母親は十八歳であった。

一郎が小学校の下級生になったころ、母の年齢はともかく、一郎より若い父親を持った生徒は皆無であった。一郎はそれが自慢で、級友の誰彼となく摑《つか》まえて、「きみのお父さんは、いくつだい」と訊《たず》ねた。相手は例外なく、一郎の父親の齢《とし》より多い数字を答えた。すると、武者修行に勝った武士のように、一郎は得意になった。

ところがその気持は年を加えるにつれて変ってきて、一郎はその話題を好まなくなっていた。先年までは、時折、父と一緒に食事に行った店などで、女給や女中などが「お兄さんは……」と父親のことを一郎に訊ねたりすると、「ちがわい、お父さんだい」と訂正を申し込んだものだ。しかし、近ごろでは、そのような場合には一郎は黙りこんでしまうことにしていた。

だが、大島の宿屋では違っていた。その夜、一郎が便所へ行くために長い廊下を歩いていると、あの若い女将が不意にあらわれて、「坊ちゃんのお兄さんはね……」と話しかけたのだが一郎はそのとき冷たい調子で、「ちがうんだよ、僕のお父さんだよ」と答えたのだ。

このように、一郎は大そう早熟であったが、肉体に関してのはっきりした知識を持っているわけではなかった。肉体に関しては、漠然《ばくぜん》とした小さな波立ちを覚えるだけであった。

翌朝、一郎が眼を覚したとき、父親は傍の布団《ふとん》の中でまだ眠っていた。一郎は、大きな下駄《げた》をつっかけて宿の裏庭をぶらぶら歩いた。空気には潮の匂いと土の匂いと、そして朝の匂いがしていた。やがて、土の上に大きなみみずを見つけた一郎は、脚をひろげてズボンのボタンをはずした。小便をひっかけてやろうと、悪戯《いたずら》心が起ったのだ。大きく息を吸いこんだとき、空気のなかに混った香料の匂いが鼻腔《びこう》を衝《つ》いた。そのままの姿勢で首をまわすと、昨日の若い女がうしろに立っていて笑いながら言った。

「みみずにおしっこを掛けると、おちんちんが脹《は》れるっていう話よ。やめた方がいいとおもうわ」

「そんなことあるもんか、迷信にきまってるさ」

昂然《こうぜん》とした口調でそう言うと、一郎はジャーッとみみずに向って、生温い液体を浴せかけた。一郎は、父親の連れらしい若い女の美しさに、馴染《なじ》みはじめていたのだ。

みみずは、Sの字になったりQの字になったりして、ばたばたと身をくねらせていた。

「あーら、一郎さん、大変よ」

女は親しげに一郎の名を呼ぶと、

「一郎さんのおちんちん、ずいぶん可愛《かわい》らしいのね、ほんとにふしぎなくらい可愛いわ」

と言って、けたたましく笑い出した。その笑いはあまりに長く続いてちょっと異様な感じがあった。女はにわかに笑いを収めると、まじめな声音にもどって、

「パパはもう、お起きになって」

「まだ、眠ってるよ」

「おつたえしといてね。みんなで一しょに三原山へ登りましょうってね」

昼すぎ、火山へ登ることになった。父親は馬を二頭とロバを一頭、用意させた。ロバは一郎の前に連れてこられた。

「僕も馬がいいんだ」

一郎が言うと、

「それなら、ちょっと乗ってごらん」

と、父が笑いながら言った。馬子《まご》の手で、馬の上に押しあげてもらってみたが、一郎の足は鐙《あぶみ》に届かない。

一郎の乗ったロバは、鈍重で頑固《がんこ》で、ときどき横を向いたり動かなくなってしまう。そうすると、付添っている馬子が手綱を力一ぱい引っぱって、まるで引きずるようにしてロバを動かすのである。道行く人々は笑いながらその光景を眺《なが》めている。

「やーい、歩いた方がはやいぞう」

と、島の少年がはやしたてたりした。

若い女の馬にも馬子が付添っていたが、この方は滞りなく進んでいって、その馬とそれと並んで進んでいる父の馬と、二頭とも一郎の視野から見えなくなることがあった。一郎は渋り渋り動いてゆくロバの上で気を揉《も》んでいたが、そのうちあきらめてあたりの風景など眺めはじめた。土地はだんだん登り坂になり、両側に単調につづいている木立に不意に切れ目ができて、はるか下の方に小さく海岸線の風景が覗《のぞ》いたりした。道はいくつもいくつも曲って続いて行った。

一郎の前の道には、しばらく父親と若い女との姿が見えていなかったが、一つの曲り角を曲ると一郎の眼のすぐ前に二人の姿があった。

女は馬から降りて、道端の木の株に腰かけて脚を前に投げ出していた。父は女の脚の上にかがみこんで、白いハンカチで脛《すね》のところを縛っているところであった。ハンカチに真紅《まっか》な血が滲《にじ》み出して、それが少しずつ大きさを拡《ひろ》げはじめた。

「馬がちょっと暴れやしてね、このねえさんを松の木の幹にこすりつけちまったんでさ」

と、馬子が一郎に説明してくれた。

血の色が、くすぐったいような泣きたいような妙な気持を一郎に起させた。父親は一郎の方を向かずに、ハンカチの上で拡がってゆく血を眺めていたが、やがてその血痕《けっこん》が拡がるのを止《や》めたのを見ると、一人だけ馬に飛び乗って並足で先へ行ってしまった。

若い女はゆっくり立上ると、びっこを曳《ひ》きながら一郎に近寄ってきて、耳もとでささやいた。

「一郎さんのママにね、あたしが怪我《けが》したってこと内緒よ。いいえ、あたしに会ったってことが内緒なのよ。言ってはいけないのよ、わかったわね」

一郎は素直にうなずいた。なんだか、その若い女が可哀《かわい》そうにおもえたからだ。そして、その女のことを母親に話すと、母親にとっても可哀そうなことになるような気持が、漠然としたからだ。

三原山には、火口の近くに小さな砂漠がある。砂漠の周辺には土産物店が並んでいて、登山客はその場所で馬を下りる。馬子に馬をあずけて、ラクダに乗ってこの砂漠を横切り、あとは徒歩で火口に近づく。

ラクダの背には四人の人間が坐れる形の籠《かご》がくくりつけられてあって、一郎親子と若い女とははじめて一緒になって一頭のラクダの背に乗った。記念写真師が走り寄ってきて、執拗《しつよう》に記念撮影をすすめるのだ。

父親は横を向いたきり返事をしない。誰も言葉を発しないで、中年の写真師のだみ声だけがあたりにひびいた。

「ねえ、いい記念になりますぜ。奥さんどうですか、ひとつ旦那《だんな》さんにすすめてくださいな」

ラクダがゆっくり歩きはじめてからも、写真師は小走りについてきて、言葉を投げ上げてきた。女は、とうとう硬い声で叫んだ。

「やめてちょうだい。写してもらったって、何にもなりはしないんだから」

砂漠には、あちこち熔岩《ようがん》が黒い先端をのぞかせていた。

砂漠を横切って、向う側でラクダを下りる。歩いてゆくと斜面が急に勾配《こうばい》を烈しくして、その尽きるところが火口である。火口のまわりには、粗末な木の柵《さく》がめぐらしてあって、一定の線より向う側は立入禁止になっている。

一郎の眼には、火口が映っている。白い薄い煙を透《とお》して、火口壁の内側の向いの壁の色がぼんやり浮び上っている。硫黄の蒸気の臭《にお》いが、ただよっている。

一瞬、一郎はかるい眩暈《めまい》を覚えた。気がついてみると、一郎は、ズボンのポケットに入れた手の指で、太腿《ふともも》の肉をぎゅっと摘《つま》んでいた。自分でははっきり気づいていなかったが、脚だけ勝手に走り出すかもしれないような不安に襲われていたものとみえる。

ふと、一郎は父親の方を見た。一郎は一瞬、瞳《ひとみ》を凝らして、次の瞬間あわてて目をそらした。若い女の白い手首を上からがっしり摑んでいる父親の大きな逞《たくま》しい手が、クローズアップされて、一郎の眼《め》にとび込んできたからだ。

その白い手は、もだえるようだった。父親の太い指は、汗ばんでいるようだった。はっきり意味は分らないのだが、一郎は見てはいけないものを見てしまった気持に陥った。

ふたたびラクダに乗って砂漠を横切った。土産物屋の前をとおり過ぎていると、一軒の店の中から男の声がひびいた。

「無事に生きて戻れて、おめでとうございます」

一郎はハッとして、若い女の白い手首におもわず視線が向った。先刻、父親の強い力で握りしめられたときの指型が、赤くそこに残っているような気がしたからだ。一郎たちが通り過ぎてから、また土産物屋の男の声が同じ言葉を叫んだ。一郎が振向いてみると、丁度その店の前を数人の観光客が通り過ぎているところだった。そして、その男の声にはオドケた調子が含まれていることに気づいた。その声は、客の注意を自分の店に惹《ひ》くための気の利《き》いた冗談として、その言葉を繰返して叫んでいるのだった。

帰路は下り坂なので、三人は歩いて行くことにした。

単調な山道がつづいた。一郎は石を蹴《け》ったり、折り取った木の枝を振りまわしたりしながら、父親と若い女の後から歩いていった。女の白いブラウスに汗が滲みはじめた。一郎はそれを仔細《しさい》に眺めていた。やがて、薄い布が背中にぴったりくっついたころ、一郎は尿意を覚えた。立止って、道の両側につづいている木立のうちの一本の樹《き》の幹の傍に歩み寄った。ところが、ペニスを出したとき、一郎はそれが今までとは違った大きさになっているのを見出《みいだ》した。咄嗟《とっさ》に、一郎はこう思った。

「やっぱり、あの女の人の言ったことは本当だったんだ。みみずに小便をひっかけたせいで、おちんちんが脹れちゃった」

この朝、女の言葉に迷信だといって反対した一郎は負けたことになるわけだが、気持は華やかになっていた。立止っているあいだに、かなり離れてしまったその女との距離を一足飛びに縮めて、うしろから追いすがって新しい発見を告げてみようかと、一郎は思った。

しかし、一郎のなかにその行動をとらせないものが潜んでいて、一郎の脚をおさえつけた。それはまた、一郎に「みみずのせいではないんだぞ」という言葉をささやいていた。だが、何のせいか結局その声は告げてくれない。

坂道が平らな道に変り、やがて宿屋が見えてきた。若い女は一人離れて、別の宿屋へ入っていった。

昨日のように、夕飯を父親と一郎と二人で食べた。今夜は若い女将が付添って給仕をしてくれた。食事をしながら、父親と女将とこんな会話をしていた。

「旦那も隅《すみ》に置けませんわね、きれいな方とお山へ登られたそうじゃありませんか。今夜あたり、噴火があるかもしれませんわよ」

「もう情報が入りましたか」

「ちゃーんと。ご一緒にお泊りになればいいのに」

「そうもいきませんよ。ところで、純粋の椿油《つばきあぶら》を手に入れたいのだけれど」

「ああら、椿油でごまかされちゃった」

女将の言葉づかいがしだいに馴《な》れ馴れしくなってきているのに気づいて、一郎はなにか不吉な気持に捉《とら》えられはじめるのだ。

翌日は島を離れる予定だった。朝、旅装をととのえた一郎と父親は船着場に行くと、あの若い女が小さなスーツ・ケースを提げて立っていた。一郎は、もちろん三人一緒に同じ船に乗って帰るのだと思っていた。しかし、それは違っていた。父親とその女とのあいだでは、もう話し合いが出来ているらしく、彼女は一郎の肩に片手を載せて、

「一郎さんは、パパとご一緒に別のお船で伊豆半島に渡るのね。いいわね、うらやましいわ」

「そんなこと、ぼくは知らなかった。一緒に行けばいいじゃないか」

と一郎が言うと、若い女はふっと、いじめられた女の子のような表情をのぞかせて、黙った。ずっと黙っていた父親が横から、ぽつんと言葉を投げてよこした。

「熱川《あたがわ》に行ってみるかな」

その土地の名は、一郎は知らない。だから、父の言葉は若い女に向けられたものだ。女の人が父の顔に視線を向けた。そのとき、彼女の眼の白いところが、ピカリと青く光ったようにおもえた。

「五日ほど、逗留《とうりゅう》してみるか」

と父が、またぽつりと言った。

「五日ほど」

女の人が、口のなかで呟《つぶや》いた。

若い女の姿が汽船の甲板の上に立ってこちらを向いて手を振った。父は、手を肩のあたりまで上げて応《こた》えると、

「一郎、サイダアを飲みに行こう」

と、汽船にくるりと背を向けて、どんどん歩いて行ってしまった。


熱川は伊豆半島の鄙《ひな》びた土地にあって、海岸の温泉だった。宿屋の窓からすぐ斜め下に、波打際《なみうちぎわ》が見えた。海岸にはわずかの人影しか見られなかった。一郎は、宿屋の一室で途方に暮れていた。なぜ父親がこんな田舎に息子と一緒に滞在しているのか、見当がつかない。ことに、一郎の父にはいつでも軀《からだ》を動かしていなくては気が済まぬようなところがあった。料理店で食事をしても、ゆっくり煙草《たばこ》を喫《す》うこともせず、車でどこかへ飛んで行ってしまった。理髪店へ行っても、待っている暇に床屋の助手を近くの空地に引っぱり出して、相撲を取ったりしていた。「突倒しで三度つづけて勝

ってやった」と父は理髪店から帰ってくると自慢をした。翌日、一郎が散髪に行くと、床屋の助手は額に絆創膏《ばんそうこう》を貼《は》っていて、「君のパパには閉口だよ」と一郎に愚痴を言った。

そのような父が、変化の乏しい田舎の温泉に、何のために滞在しているのか、一郎には分らない。それに、毎日、父と同じ室で暮すことは苦痛だった。あのときあの女の人と同じ船で帰って、今ごろ自分一人だけで塀《へい》の上や屋根の上で遊んでいることが出来たなら、どんなに気楽だったろう、と一郎は考えたりした。

熱川へ来てからは、父は機嫌《きげん》がわるく、畳の上に寝そべって昼寝をしていたかとおもうと、むっくり起き上って裸になり海岸へ走り出て海に飛び込んだりした。そのような父を、一郎はどう取扱ってよいのか、気詰りで閉口した。

ところが、夜の食事のとき、一郎が何気なく膳《ぜん》の上に並んだ食物にひっかけて語呂《ごろ》合《あわ》せの駄洒落《だじゃれ》を言ってみた。すると思いがけなく父が愉快そうに笑って、自分でも洒落を一つ言った。一郎は調子づいて、駄洒落を連発した。膳の上の食品の一つ一つにたいして、語呂合せをしてみた。その度に、父は笑うのである。そして、もう一郎はすこしも可笑《おか》しくなくなってしまっている。一郎には、洒落を言う作業がひどく苦痛になってきた。「おや、鯛《たい》とはありがタイ」と言ってみて、やはり父が笑うので一郎は気味がわるくなった。父がどうかしてしまったのではないか、と考えたりした。

このように、些細《ささい》なことが一つ一つ不安定な不吉な翳《かげ》を曳いているものとして、一郎の眼に映ってくるのだ。

朝、便所へ入ると、肥壺《こえつぼ》に落ちてゆく糞《くそ》が真白に見えたりした。吃驚《びっくり》した一郎がいろいろたしかめてみると、やっと光線の加減によるものであったことが分ったりする。畳の上に寝そべっていると、海の音が異様にはげしく鳴りはじめたような気がする。津浪《つなみ》がくるのではなかろうかと、怯《おび》えはじめたりする。

父親が不意に思い立って、宿から野球のグローブを二つ借りると、一郎にキャッチ・ボールをやろうと言いはじめたりする。宿の前の砂地で、父は一郎に向って渾身《こんしん》の力をこめて硬いボールを投げつけてくる。一郎は、意地になってそのボールを受けとめる。そのうち父の投げた球が、大きく横に逸《そ》れてうしろの雑草の叢《くさむら》にとび込んでしまう。土の色の見えないほどびっしり生えた草の根を靴《くつ》で踏み分けながら、一郎はボールを探さなくてはならない。グローブをはずすと、左手の掌《てのひら》には赤く血の色が集って、ヒリヒリ痛い。父親の姿は見えなくなっている。

父親は何の関連もなく、いきなり、

「一郎、おまえの髪の毛は暑くるしそうでいかんな、坊主《ぼうず》刈《が》りにした方がいい。これから村の床屋へ行こう」

と、言ったりする。

一郎はものごころついたときから、ずっと髪の毛を長くしている。何の理由もなく、それを急に切り落してしまうことは、一郎にとっては大事件だ。そう簡単にきめられることではない。一郎は、頑《かたくな》に首を横に振りとおす。父親は怒り出す。そして、父は一日に五回も温泉に入る。この田舎の退屈な場所から、なぜ父がはやく出発しないのか、相変らず一郎には分らないのだ。

この土地にきて三日目のことだ。夏の太陽はこの日もギラギラ光っている。海岸へ出てみると、砂のなかの細かい石英の粒が白い砂地のひろがりの上でてんてんと燦《きら》めいているように見える。風が強く、朝から海は荒模様だ。父親は一郎を促してどんどん海岸線を歩いてゆく。隣の浜はいくらか賑《にぎ》やかだ。そこにある貸ボート屋の前で立止ると、父は優しい顔を見せて、言った。

「一郎、サイダアを飲もうか」

ボート屋の板のベンチの上でサイダアを飲み終ると、父は一郎をボートに載せて沖へ向って漕《こ》ぎ出した。すこしも休まず、父はオールを動かした。海岸に打ちよせる波の白いしぶきが、やがて二、三条の白い線として目に映るようになった。浜の人影は黒い点になってしまった。

「一郎、オールを流さないようによく番をしていろよ」

不意に父が言って、さっと着物を脱ぐと、海の中に飛び込んで勢よく泳ぎはじめた。

一郎はオールをボートのなかに引上げると、波間に見えがくれする父の頭を心細い気持で見詰めていた。ひどく長い時間が経《た》ったようにおもえたとき、にわかにボートがぐらりと傾いた。あわてて父の小さく見える黒い頭から眼を離して一郎が振向くと、ボートの縁に白い指先が十本並んで懸っている。何事が起ったのか、すぐには一郎には分らなかった。次の瞬間、その指の上の空間に女の顔が浮び上った。髪の毛がぴったり顔の輪郭にくっついて水をしたたらせているその女の顔が、あの島の船着場で別れた若い女の顔であることが分ったとき、その女がこの海の水平線の向う側の土地からここまで泳いで来たにちがいない、と一郎は咄嗟に思い込んだほどであった。

女は一郎の顔を見て、ちょっと白い歯をみせると、ボートの舳《へさき》へ泳いでまわってそこから舟のなかに這《は》い込んできた。まっ黒い水着がぴったり軀にくっついて、肌《はだ》が濡《ぬ》れて光っていた。

「オーイ」

おもわずボートの上に立上って、一郎は父の方へ叫んだ。自分の手にあまる事柄《ことがら》が起ったために、助けを呼んでいる気分もあった。ボートの上の気配が通じて、父親は烈《はげ》しいスピードで泳ぎ戻ってきた。彼はボートの端に手をかけて顔を上げると、強い声で叫んだ。

「さわ子、どこからきた」

一郎は、このとき初めて、この若い女がさわ子という名前であることを知った。父がその会話のなかで、はじめて女の名前を呼んだのだ。

「父は待っていたんだ」と、ふっと一郎は思った。たしかに父親は、自分の心のなかに潜りこんでしまった待つ気分に苛立《いらだ》ちながら、この三日間を鄙びた土地で過していたのだ。

そして、このときほど強い不安定な気分が一郎を脅《おびや》かしたことは、この三日のあいだでも初めてだった。ボートの中には、烈しい切羽つまった気配が流れているようだった。一郎は、さわ子さんがいまにも泣き出すのではないか、とその顔を見詰めて考えていた。父の方には何となく視線を向けるのが恐ろしい気持だった。しかし、しだいにさわ子さんの表情はやわらかく崩れて、彼女は気の抜けたような笑いを浮べた。

「バスの停留所からここまでの道を歩いているとき、ちょうど岸を離れかけているボートが見えたんですの」

「よく泳いできた」

父親は呟くように、そう言った。

陸へ上ると、父とさわ子さんはボート屋にある脱衣所の方へ歩いて行った。その後についてゆくのが、一郎には何となくためらわれた。海岸を一人で往《い》ったり来たりしているうち、岩の深い窪《くぼ》みの中で、黄と黒の縞模様《しまもよう》の入った小さな扁《ひら》べったい魚が泳いでいるのを見つけた。一郎は、その魚を追いかけることに気を奪われようとしてみた。魚はすばしっこくて、どうしても摑《つか》まえることができない。まもなく一郎は、その魚を捉えることに熱中しはじめた。一郎は、カンヅメの空缶《あきかん》を拾ってきて、それで窪みの水をみんな汲《く》み出してしまおうとした。錆《さ》びた空缶は小さいものなので、水はなかなか減らない。一郎は執拗にその単調な作業をつづけ、一時間ほどのちに魚は窪みの底の乏しい水のなかで軀をななめに倒して跳ねていた。一郎は胸をときめかせて、両手で魚を掬《すく》い上げた。掌の皮膚を、なめらかな弾力がくりかえしはじきつづけた。口の欠けた空ビンを拾ってきて魚を入れた。父親とさわ子さんは、浜の奥の方の木陰に脚をなげ出して坐《すわ》っていた。父の軀の側に、さわ子さんは片手をついて、その掌に自分の体重を寄せかけている恰好《かっこう》だった。洋服から剝《む》き出しになっている白い腕が、しなっているように見えた。

一郎はその方へ向って、ガラス瓶を高く差し上げて示した。しかし瓶の中の魚は、そのときにはもう白っぽく色褪《いろあ》せて見えた。あの岩の窪みで見つけたものとは別のものになっているのだった。一郎はちょっとためらったのち、瓶をもった腕を大きくぐるぐる廻《まわ》しはじめた。魚の入ったガラス瓶は、海の中へ大きな弧を描いて落ちていった。

風は一層強くなってきた。太陽はすっかり低くなって、うしろの山の陰が大きく海の上にかぶさってきた。暗い色になった海では、高い波が立っている。

「ともかく、一しょに宿に来るんだな」

父親がそう言って、立上った。強い風のために、砂の上は大そう歩きにくかった。隣の浜から、宿屋までは案外道のりがあった。

三人が宿の見える地点にくると、どうしたわけか海岸に面した宿の窓のことごとくから顔が突出ていて、一郎たちの方を眺《なが》めているのが見えた。その首の数は三十もあるかとおもわれた。さわ子さんは、歩みを遅くしてすこし距離を置いて歩きはじめた。

「どうしたんでしょう」

一郎は父親の横顔を見上げて訊《たず》ねてみた。父は黙って首を振った。

宿屋の窓から突出ているたくさんの首は、一郎親子が近づいてゆくと、一斉《いっせい》に笑顔をみせて歓声をあげた。手を振るものもあった。さっき一郎は、こんなに沢山の客が宿にいた筈《はず》はないと思ったのだが、その首のなかには宿の女中や番頭の顔も見えているのだった。

「いったい、どうしたのです」

父親が番頭の首を見上げて、言葉をかけた。

「よかったね、よかったね」

という声が、あたりから浮び上ってきていた。番頭は、

「いえね、さっきそこの海で人が溺《おぼ》れたらしいのですが、死体も上ってこないし、誰が溺れたのか分らないんで。旦那《だんな》さん方の姿がどこにも見当らないもんで、こいつはてっきり、とみんなで心配していたところなんですよ」

「そうでしたか」と答えた父親はつづいて、「みなさんご心配をかけて申しわけありませんでした」と窓の方を向いて大きな声で言った。その父親の傍で一郎は自分の中に、晴れがましい気分が湧《わ》いてくるのを眺めていた。

「なんだかエベレスト山に登って帰ってきたみたいだな」と一郎は、ちょっとコッケイな感じに捉われながらくりかえして呟いていた。窓の首は、だんだん消えて行きはじめた。そのとき、その一つの首が言った。

「死んだどころか、きれいなねえさんが一人増えているよ」

一郎が振返ってみると、さわ子さんがうしろに佇《たたず》んでいた。さわ子さんの顔に、いじめられたような表情が通り過ぎた。


水死人の死体は、夜になっても上らなかった。身許《みもと》もはっきりしない。村の人間も宿屋の人間も減っていないのだから、通りがかりの旅人だろうという話であった。村の青年団が、宿の前の浜でかがり火を焚《た》いて死体の捜査をつづけていた。風は相変らず強く、波はときには壁のようにそそり立って打寄せてきた。

村の青年は逞《たくま》しい裸体の胴に長い縄《なわ》を巻きつけて、荒れた海に挑《いど》んだ。砂浜の上に渦巻《うずまき》状に積み上げられてある縄は、青年の軀が波をくぐって沖へ進むに従って、どんどん繰出されていった。万一の場合に救助綱の働きをするための縄らしかった。波をくぐりそこなって、大きな波に巻き上げられてしまう青年もあった。そんなとき、青年の裸体はそそり立つ氷柱に詰めこまれた青白い花のように波の中に透けて見えた。岸で見守っている人々の口から、おもわず歓声に似たざわめきが洩《も》れるのだった。

荒れくるっている海を泳ぐことだけで青年たちには手いっぱいで、死体を探す余裕はなさそうだった。むなしく岸へ戻ってくる青年たちは、真夏というのに寒さのために青ざめていて、焚火に獅嚙《しが》みつくのだった。そして、冒険が青年たちを昂奮《こうふん》させて、彼らは声高に話し合っていた。かがり火と焚火はますます勢のよい焰《ほのお》を上げ、もうもうと黒いけむりと火の粉を空に噴き上げていた。

この光景に、父親はしだいに昂奮しはじめて、

「俺《おれ》も探しに行ってくる」

と、いまにも着物を脱ぎ捨てて、海に走りこむ気配を示した。

「やめて」

と、一郎は叫んだが、もう父親を引止めることは半ばあきらめていた。しかし、結局、父は思いとどまった。さわ子さんが、力が脱《ぬ》けたように両膝《りょうひざ》を砂の上に落すと同時に、父の軀をうしろからしっかり抱きとめて、細い声をあげて繰返し制止したためなのだ。

その夜は死体は見つからず、やがて村の青年団は引上げて行った。

翌朝、空はまったく晴れて強い輝きを含んだ青色だったが、海は相変らず荒れていた。浜には、海草や材木のきれはしや貝殻《かいがら》やズックの靴の片方や、さまざまなものが打上げられていた。死体捜索は海が凪《な》いでからあらためて行われることになった。浜には人影がほとんど見えなかった。

「俺は海水浴に行ってくるよ。今日は、もうかまわないだろう」

と、父親が言い出した。

「おやめになった方がいいわ、危いものがいっぱい流れてきていますもの」

泣き出しそうな声で、さわ子さんが言った。

一郎は、黙って海を眺めていた。

やがて、パンツ一枚の父の姿が、広い背中を見せて海に歩いて行った。白い飛沫《ひまつ》を蹴立《けた》てて水に飛びこむと、鮮かな抜手を切って泳ぎはじめた。大きな波を、巧みに乗越えながら、どこまでも沖に向って進んでいった。

父はまるで二度と引返すことがないかのように、どこまでも沖に進んでゆく。

「一郎さん、だいじょうぶかしら、どうしましょう」

手首が痛いので、一郎が気がつくと、さわ子さんが堅く一郎の手首を握りしめて、海に向って眼《め》を見開いていた。

海では父親の頭が、黒い小さな点となって見えていたが、やがて海のひろがり一面に三角形に騒ぎ立っている波のあいだに紛れて、見えなくなってしまった。

あと何十分か経てば、あのがむしゃらな父親の姿は、この海のどこかから現れてくるにきまっているのだと考えながらも、一郎ははげしい怯えがからだを突抜けてゆくのを覚えた。それと同時に、なにかしら解放感のようなものが、甘くひろがってゆくことにも気づいていた。

漂う部屋

一

この療養所では、午後一時からの二時間が絶対安静の時間となっている。大きな病室の壁面にある電気時計の針が一時を指したときには、すべての患者は病状の軽重にかかわらず、自分のベッドに仰臥《ぎょうが》していなくてはならない。

秋の終りのある日、午後一時十五分前に、私は庭のベンチに腰掛けていた。庭の一角に、松林を切り拓《ひら》いて野球をすることのできる小さな広場が造られていて、バック・ネット付近の三塁側に粗末な木のベンチが置いてある。私はその上に、腰掛けていた。

その位置から眺《なが》めると、半ば松林の中に埋もれるように建っている五棟の細長い病舎を斜め横から見透《みとお》すことになる。五つの建物の側面が五つの切口を並べた積木のように見えていて、療養所の全景を見渡している気持になってくる。

空には鱗形《うろこがた》の雲が一面にひろがっていて、薄ら陽《び》が洩《も》れている。そして、私の眼《め》の前の野球場では、試合を行っている人々がいる。もちろん、患者ではない。もともとこのグラウンドは療養所の職員のために造られたものだが、この日そこで試合をしているのは職工服に似たかたちの青い服を着た囚人たちである。

この数日、窓に格子《こうし》の嵌《はま》った箱型の自動車が毎朝庭の中に走りこんできて、その中から青い服の人々がぞろぞろ出てきた。囚人たちは、病室の壁を塗りかえ、板張りの廊下の穴を填《う》めた。こういう作業に、近辺の刑務所の囚人を使うのは、おそらく賃金が安くて済むためだろう。

普通のボールより二まわりも大きい布製のボールが、青い服の投手の手を離れた。青服の打者の軀《からだ》が大きく空転して、アンパイアの右手が高く揚った。アンパイアは警官の制服を着た中年男で、囚人の監視役である。打者が三振して試合は終ったらしく、青服と制服の男たちは、三々五々グラウンドを立去りはじめた。

私の眼の前を、囚人と警官とがつれ立って通り過ぎた。囚人が警官に何かささやくとその横顔は白い歯を見せて笑った。

遠くの病舎から、一時五分前を報《し》らせる鐘の音が響いてきた。

ベンチから立上ったとき、反対側の一塁ベースの近くに置かれたベンチから立上った赤いスカートの女が、私の眼を惹《ひ》いた。私はその女の数メートル後から、病舎へ向って歩いて行った。女は素足に草履をつっかけているのだから、やはり患者である。背後に気配がして、私の傍に並んだ人間がある。同じ病舎の青山さんという背の高い青年である。私は何気なく言った。

「前を歩いているあの女性は、美人ですね。今日まで気がつかなかったが、どこの病舎の人だろう」

「そう、なかなか美人ですよ」

と、青山さんは素気《そっけ》ない口調で言い、つづいて必要以上に大きいとおもわれる声で、

「囚人の方が野球がやれるだけ、われわれよりマシだとおもいませんか。それに、外の世界に出されたとき、なかなか職業が見付からない点は同じだけれど、われわれの軀ではニコヨンでもやって稼《かせ》ぐというわけにはゆきませんからね。囚人は青い服、われわれは白い服というわけか」

と言って、彼は白い病衣の襟《えり》を指先にはさんで引っぱった。

「もっとも、あなたは短期だから、考えが違うかもしれないけれど」

短期、というのは、「短期入院制度」によって入院している患者という意味である。つまり、近年になって新薬の発見と、外科手術の進歩と、病巣の早期発見とによって、肺結核の形が変ってきた。診断によって病巣の状態が外科手術に適応しているという

ことになれば、入院して手術を受けることができるが、六ヵ月後には退院して新しい患者にベッドを明け渡さなくてはならないのが「短期入院」のきまりである。そして、この制度に従って入院した患者は、おおむね手術後一年で元の職場に戻れるほどに健康を取戻すことができる。結核患者としては、幸運の部類に属する人々といえよう。

一方、病巣の状態が手術に適応しない人々は、長期の患者として入院している。この人々には病院から白い病衣が配給される。

だから、青山さんは白い病衣を着ており、私は縞《しま》のユカタを着ているのだ。

青山さんの問に、私は咄嗟《とっさ》に返事を見付けそこない、また何故《なぜ》こんなに気負った高い調子で喋《しゃべ》るのだろうか、とも考えて沈黙していると、背後でガチャンという荒々しい金属音と地面を踏みならす靴音《くつおと》が響いた。

振向いた私の眼に、若い男の患者の肩を突飛ばしている守衛の姿が映った。療養所の柵《さく》をなしている棘《とげ》のある鉄線を潜《くぐ》って入ってこようとした男の姿を見付けた守衛が、全速力で走らせてきた自転車から飛び降りるなり男の軀に飛びかかったらしい。乗り捨てられて地面に倒れている自転車は、くの字に折れ曲った形になって前の車輪が宙で空まわりしていた。

言い争っている気配がしばらくつづいたが、結局患者が背をかがめてもう一度鉄線を潜って外へ出た。門をまわって戻ると時刻に遅れるので、近路《ちかみち》をしようとしたものらしい。私は、若い守衛の偏執的な顔つきを思い浮べながら、ふたたびその光景に背を向けて病舎へ向って歩きだした。

私の傍にいた筈《はず》の青山さんは、いつのまにか、私の前をあの赤いスカートの女と並んで歩いていた。

その女は、どんな病状の患者なのだろうか、と私は考えた。手術を受けた患者なのだろうか、骨は何本取ったのだろうか、と私は少し意地悪な気持になって考えた。女が美人なだけに、空想のやりがいがあった。

病舎へ帰りついたとき、一時を報らせる鐘が鳴った。朝顔の花の形の鐘を、看護婦が柄《え》を握って振鳴らすので、濁った粗雑な音色である。

広い長方形の病室には、粗末な板張りの床の上に木製ベッドが十二ずつ左右二列に並んでいる。私のベッドから二つ置いた隣が、青山さんのベッドだ。

青山さんはすでに自分のベッドに仰臥していた。私はその傍に立って、いろいろ確かめる気持で話しかけた。

「さっきの女の人のことだけどね、手術はもう済んだのかしら」

「いや、まだですがね、近いうちに手術が受けられる状態になってきたということです。あの人は『長期』ですよ。だから、手術をするとしても成形手術ですね」

「成形とすると、骨は何本ぐらい取るのでしょうね」

「さあ、何本になるだろうかな」

美人の噂《うわさ》ばなしをしている口調で、私はつづけた。

「肋骨《ろっこつ》を取ると、乳房はどういう具合になるのだろう」

青山さんは、苦痛を我慢している表情になると、

「それは、歪《ゆが》んでしまう」と言い、自分の重苦しい調子を和らげるように、「デフォルメするわけですよ」と言い終ると、急に怒ったような表情を覗《のぞ》かせた。

私は赤いスカートの女を、綺麗《きれい》な女を眺めるように見ただけだった。だから、今後、私が彼女のことを思い浮べるとき、どんな形でその姿態を脳裏に浮び上らせるか、というこことは、もっぱら青山さんと私との交際の在り方にかかっているわけだ。と、そのような考え方で私は自分を縛ってしまった。私は青山さんの苦しそうな表情を見てしまったために、そういう気持になったのである。

私は自分のベッドに戻ろうとして、ふと青山さんのベッドの下を見た。そこには、赤いスリッパが脱ぎ捨てられてあった。私は青山さんが、赤いスリッパを履いていたことに、いまはじめて気付いたのだ。

絶対安静の時間には、何も考えてはいけないし、厳密に言えば眠ってもいけない、ということになっている。しかし、私は何も考えまいとする状態になることができない。だから、私はいっそのこと、とりとめのないことを考えているようにしていた。

仰臥している患者の多くは、タオルを細く折りたたんで、両眼の上に載せている。明るい光を遮《さえぎ》って、まどろもうとしているためだ。入院した当初は、その姿態は不吉な予感をただよわせて私を脅《おびや》かした。

広い病室の隅《すみ》のベッドを、白いカーテンで仕切って孤立させてある部分がある。その白い幕も私を脅かした。訊《たず》ねてみると、その仕切りの中には事故を起した者、たとえば喀血《かっけつ》したり発熱がつづいたりしている者が入っているということだった。しかし、私は当分の間は、その白い幕の隙間《すきま》から覗いてみたならば、中に人間の形をしていないものがベッドの上にうずくまっているのが見える、という妄想《もうそう》から脱《のが》れられなかった。

要するに、私は療養所というものに、また結核そのものに馴《な》れていなかったのだ。

小さな会社に勤めて働いていたとき、久しぶりに健康診断を受けてみると、左の肺にかなり大きな空洞《くうどう》が発見された。私は事務の整理をし、引継ぎをするためにさらに忙しく数日を過し、数ヵ月後には療養所へ移ってきた。喀血を経験したこともないし、熱にも咳《せき》にも痰《たん》にも悩まされなかった。

レントゲン写真にあらわれている指環《ゆびわ》に似た形の白い影だけが、自分が病気であることを納得させ、またこの療養所への入院許可証の役目をするものだった。

その白い影がある以上は、私は誰はばかるところなく入院していればよいわけである。ところが、自分を病人として新しい環境に嵌《は》めこむことに、私はあまり器用ではなかった。

新しく入院した患者は、いろいろな検査を受けなくてはならない。

「△△さん、すぐにこっちへ来て」

病室の入口のところで、看護婦が突慳貪《つっけんどん》な大声で私の名を呼んだ。色の黒い、眼の釣《つ》り上った、怒ったような顔つきの看護婦である。そういえば、看護婦も私を脅かしていた。私はこの看護婦に、ことあるごとに虐《いじ》められる予感に捉《とら》えられた。

「呼吸停止の検査をするからね」

看護婦はそう言って、クローム鍍金《めっき》が剝《は》げてあちこち錆《さ》びている大きな目覚時計を、私の手に押しつけた。

私の傍に、眼鏡の奥で善良そうな細い眼をしばたたいている肥《ふと》った青年が並んでいた。彼は、数日後に受ける手術のために検査を受けているのだ。

私は目覚時計を両手で支えて、小きざみに動いてゆく秒針を眺めながら息を止めはじめた。私は自分が二分間は呼吸を止めていることができるのを知っていた。戯《たわむ》れに試みてみたことがあったからだ。そして、二分間という記録は、健康人の世界ではさして長い停止時間ではなかった。

私と並んでいる肥った青年は、間もなく顔を真赤にして身もだえしはじめ、ふーっと大きく息を吐き出した音がして終りになった。三十五秒が経《た》っていた。

私は、それほど無理な努力をすることなく呼吸を止めていた。一分を過ぎる頃《ころ》から、傍の青年がそわそわしはじめた。秒針の動きと私の横顔とをいそがしく見くらべている様子だ。私はちょっと得意になった。百秒経ったとき、彼が叫んだ。

「あんまり、ムリするなよ」

おどろいて私は息を吐いてしまった。なぜなら、彼の声には悲鳴にちかい調子が含まれていたからだ。病人の世界では百秒という記録は、存在する道理のないものなのだ。百秒も息を止めているということは、許すべからざる裏切りだ、と彼の声は叫んでいるようにもおもえた。

私は、入場券を持たないで劇場の中をぶらついているのを咎《とが》められたような気持になった。

しかし、この事柄《ことがら》にはおもわぬ副産物がついてきた。無愛想な看護婦が、おもいがけなく笑顔を見せて、こう言ったのだ。

「へえ、あんたなかなか頑張《がんば》るわね。水泳でもやっていたの」

気難しそうな人間の笑顔を見ることのできた安堵《あんど》の気持のために、その笑い顔を美しいとさえ感じたほどだ。色の黒い皮膚に、白い歯並が揃《そろ》っていて、善良な漁師の娘をおもわせた。

「いや、水泳をやったわけじゃない」

と私は答えたが、一瞬脳裏に空想がふくれ上った。私は潜水の達人で、真青な海の上に浮んだ舟から飛び込んで薄青い水底を自在に泳ぎまわっている。右手は銛《もり》を握っている。私は兇悪《きょうあく》な海蛇《うみへび》を追いかけているのだ。ついに、銛の先が海蛇のしなやかな胴を貫き通す。獲物と一緒に、浮び上る。舟の上には娘が待っている。私はこの素敵な獲物をうやうやしく娘に捧《ささ》げる。彼女は日焼けした顔をほころばして、白い歯を見せながら私に褒《ほ》め言葉を与えてくれる。

その娘の顔と、眼の前の看護婦の顔とが重なった。といっても、私がその看護婦に恋着したわけではない。その看護婦にたいしての脅えが取払われた安堵感の作用なのである。

私は、療養所というものに、従って患者や看護婦に馴れていなかったわけなのだ。誰しも、新しい環境に置かれると、その中に自分の居場所を作るためにそれぞれ独特の動き方を示すものだ。そして、その新しい環境にそれぞれの城を築きあげてゆく。その城の形はさまざまだが、この部屋ではどんなに奇妙な形のものでも他の城にたいして甚《はなはだ》しい迷惑をかけないかぎりは、そのまま受容《うけい》れられている。自分の城に潜りこんでいるかぎりは、「あれはああいう人間だ、だから勝手にやらしておけ」という形で、この大きな部屋の一員として認められるのである。


安静時間のベッドの上で、入院当初のことをとりとめもなく思い浮べていた私は、「ともかくオレもこの病室においての役割が定まってきたようだ」と思った。もう、自分の手や足や目や口を動かす際に、過度に神経が顫《ふる》えることも、また顫わせる必要もなくなっていた。

私が入院してから、二ヵ月が経っていた。

それでは、私はどんな役割を受持つことになっていたか。

最初のうち、私は自己嫌悪《けんお》に陥るほど、この新しい環境のすべてのものにたいして怯《おび》えていた。周囲の人々の眼に、私という人間は小心でむしろ初心《うぶ》なサラリーマンとして映っていることだろうと考えていた。私は、そのような形に自分の城を作り上げ、その中に閉じこもってしまうつもりでいた。

ところが、しばらくして周囲の人々との会話のうちに分ってきたのは、意外にも私はズウズウしくてスケベエで物分りのよい人間、神経が顫動《せんどう》を起すこととは縁遠い人間、ということになっていることなのだ。

まず、私は、百秒間息を止めた心臓の強い男、という形で受取られた。百秒呼吸を停止してしまったときの、私の動揺に関しては見逃されていたわけだ。それに、私は体質的に、動揺が表情にあらわれない。羞恥《しゅうち》のために、頰《ほお》が赤く染っている筈だとおもうときにも、実際には頰は蒼《あお》いままだ。

私の近くのベッドにいるのは、電気屋の東野さん、大工の南さん、自転車屋の西田さん、以上の三人は二十五から三十歳までの青年で、もう一人は四十過ぎの年配で国鉄の車掌をしている北川さん、といった人たちなのである。

私は軍隊生活の経験がないので、この種の職業の人たちについては、観念的に分っているだけなのだ。それに、自分の手で幼い頃から稼いでいる人たちに会うと、妙な気おくれを感じる性癖がある。中学一年生のとき、近郊から担《かつ》いできた荷を私の家の縁側で拡《ひろ》げて商売をする八百屋の小僧の存在が、私を脅かしたのを思い出す。その小僧が、私になにも言うわけではないのだが、その顔を正視できない心疚《こころやま》しさのようなものを覚えるのだ。その理由ははっきり分析できないが、私には左翼の運動をして高校を退学させられた叔父が二人いて、小学生の頃からその叔父たちの身のまわりに漂っている左翼の雰囲気に触れていたことが関係があるかもしれない。

学生時代に発病して以来十年近く療養所生活をしている青山さんはともかくとして、東野さん西田さん南さん北川さんたちと、どういう話題で会話をすればよいのか私には見当がつかない。したがって、苦肉の一策として、私は会話のときにはワイダンを喋ることにした。ワイダンは音楽に似て、注釈抜きで少なくとも同じ国語を用いる人間の間では通用してゆく。

以上が、私がズウズウしくてスケベエで物分りのよい人間という役割を貰《もら》った理由らしい。そして事実、この要素は私の中にないとは言えない。しかし、その一面ですべてを捉えられては、いささか自分が可哀《かわい》そうだという気持もしたが、むしろそれはそれで気楽な役割とも言えた。

私は、自分と他人とでこしらえ上げたそのような形の城の上に胡坐《あぐら》をかいて、もっぱらあたりを観察することにしはじめた。

三時の鐘がなって、絶対安静の時間が解かれると、にわかに病室の中が騒々しくなる。看護婦が検温の結果を訊ねてまわり、ついでに郵便物を配ってゆく。三時から三十分間、洗面所の蛇口《じゃぐち》から湯が出ることになっているので、洗面器をかかえてヒゲを剃《そ》りに行く者や、まだその時候には早いのにユタンポを提げて歩いている者もある。

面会人が訪れてくるベッドもある。

私の周囲のベッドの人々も、スリッパを履いて病室の中をぶらぶらしはじめた。私はベッドの上に起き上ったまま、あたりを眺《なが》めている。しかし、明日になれば私はこの大きな病室からそれに付属している狭い個室に移されて、五日の後には手術台に載せられている筈だ。

そうなれば、私は当分の間おおむね私の内臓の具合や、内側に漂うものだけを眺めていなくてはならなくなる。だから、いまのうちに私の周囲の人々について、及びこの病院について、少し語っておくことにしようとおもう。

あたりを見まわしてみよう。青山さんのベッドの傍に東野さんが腰掛けて、恋愛についての議論をたたかわせている模様だ。

こんな言葉が、耳に入った。

「青山さん、そんな考えでいては、いつまでたっても女はできないよ。女は一押し、二押し、三押し、でいかなくちゃ。あんたみたいに純情だと見ていて歯がゆいね」

「そんなに純情てわけでもないさ。君は君、僕は僕だ。それぞれのやり方というものがあるもんだ」

「俺《おれ》だったら、せっせと働いて百万円蓄《た》めるね」

「なるほど、その札束で女の横っ面《つら》を叩《たた》けばいいというわけか」

「そんなモッタイないことはしないよ。その百万円で自動車を一台買うんだ。自動車を見せびらかして口説けば、これはもう確実だ。それに減るもんじゃなし……、何がって、自動車がさ」

東野さんは、私より一ヵ月おくれて入院してきた。彼ほど自分の城の形を定めることを急いだ男はいなかった。衒《てら》っているようにも、焦《あせ》っているようにも見えた。

彼は、入院した日の夕飯のときに、酢が欲しいと言い出した。誰も持っている者がないので、彼は早速隣の婦人病室へ貰いに出かけた。着物の上に羽織を着、腕時計を巻いて盛装して出かけた。酢の皿を支えて戻ってきた彼の顔は、すこぶる緊張しかつ得意そうだった。

翌日からの彼は、病院中の婦人病室を走りまわっている趣があった。彼の言葉ほどには結果がおもわしくなくて、特定の女性と仲良くなることができないらしく、そのため一層彼は盛装した姿で走りまわらなくてはならない様子だった。

女のこととなるとたちまち頭の中が灼熱《しゃくねつ》し両耳の穴から煙が噴出して、噴射式航空機のように病室から飛び出してしまうということで、「ジェット機」という綽名《あだな》がつけられた。

東野さんは、その綽名が不満で、別のもっといい名に替えてくれと言うのだが、それは無理な注文だ。すると彼は、別の方法を考えはじめた。あるとき、新しい入院患者が質問した。

「どうして、ジェット機というのですか」

誰かが、その由来について説明する。そのとき、東野さんが言うのだ。

「それは違う。俺はね、尻《しり》の穴で呼吸することができるから、そういう名がついたのさ。たとえば、水の中に軀《からだ》を沈めても、尻さえ空気の中へ出しておけば、当分潜ったままでいることができる。ほんとだよ。泳ぐときには、その空気で噴射式に進むことができるというわけだ」

そういう東野さんの顔は、まじめそのものだ。その表情は、冗談を言うときは笑わないで言った方が効果があることを計算しているものとは違った、へんに熱心なところがある。はじめて聞かされた相手は、もちろん冗談と解釈して、

「それは、オナラのことでしょう」

と笑いながら言うと、彼は、いやそれとは別のものだ、と言って、筋道のとおらない説明を諄々《じゅんじゅん》としはじめる。

私は、そのときの東野さんの偏執的に光る眼を見ていると、うっとうしい気持になってふと首を傾《かし》げたくなってくる。彼は自分の綽名と超人的な力とを執拗《しつよう》に結びつけようとしているのだ、と私は考える。

この部屋に閉じこめられている人たちには、どことなく執拗なあるいは欲望過剰の感が窺《うかが》われる場合が多い。きっと、捌《は》け口《ぐち》のない精力がそのことと大きな関係をもっているにちがいない。

北川さんは、十五年ほど以前までキャバレーの楽団でトランペットを吹いていた。

「そこで、蝶《ちょう》ネクタイを締めたわしが立上ってな。ペットをこう構えるとな、フットライトがパッとこっちへ向けられるんだ」

と、トランペットを吹く手つきをしながら、ソロを演じたときの思い出ばなしを得意気に語るときの北川さんは、善良そのものの顔つきである。

しかし、その北川さんも、不審な挙動を示すことがある。

大便所のしるしが「あき」になっているので扉《とびら》を開くと、中に北川さんが蹲《うずくま》っていて、そのままの姿勢で首をまわすと、ニヤリと笑うという噂《うわさ》が立った。それは噂ではなく、やがて私自身がその状況にぶつかった。その扉を開くのは、男の患者ばかりではない。動けない患者の排便を捨てにきた看護婦や付添婦が、その扉を開く可能性も十分あるのだ。

部屋にはこのように悪役も道化役もあったが、芝居の舞台がさまざまの役柄が一見勝手気儘《きまま》にみえるそれぞれの役割を演じながら統一をもって進んで行くように、部屋の日々が過ぎてゆくのだった。あまりにもそれぞれの役柄を逸脱しないかぎりは、である。

時折、いさかいが起ることもあった。それは、いつも突然爆発するように起るのである。突然といっても、それはとめどなく空気を吹きこまれたゴム風船が、炸裂《さくれつ》するに似た突然さである。あるいは、蒸気機関の安全弁が開いて、空気が笛を吹き鳴らしながら噴出するのに似ている、といった方が適当かもしれない。

したがって原因は、いつも取るに足らぬ些細《ささい》なことである。けっして根深いものではない。

ただ一回だけ、その原因について私の印象に鮮かに残っている口論があった。

その日、昼過ぎから、部屋の隅にある白いカーテンの仕切りに入っている患者がまた喀血をはじめた。もう幾日も、喀血がつづいていた。その日の喀血は、近くの米軍基地から飛び立ったジェット機が、物凄《ものすご》い音をひびかせて病室の真上を通ったのがキッカケとなった。建物をゆるがすほどにおもえる金属性の爆音の振動が、その人の胸郭を揺すぶったのだ。

前日の喀血は、仰臥《ぎょうが》している右脚を折り曲げたことがキッカケとなったという話で、

「はたして助かるだろうか」と噂されていた。

安静時間の病室の中で、白いカーテンの内側からの音だけが断続してひびいた。胃のひっくり返るときのような音、ゴボゴボという濁った低い音、弱い咳の音。

絶対安静時間の終る三時が近づいたとき、突然、大きな声がひびきわたった。

「ナムアミダブツ、ナムアミダブツ」

そこで、声はぷつりと絶えた。一瞬、私は唖然《あぜん》としたが、すぐにその声の出た場所が分った。それは、ラジオなのである。病室では、ラジオは特定の時間以外はレシーバーに切り替えて、周囲の人々の迷惑にならぬようにして聴くことになっている。三時が近くなったので、誰かが枕《まくら》もとのラジオのスイッチを捻《ひね》った。レシーバーに切り替えてあるつもりだったのが、スピーカーから音が出てしまったのだ。

そして、偶然、こういう偶然さには計り知れないところがあるが、ラジオドラマか

なにかの一部分のナムアミダブツという箇所にぶつかってしまったのである。

病室の中がざわめいて、あちこちで笑い声が起った。

「北川さんのラジオだろ、ナムアミダブツはちょっとひどすぎるな」

笑いを含んだ青山さんの声がした。

それで、この小さな出来事は終りになっていればよかったのだ。この部屋の人間はすべて、ナムアミダブツとは無関係ではないのだし、そして、それにもかかわらず笑い出させてしまうものがこの事柄に含まれていたのだから。

そのとき、西田さんの怒った声がして、具合の悪いことを言ってしまった。西田さんは親切で、世話好きでそして正義派である。

「北川さん、ダメじゃないか。ナムアミダブツなんて、××さん（白いカーテンの中の人の名）に悪いじゃないか」

「そんなこと言ったって、わしはラジオがレシーバーになっているつもりだったんだから」

「だからダメじゃないか」

「そりゃ、その点は悪かったよ。だが、ナムアミダブツなんて言ったのは、わしのせいじゃない」

「おまえが、ラジオさえ点《つ》けなけりゃ、そんなことにならなかったんだ」

「そんなことは、余計なお世話だ」

「なにを」

「やるか」

青山さんが仲裁に入った。すると、西田さんは、青山さんに向って怒りはじめた。

「あんた、さっき笑ったね。あんなときに笑ったりして、××さんに悪いと思わないのか」

「僕はなにも××さんに関連して、笑ったわけじゃない。つまりね、こういうことはそれ自体がオカしいのだ」

「何を言ってるのか、さっぱり分らないぜ。へんな弁解はよせ」

「弁解じゃない。たとえば……」

と、青山さんも昂奮《こうふん》してきて、例を挙げて説明しはじめたが、その例に大へん悪いものを持ってきてしまった。

隣の病室に、手術を終って幾日も経《た》つのに昏睡《こんすい》から醒《さ》めない患者があった。麻酔にたいする異常体質で、脳を犯されたのである。

その人は昏々と睡《ねむ》りつづけながら、十分に一回の間隔で、夜も昼も規則正しく、

「アアーッ」

という叫び声をくりかえしているのだ。それがもう半月以上もつづいている。その声は、男の声でも女の声でも、さりとて中性的な声でもない。機械で合成して作り上げた人間の声、といえば最も近いだろう。

青山さんは、その患者のことを言い出したのだ。

「たとえば、あのアアーッと叫んでいる人さ。十分に一度ずつ、叫んでいるきりなんだからね。これはずいぶん気の毒なことなんだけど、どうしようもなくオカしいところがあるじゃないか。え、西田さん、そうおもわないか」

「だから、あんたはいけないんだよ。俺はただ、気の毒なだけだね」

私には、青山さんが説明しようとしていることがよく分った。しかし、その例は、大へん不適当なものであることも分った。

青山さんは、極限に追いつめられた状態が自然に具《そな》えてくる、グロテスクで滑稽《こっけい》な味について説明しようとしているのだ。そして、その味を一層際立《きわだ》たせるものが、昏睡している患者の場合には叫び声であるとすれば、いまのナムアミダブツという声と結びついてゆく対象としては、やはり白いカーテンの中の人の方が青山さん自身よりはるかに密接になっているのである。

そのことに、青山さんも気がついたらしい。西田さんに言い返しかけて、急に沈黙してしまった。

一瞬、病室の中が森閑とした。そのとき、低い奇妙な音がひびいてきた。その押殺したような音は、低くて弱々しいが、はっきりした笑い声に変っていった。

私は烈《はげ》しく緊張して、耳を澄ました。その声は、白いカーテンの内側から聞えてくるのだ。そして、その声は、自虐《じぎゃく》や自嘲《じちょう》の陰のない、透明な笑い声だった。

私は、カーテンの中の人の強靱《きょうじん》さに、胸を衝《つ》かれた気持だった。重症の軀からもう一人のその人が脱《ぬ》け出して、いまの状況を眺め論議を聞き、そして普遍的な問題として笑うことができたのだろう。

そのとき、その人が重症を持ちこたえて生きのびると予想するのとは逆に、数日中に死んでしまうのではないか、とふと私は考えた。しかし、事実は白いカーテンの中の人は、奇蹟《きせき》的に危機を切り抜けることができた。

この病室の灯《ひ》が消されるのは、午後八時である。

「お変りありませんか、おやすみなさい」

看護婦が一つ一つのベッドを訊《たず》ねてまわり、出入口の柱にとりつけられたスイッチを捻って帰ってゆく。

私はこの部屋で迎えた初めての夜を忘れることができない。私は仰臥して天井を見詰めていた。スタンドの灯が消えてゆくごとに、天井の黄色いテックス板が薄鼠《うすねず》の色を濃くしてゆく。そして、最後の灯が消えて、病室は松林の中に沈んだ。

いや、沈んだのはこの部屋のまわりにひろがっている世界なのだ。午後八時といえば、街は人でにぎわっているだろう。明るい電燈《でんとう》の下に晩《おそ》い夕食をしたためている家庭もあるだろう。机に向って残業をしている人々を容《い》れた建物もあるだろう。

そのような動いている人々の世界がはるか下の方に沈んで行って、私を容れた長方形の部屋だけが、暗い空間に浮び上っている。揺れている、漂っている。

不意に、隣のベッドから忍び笑いの声が洩《も》れてきた。首をまわして、暗がりを透かして見たが、隣のベッドの上には人間一人寝ているだけだ。他の人間と会話を交している気配もない。

また笑い声、今度は少し大きな笑い声だ。隣のベッドからばかりではない、暗い病室のあちこちから笑い声が起りはじめた。その幾つかの笑い声は、断続しながら、まったく同じ瞬間に湧《わ》き起る。

最初、私はその笑い声を何かの発作の起る前兆のように受取って、背筋に冷たいものが走った。しかし、次第に、その笑い声の起る理由が分ってきた。

闇《やみ》の中のそれぞれのベッドの上で、大部分の同室者がレシーバーを耳にあててラジオを聴いている。そして、レシーバーの配線の末端はすべて同じ一つのラジオに集って、その「部屋のラジオ」をわりあい健康状態の良い人間が管理しているのだ。

したがって、それぞれが耳にあてているレシーバーには同じ番組が流れている。丁度、そのときの番組は、落語か漫才のようなものであったらしい。そして、私は入院したばかりなので、まだレシーバーを入手していなかったのである。

間もなく私も片耳レシーバーを買って、「部屋のラジオ」の聴取者の仲間入りをしたのだが、ラジオを聴くことのほかにもう一つの楽しみを見出《みいだ》した。それはレシーバーを片耳に差込み、塞《ふさが》っていないもう一方の耳で、落語など、笑わすことを眼目とする番組にたいする同室者たちの反応を聴き取ることである。

古典落語と新作落語にたいしての反応の具合とか、いわゆるクスグリに類する笑わせ方にたいする反応とか、私にとってこの小規模の実験はなかなか面白いものだった。

そのように、気持の上での余裕ができてきた頃《ころ》にも、やはり、私を容れた部屋が暗い空間に漂いはじめることは、時折起るのであった。

一方、次第に私は自分の置かれている場所についての正確な知識を持てるようになってきた。

私が最初に診断を受けた医師は、レントゲン写真を持った腕をいっぱいに伸ばしてゆっくり眺め、

「これは骨を三本も取ればいいでしょう」

と、無造作に言った。

生身の軀から肋骨《ろっこつ》を幾本も取去ることにたいして、その言い方はあまりに無造作に思えた。くりかえして言うが、私は結核というものに馴《な》れていなかったので、医師の言い方から侮辱を受けている気持にさえなった。私は取去られた自分の骨を医師の手から取戻し、その骨でイヤリングを作って好きな女の耳に飾ったり、耳かきをこしらえて耳の穴をほじくったりする光景を空想して、その気持を紛らわそうと努めたものだ。

しかし、私が結核について知ることが多くなるにつれて、病巣の状態が手術を受けるのに適しているということは不幸中の幸と言うべきだ、ということが分ってきた。

この病室は外科病室で、ベッドにいる患者はおおむね「短期入院制度」による患者である。手術後六ヵ月経てば退院しなくてはならないということは、その頃になれば自宅療養が可能の状態になれるという見通しを意味している。

この病室には、たとえば青山さんのように内科病室の患者のしるしである白い病衣を着ている人も、幾人かいる。青山さんは、内科病室で安静と化学療法による治療を受けて、病巣が手術可能の状態になることができたので、この病室へ移ってきたのだ。青山さんは、私と同じ日に手術を受けることになっていた。しかし、青山さんたちの場合は、手術を受けても六ヵ月経てば退院できる状態にまで治癒《ちゆ》することは、まず難しいと考えなくてはならない。内科の患者は、より一層長い、辛抱強い日々をくりかえしてゆかなくてはならない。

このように、病巣の状態の違いに、経済的な問題がからまって、外科病室と内科病室との雰囲気《ふんいき》に相違ができていることにも、私は気付いてきた。

外科病室の患者は、たとえば私のようにそれぞれの職場で働いているとき発病し、間もなく入院してきたものが大部分である。したがって、健康保険やそれに類する保障制度の有効期間中に手術を終えて療養し、退職にならぬ前にもとの職場に戻れる見通しを持つことができている。

一方、内科病室の患者は、長い期間の療養生活の間に、保険の期限も切れ職場も馘《かく》首《しゅ》になる。収入の道のない患者には、「生活保護法」が適用されて、療養生活をつづけることができるのだが、次第にその適用される枠《わく》が狭められはじめる。「入退所基準」が新しく定められそうになる。それが厳密に適用される場合には、過半数の患者がこの療養所から出て行かなくてはならない。その際、アフターケアーの設備（予後のための施設）の方は一向に進んでいないし、新しく就職口を見付けることも大へん困難なことだ。

浮き上り漂っている部屋の、遥《はる》か下の方に小さく見えている世界。活動している人々の世界、健康な軀の人々の世界、その世界に外科病室の人たちはまだ戻ってゆく余地が小さく残されている。戻ることによって、生命のある間の食糧を稼《かせ》ぐ手だてを得ることができる。

しかし、財産を持っていない内科患者にとっては、極言すれば、この暗い空間に漂っている部屋の中にいること、その部屋から出ないこと、それが食と住とを得る手だてになっているわけになる。

次の年の夏に、新しい入退所基準に反対した結核患者が陳情のために都庁の廊下に坐《すわ》りこみをおこない、いわゆる「死の坐りこみ事件」として問題を投げることになる。その際、その運動が多人数の患者を動かした理由は、その問題がそれぞれの生活が成立つか成立たなくなるかという切羽つまった点に関連していたからだと、私は考えている。いわば「馘首反対のデモ」だったといえる。

コミュニストの煽動《せんどう》では、とてもあれだけ多数の病人を動かすことはできない。結核患者には、徹底したエゴイストが多いのだから。またそうならなければ、とても生命を維持してゆくことはできないだろう。

また、「坐りこみ事件」の際にあらわれた、外科病室と内科病室の反応の差も右に述べた事情から推察できることと思う。

「他人《ひと》のことなんかかまっちゃいられないや、自分さえよけりゃそれでいいんだ」

その言葉を、乾燥して軽快な、そしてちょっと皮肉な口調で言うことが、私たちの部屋では流行していたのである。

二

翌日、いままで入っていた大きな部屋に付属している個室に、私は移された。五日の後に迫った手術のためである。

ベッドがいつも満員のこの外科病室では、手術の際には患者をやや広い個室に移し、その後の経過に応じて小さい個室へ移し、さらに大きな部屋の白いカーテンの中へと、いわゆるベッドの廻転《かいてん》を計っている。

狭い部屋の四方の壁は、塗りかえたばかりの白い色だ。前日の昼、野球をしていた青い服の囚人たちが塗りかえたものだ。真白い色の真中に一人で寝ていると、いよいよ手術日が近づいた、という気持が強くなってきた。

手術に関しては、私はかなり詳しい知識を集めていた。入院する前に、私はまるで家屋改築の設計図でも作っている様子で、机の上に図面や書類をひろげて研究した。私の受ける手術は、骨を取去って胸郭を狭めることによって空洞《くうどう》を押潰《おしつぶ》す成形術ではなく、肺切除術ということにきまったので、その手術の光景を撮《うつ》した天然色写真も手に入れた。

肺切除術というのは、軀の背中から側面にかけての部分を大きく切り開き、肋骨をはずして内から肺を引出し、空洞のある組織を切り取ってしまう手術である。その光景を撮した天然色写真では、淡い色の皮膚の間から引出されて大きくひろがった肺の組織は濁った黄紅色で、そのあちこちにピカピカ光る金具が喰《く》いついていた。

切口の肉は鮮かな赤色である。

その写真が私に刺戟《しげき》を与えなくなるまで、私は何回もくりかえして眺《なが》めることにした。

そして、それまでにもいろいろ苦しい病気をしてきている私なのだから、今度も何とかなるだろう、と私は比較的気楽な気分で入院したのだ。

しかし、手術室から担送車に載せられて戻ってくる人間の姿は、やはり私を脅《おびや》かした。担送車の上の人間は、鼻の穴に酸素吸入のゴム管を挿《さ》しこまれ、舌を噛《か》まぬための白い器具を口の中に押しこまれて、顔色はシーツの色にまぎれこむほど蒼白《そうはく》である。また、部屋と壁一重隣の個室から、麻酔から醒めた患者の唸《うな》り声や、水をくれ、と喚《わめ》く声が深夜ひびいてくるのを聞くと、やはり私は重苦しい気持になった。

これから受けようとする手術にたいしての反応は、人さまざまであった。そして、すでに手術を受けた人たちは、手術についての事柄《ことがら》を、進んで語ろうとはしなかった。

「手術は、苦しいですか」

「苦しいなんてもんじゃありませんや」

時折、そんな短い会話が食堂などで取りかわされているだけだった。

一人、異常に手術を恐れている患者が入院してきたことがある。彼は姿勢正しく、堂々として入院してきた。不精ヒゲが顎《あご》から頰《ほお》へとモミアゲにまでつながっていた。

私は青山さんに訊ねてみた。

「あの人は、職業は何だとおもう」

「さあ、分らないな」

「今の職業は分らないけど、あれはきっと職業軍人だったに違いないよ。たぶん少佐ぐらいで終戦になったのだろう」

ところが、間もなく彼がひどく手術を恐れていることが分った。彼自身その恐怖を隠そうとしないのである。彼は私のベッドの傍にやってきて、愚痴っぽく話しかけてくる。

「わたしは、きっと手術前に病院から逃げ出しますよ」

「そんなこと言わないで、どうせ入ってきたのだから、ついでに切ってお行きなさい」

「わたしの知り合いの若い女医がね、こんなことを言うのですよ。手術のあの苦しさが我慢できるのなら、人生のどんな苦しみだって耐えて行けると、見ていておもうくらいですわ、てね。わたしは人生の苦しさだけで、もういいかげんダメになりそうなんですからね。とても辛抱し切れないとおもうのです」

そして、彼は私の耳もとでささやくのだ。

「おまけに、悪いことに、わたしは手術台の上に載せられたとたんに、骸骨《がいこつ》になってしまうとおもうんです。いや、そう言っても分りますまいが、たとえばわたしが、歯医者の椅子《いす》に坐って、歯を抜かれるとするでしょう。医者がキラキラ光る太いヤットコでぐっと歯を挟《はさ》んで引抜こうとするでしょう。すると、わたしは髑髏《どくろ》になってしまうんです。ドクロの顎の骨から歯が一本じりじりと引抜かれてゆくのが、はっきり眼《め》に映る。いや眼に映るのじゃない、つまり私がドクロになってしまうのですよ。だから、わたしは手術台に載せられたらガイコツになってしまうのです。こいつは、もうとても耐《たま》りませんよ」

彼はしばしば私の傍に近寄ってきて、「わたしはもうそろそろ逃げ出しますよ」とくりかえす。そして最後に必ず、つけ加える言葉がある。

「あなたがたのようにお若い人たちなら、切られてもまだ辛抱のしようがありますが、わたしの年になるともう体力がありませんよ」

彼があまりにその言葉をくりかえすし、それにそれほどの年配にも見えぬので、あるとき彼のカルテを覗《のぞ》いてみると、私より四つしか年上ではないのだ。

「あなたは軍人だったでしょう。少佐ぐらいだったでしょう」と、私が訊ねてみたことがある。

「とんでもない、二等兵で終戦ですよ」

「勇猛なる職業軍人かとおもっていたんだが」

「とんでもない。斥候《せっこう》に出たとき一人で敵兵にとり囲まれたとしたら、おまえはどうするか、と質問されたことがあるんですよ。わたしはね、その光景がパッと眼の前に浮んでしまって恐ろしくてたまらなくなってね、ハイッ降参します、とおもわず答えてからシマッタと思ったけどもう手遅れです。半殺しになるほど殴られてしまいましたよ」

その話を聞いてから彼を眺めると、ヒゲ面《づら》の中でウサギのような眼がパチパチ瞬《また》いていた。勇猛な少佐の影像は彼の上からずり落ちて、無器用にゲートルを巻きつけた両脚がガニ股《また》になって立っている二等兵しか想像することができなくなってしまった。

その後の彼は、結局逃げ出すこともなく手術を受けたが、間もなく気管支瘻《きかんしろう》になってしまった。私が手術を受けるため個室へ入ったとき、彼も近くの個室で寝ていた。

手術を恐れていた人は、どうも術後の経過がおもわしくないという意見が、この部屋には伝説のようになって残っている。

手術までの三日間、私は個室のベッドから離れずに過した。ドアを叩《たた》く音がして看護婦が入ってくることがたび重なったからである。そのたびに私は腕の静脈に注射器で輸血されたり、血圧を調べられたり、肺活量を計られたりした。あるいは、手術する部分と足のくるぶしの上の部分をカミソリで剃《そ》られた。足を剃るのは、その箇所から針を入れて、手術中に輸血をするためである。

また、ノックの音がした。

入ってきたのは看護婦ではなくて、青山さんだった。私と同じ日に手術を受けることになった青山さんは、隣の個室に入っている。

「あなたの方が先と、手術の順番がきまったようですよ。僕は午後からになるわけです。先の方がいいんだがな。後になると、待っている時間が厭《いや》ですよ」

「しかし、麻酔が醒めて夜が来て、この夜が苦しくてね。あたりが明るくなってくるとなんとなくホッとするそうですがね。後の順番の青山さんの方が、明るくなるまでの時間が少なくて済むわけだ。プラスとマイナスでゼロですよ」

「そういう考え方もできるわけか。ところで、遺言状は書きましたか」

「いや、手術で死ぬパーセンテージはほとんどゼロだそうだからな」

「だけど、万一ということがあるからな」

「青山さんは書いたの」

「僕もやめましたがね、アキ子さんに手紙を書こうかとおもったけど、それもやめた。アキ子さんて、ほら、いつかあなたと一緒のとき庭にいた赤いスカートの女ですよ」

「何を書こうとしたの、いや、どうしてやめたのですか」

「あの女はねえ、とても自信が強いのですよ。アキ子さんの表情には、弱々しい顔というものがないのですよ。僕にはそれが不満なんだ、物足らないんだ。彼女は赤いスカートばかり穿《は》いているでしょう、あれは一枚きりしかないわけじゃなくて、そっくり同じものを幾つも作ってあるのですよ」

「どうして、そんなことをするのだろう」

「そんな女なんですよ。赤い色が特別によく似合うとおもっているわけでもない。なんというか、つまり、とても自信が強いのだ」

そう言ってから、青山さんは、しばらく沈黙をつづけていたが、やがてぽつりと言った。

「アキ子さんもやっと手術を受けられる状態になりかかってきたそうです。やはり肺切除はムリで成形だそうです。そうなると、いつか言ったようにデフォルメされるわけですよ」


手術の日。

腕に基礎麻酔の注射を打たれていくらかぼんやりした気分になり、長い廊下を担送車の上に寝てごろごろ押して行かれ、手術室へ入ったのが午前九時だった。

金属製の細長い手術台の上に載り、右を下にして横になった。鉄の枠を左腕でかかえこむようにして、切り開かれる部分を安定させた。

静脈に麻酔の注射をされた。手術の光景を撮したあの天然色写真が、一瞬、私の眼の前に浮んで消えた。

「数をかぞえなさい、一つ二つ三つ……」

医師の声が聞える。その声のあとをつけるように、私も一つ二つ三つと声を出して数えた。八つまで数えたとき、医師の声は次の数を「一つ」と言った。「九つ」と数えることを予期していた私は、「オヤまたもとへ戻るのか」とおもったことまでは記憶しているが、あとは意識がなくなってしまった。

「眼を開けなさい、手術はもう終りましたよ」

くりかえして言う声が耳に届いて、重い瞼《まぶた》を上げてみると、幾つもの顔が覗きこんでいた。痛さを覚える部分もなく、酔心地がつづいていてまた瞼が下ってくると、眼を開けなさい、という声がする。

無理に起されて学校へ行かされた小学生のときのような不満な気分と、「きっと心配しているのだな、オレは大丈夫なのに」とおもう気持とが混り合っているうちに、また眠りに陥《お》ちてしまった。

もう一度、眼が覚めたときは窓の外が薄暗くなっていた。夕方だ。同じように、幾つもの顔が覗きこんでいた。咽喉《のど》がひどく乾いていた。今度ははっきり、無事に手術が終ったのだ、という気分が湧《わ》き上ってきた。咽喉は痛いほど乾いている。ビールが飲みたいな、とおもった。その考えは、ちょっと私の心に陰を落しただけで過ぎ去ってゆこうとした。

そのとき不意に私は自分の役柄を思い出した。病室で私が受持っているズウズウしい男という、役割の中に、私は生きてふたたび入りこめるという喜ばしさもあった。

「ビールが飲みたい」

と、私は声に出して言ってみた。

「ええ、良くなったら、一升でも二升でもお酒を呑《の》ませてあげますよ」

子供をあやしている調子で、覗きこんでいる顔の一つが言った。酒という言葉を聞くと、燗《かん》をした酒の匂《にお》いが私の痛いほど乾いている咽喉を生温かく覆《おお》う気分がした。それは違う、酒ではないんだ、と私は不快な気分になって、

「酒はいらない、飲みたいのはビールなんだ」

ともう一度言った。覗きこんでいる顔が、みな白い歯をみせて笑った。健康な軀《からだ》と、

私の現在の軀との落差を、その笑いから強く感じた。と同時に、私は自分のズウズウしい男という役割を無事に果していることも知った。

私は、自分の軀を見まわしてみた。酸素吸入のゴム管が、片方の鼻孔の奥ふかく押しこんである。胸のなかに滲《にじ》み出て溜《たま》っている血のまじった液体を排出するための管が、左の胸の上下に一本ずつ突きこまれている。血のかたまりにちかい痰《たん》が咽喉にからんで咳《せ》きこむときに、動揺を少なくするための砂袋が肩の上に載せてある。

パイプがあちこちに突出ている旧式の機械に、私は自分がなってしまったような気持になった。そんな軀を見まわしながら、これから、麻酔が醒《さ》めてから、どのような時間が私の上に襲いかかってくるだろうか、と私は身構える気分だった。

それからの数十時間、苦しさは痛さの感覚のような形でやってはこなかった。生命というものが寒暖計のような管の中に詰めこまれて、だんだん零度の点に向って下降してゆく……、それをなんとか零度までの目盛の間で食い止めるために、個体のすべての細胞が全力をあげて抵抗している、という感じなのだ。

鼻孔のまわりの空気が、液体のように粘りはじめてくる。過ぎてゆく時間の一秒一秒が、鋭いトゲになって軀に突刺さってゆく。

私は、痛い、とか苦しい、とかいう言葉を一言も言うまいと考えた。そういう気取り、で身を装うことに心の支えを見付け出して、その時間をやり過してゆこうと考えた。

秋の終りの肌寒《はだざむ》い季節なのに、足の先がひどく熱い。閉め切った窓の隙間《すきま》から、何かの拍子にラジオの音が洩《も》れてきた。その音は、ジャズを歌っている女の声で、英語の歌詞の中の「バンブー・スカイ」という言葉が私の耳に残った。その言葉は、洞窟《どうくつ》に棲《す》む小動物のように、私の耳の穴に棲みついて、しばらくの間私を苦しめた。「バンブー・スカイ」という言葉から、私の眼の前に青竹色の空が浮び上る。その空は、緑の色を濃くしながらぐんぐん迫ってきて、眼球の前数センチメートルのところに覆いかぶさってきて、ゆらゆら揺れ動く。

その濃緑の色は、しばしば眼球が歪《ゆが》むほどぐっと眼の上に落ちかかってくる。そのたびに、私はひどい息苦しさを覚える。その単調なくりかえしが、何時間も執拗《しつよう》につづいてゆく。

時折、平素は思い出しもしない遠い土地の街角の風景などが、かすかな匂いを伴って、眼の前をゆっくり通りすぎてゆく。その街角の風景の中には、ＢＡＮＫという横文字の見えている銀行の白い建物とか、ポストのある十字路や、真赤なガソリンスタンドなどが見えているのだが、いつも人影は見あたらなかった。音のない、忘れ去られた土地のような風景なのだ。

そんなとき私には、明るい電燈《でんとう》の下で食器をカチカチ鳴らしながら夕食をしたためている人々のいる世界が、この世の中にあることが、ふと不思議におもわれたりした。そして、また私の耳の中であばれはじめる「バンブー・スカイ」という音。後日分ったことだが、その言葉は私の聞きちがえだった。その言葉は「バンブー・スカート」というのであった。

私と同じ日に手術を受けて、隣の部屋に入っている青山さんは、私より一層苦しんでいるようだ。ときどき、呻《うめ》き声が壁を通して聞えてくる。

青山さんの部屋のドアが、いそがしく開いたり閉ったりする音が聞えて、何か怒鳴る声が聞えたりした。やがて、青山さんの付添婦が私の部屋へ入ってきて、私の付添婦と話し合う声が耳に入った。

「あんたのとこの患者さんはおとなしくていいね。あたしのとこでは、さっき、氷《こおり》枕《まくら》の口金が毀《こわ》れてね、敷布団《しきぶとん》がびっしょり濡《ぬ》れちまって、大変なさわぎよ」

「なにか、大声でドナっていたじゃないの」

「そうなのよ、青山さんてとても気の弱そうなおとなしい人だとおもっていたのに、まるで人が変ったみたいなの。おまけにね、死にそうだからアキ子さんを呼んできてくれ、なんてあたしに頼むのよ。アキ子さんて、ほら、いつも赤いスカートを穿いている口紅の赤い女の人がいるでしょう。あんまり何度も言うのでね。あたし行ってあげたらね」

「おやおや、ご苦労さまねえ。それでアキ子さん、やってきた」

「それが来ないのよ。枕もとの花瓶《かびん》に差してあった菊の花を一束ぬいてね、これを青山さんにあげてくださいい、わたしはそのうちお見舞に行きます、ていうの。仕方がないから、菊の花だけ青山さんに渡すとね、こんな匂いの強い花なんて息が詰って死にそうだ、て怒って壁に投げつけたのよ」


手術を受けて一週間目に、廊下を挟んだ向い側の四号室の患者が死んだ。

この療養所には、第四病室も第九病室もある。これらの不吉とされている数字は、とくに病院においては欠番になっていることが多いのだが。私の入っていた大きな部屋の番号は十三である。付属している個室の番号にも、四の数字を避けてはいない。

四号室の患者が死んだのは、夜である。そして、翌朝、主任看護婦が活溌《かっぱつ》な靴音《くつおと》をたてて私の個室へ入ってくると、言った。

「今日のベッド交換のとき、向いの部屋に移っていただくことになりますが」

「ええ、結構です」

姿勢の正しい後姿を見せて部屋を出てゆこうとした主任看護婦は、戸口で立止った。背中の線がふっと崩れて、振りかえった彼女は、妙にモジモジしながら、

「あのう、もしイヤだったら、我慢しないでイヤと言っていいのですよ」

彼女の毅然《きぜん》とした態度が不意にくずれて、このように問われると、向い側の部屋に入ることが何やら意味ありげになってきた。

おバケが出るけど、いいですか、と問われたように背筋がくすぐったくなってきた。大きく笑うと傷にひびいて痛いので、私は注意して笑いながら、

「いいですよ」

と答えた。

私自身は、特定の数字を不吉におもう気持はなかった。またその逆に、首吊《くびつ》り死体の頸《くび》に巻きついていた縄《なわ》を縁起のよいものとして貰《もら》いうける人たちと同じ考え方ももっていない。しかし死体のぬくもりの残っていそうなベッドへの移転とともに、四と十三の数字が身近に迫ってきたのを知ると、いささか刺戟《しげき》的な気分に陥ちていった。横臥《おうが》もできぬ状態なので、上へ向いたままの形で四号室のベッドへ置かれた瞬間、私の中に咄嗟《とっさ》に忍びこんできた考えがあった。

ベッドというものは、四つの脚で部屋の一隅《いちぐう》に固定されている。さらに、ベッドの

上に枕を置く位置は、おおむね一定している。だから、先刻まで死体が人間の形に排除していた空気の隙間の中に、私の軀はすっぽり嵌《は》めこまれてしまった形になるわけだ。

ぴったり死体に接触していた空気の壁をいくらかでも向うへ押しやろうとするような具合に、私は軀の痛いのも忘れて身じろぎしていた。次の瞬間、自分のしていることに気付いた私は、はげしい可笑《おか》しさに襲われた。

このはげしい可笑しさ、これは何だろう。

私は、いまの苦しい時間をやり過せば、この世のどこかの岸に行き着くことができると考えている。死ぬとは、少しも考えていない。その余裕から出てくる可笑しさだろうか。それは違うようだ。もし私の状態がもっと死に近づいていれば、それだけ余計にその可笑しさは烈《はげ》しくなる性質のものと、私は考えている。生命がじりじり限界に追いつめられて行ったとき、不意に飛び出してくるややグロテスクな味をまじえた滑稽感《こっけいかん》、そのようなものと、私は考えている。

このときの笑いにくらべると、この死体のあった部屋がひき起したもう一つの笑いは、はるかに単純なものだ。

その経緯は、次のようであった。

消灯の時間がきて、部屋の電燈を消しまどろみかかると、ドアを叩く音がして看護婦が顔を出し、

「何の用事ですか」

「なにも用事はないですよ」

「だって、ベルを押したでしょう」

個室にはベルがついていて、看護婦控室との間に連絡がとれるようになっている。どこの部屋からの信号かを示す豆ランプのうち、四号室のものが明るくなった、という。

翌日も、その翌日もまったく同じ事柄《ことがら》が起って、私が眠りに入ろうとするとドアが開く。看護婦のうちのコワがりの連中は、深夜の見まわりのときには二人手をつないで、こわごわ歩いているという話がつたわった。最近の療養所では、以前と違って死者の数が激減している。人が死ぬことは、刺戟的事件になってきているのだ。

四日目、またもや、私は寝入りばなに起された。顔を出したのは、私が入院したとき呼吸停止の検査をした色の黒い気丈そうな顔をしたあの看護婦である。迷惑な気持と、いたずら気とが一緒になって、

「僕はベルを押しはしないけどね、なんだか天井の穴から青い手が伸びてきて、ベル

を押したようだったよ」

言ってしまってから、気の強そうな彼女の顔を見て、「これは冗談にもならなかった」とおもった。ところが彼女は、

「ヘンなことを言うのはやめてください」

と叫ぶように言うとドアを押しつけるように閉めた。私はその烈しい勢におどろいていると、しばらくしてからドアの外側で忍び笑いをする声が聞えはじめ、その笑いが少しずつ大きくなりながら、廊下を遠ざかってゆく靴音がひびいた。

彼女は一瞬怯《おび》えたのだ。そう分ると、私はほぐれたやさしい気持になって、暗闇《くらやみ》の中でしばらく独りで笑っていた。

翌日、四号室の豆ランプが灯《とも》るのは、ベルの配線が混線しているためであることが分った。

三

四号室に私が移ったため、青山さんと私とは隣合せの部屋ではなくなった。

ところが、約一ヵ月の後、もとの大きな部屋で私たちはふたたびベッドを並べるこ

とになった。

切り取った肺の面積が大きい場合、残りの肺がひろがりきらず胸郭の中に隙間が残ることになる。その隙間を埋めるために、第一回の手術から二週間の後に、第二回の手術を受けなくてはならない。その手術とは肋骨《ろっこつ》を幾本か切り取って、胸郭を狭くするものである。

青山さんはその手術を受け、私は受けないで済んだので、もとの部屋へ戻るのに三週間ほどの差ができた。その差は、また、回復の程度の差でもある。部屋の白いカーテンの仕切りの隣のベッドに私が位置しているときに青山さんがその仕切りの中に移ってきたので、白い幕を隔てて並ぶことになった。

手術を境にして青山さんは人が変った、ということを、個室にいたとき付添婦が話し合っていたのを覚えていたので、私はいささか緊張して彼を迎えた。

青山さんは変ったといえば、そうもいえないことはなかった。以前は心の中に潜めて外へあらわさなかったものが、どんどん外へ出てしまうようになったのだろう、と私は考えた。だから、同じといえば同じなのである。

その外へ出てしまうものをよく眺《なが》めてみると、いかにも青山さんらしいものもあり、また時には目新しいものもあった。彼は、肋骨を取った側の肩が痛んでうまく腕が上らなかったり、いろいろ小さな故障ができて回復が遅いので、苛立《いらだ》っている様子だった。弱った体力と、イライラした気分のために、彼は心の中に押しこめて置く力を失ったらしい。

青山さんは、白い幕越しに、さかんに話しかけてくる。

「四号室の住み心地はどうでしたか」

「僕はね、手術のあとの苦しさを、いろいろ『気取って』みることで切り抜けようとおもっていたので、丁度具合がよかったわけですよ。だけど、もう少し苦しさが強くなったら、そううまい具合にはゆかなかったでしょうがね」

そう言ってから、私は、四号室のベッドに置かれた瞬間に感じた、例の「死体が排除していた空間についての感想」を話してみた。

青山さんはしばらく黙っていたが、

「なるほど、空間というものは不思議なものですな。僕も、はやく歩けるぐらいに回復したいなあ」

「あわてることはないさ」

「いや、僕が歩けるようになったら、まず最初に何をするとおもいますか」

「さあ、そうだな、アキ子さんのところへ行くのでしょう」

「あんな薄情な女のところへなぞ、誰が行くものですか。彼女の病室の手洗場に忍びこむのです。彼女に姿を見られないようにして、待伏せするのです」

「ずいぶん強気になってきましたね。一押し二押しですか。アキ子さんが入ってきたら襲いかかろうというわけですか。それにしても、W・Cとは場所が悪いな」

「襲いかかるなんて、そんなことをするものですか。彼女が入ってそして出て、姿が見えなくなったら、すぐそのあとへ入るのです。つまり、排除する空間の問題ですよ。あなたの場合の四号室のベッドが、僕の場合には便器です。頭を支える枕の位置が、軀を支える足裏の位置、といえばもうお分りでしょう。いやいや、ワイセツだなんて考えないでください、そんなものじゃないんだ」

「分りますよ、それはむしろペーソスだな」

私はそう答えながら、感慨に捉《とら》われた。青山さんのアキ子さんにたいする気持は、外側にあらわれている形は一見以前と違うようにみえるが、実は原型はまったく同じなのである。これは純情可憐《かれん》というべきだ。そして、このような形の純情に、古来女性はほとんど酬《むく》いようとしないのである。とくに美しい女は。

しかし、私は青山さんの目新しい面にも行き当らなくてはならなかった。

すでに私は、かなり自由に部屋の中を歩きまわることができていた。そのことだけで、青山さんは私にたいして焦躁《しょうそう》を感じる気持があったとみえる。とくに、私は手術日が一緒だったから。

季節は冬になっていた。部屋は暖房をしないので、朝、枕もとのコップの底に溜《たま》った水が凍っていることもあった。

その冬のある日、外科医長の回診があった。部屋の一つ一つのベッドの傍に立止って、カルテとレントゲン写真とを調べながら診察するのである。

青山さんの入っているカーテンの中では、

「なに、腕がうまく上らないって、どれ、ちょっと」

「イテテテ」

そんな声が聞えてから、私のベッドの前に来た外科医長は、新しいレントゲン写真を見ながら、呟《つぶや》いた。

「どうも肺のふくらみ方が悪いようだな。まあ、もう少し様子をみることにしよう」

医長が部屋を一巡して戸口から出て行くと、青山さんの声が聞えた。

「肺のふくらみが悪いそうですね。骨を三本ほど取らなくてはいけないことになりそうですね」

「いや、そんなことはないでしょう」

「いやいや、ダメです、どうしても骨三本ですよ。せっかく大部屋へ戻ってきたのに、また個室へ入らなくてはいけないなんて、可哀《かわい》そうだなあ、ハハハハ」

第一回の手術を受けてから二ヵ月近く経《た》っているのに、第二回の手術を受けることになった例は皆無ではないにしても、ほとんど見当らない。そのごく稀《まれ》な例の中に入るかもしれないと、青山さんが私をからかい半分に脅《おど》かしているにしては、その言葉の調子に妙に執拗なところが窺《うかが》われる。

私が黙っていると、もう一度同じ言葉をくりかえした。その語調には、どうあっても私から肋骨を三本奪い取って、青山さん自身と同じ状態にまで私を引落すことを念じている執拗さがあった。

これは病人特有の気持の動き方で、いままでこの病室でもしばしば見ることのできたものだ。

たとえば、不意に高い熱を出した患者があるとする。その事実はたちまちベッドからベッドへ伝わって行く。病状が安定している患者の多い外科病室では、病状急変はなかなか刺戟的な事件なのだ。その患者のベッドへ幾人もの同室者が見舞に行く。

「どうですか。どうしました、だいじょうぶですか」

見舞を言う人間の表情を眺めていると、その心配そうな顔の奥の方にひそかに揺れ動いている色が、どうしても眼《め》についてしまう場合が甚《はなは》だ多い。その揺れている色は、いそいそした色、そわそわしている色なのだ。

（このことに関して、簡単に述べる。つまり、病状急変は単調な病室の空気を破ってくれる事柄である。さらに、急変した患者と見舞に行った患者とは、向い合ってシーソーに乗っている形だったのが、急変した側が重たく下りはじめる、すると、もう一方の患者は自分の坐《すわ》っている側が上ってゆく錯覚に捉えられるのである）。

青山さんは、さらにもう一度、

「可哀そうだなあ、気の毒だなあ、ハハハハハ」

といつまでも白い幕の中で笑い声を立てていた。その笑い声がヒステリックな感じにひびくのを聞きながら、私は重たい気分になっていった。

この期間、青山さんは私にたいして突っかかる態度を取ったかとおもうと、愚痴っぽく弱々しく頼る態度を取ったりした。そのうち、突っかかる態度はだんだん少なくなり、それは、その分だけアキ子さんの方へ向けられはじめたようだった。

雨が降りつづいた日があった。翌日も、翌々日も、雨はやまない。青山さんはもう歩くことを許されていて、白いカーテンの中から出て私の傍へ来ると、窓の外に見えている隣の婦人病室の物干場を指さして言った。

「あの物干竿《ものほしざお》にぶら下っているパンティを見て、どうおもいますか」

それは、私も前から気がついていた。午前中晴れていた天候が不意に変って雨が降り出すと、婦人病室の物干場に乾《ほ》されていた洗濯《せんたく》ものはたちまち取込まれた。一方、男子病室の物干場の洗濯ものは、そのまま雨に濡《ぬ》れてぶら下っているものがたくさん残っていた。

ところが、女子病棟の物干場に、たった一つだけパンティが取残されて、翌日も翌々日も、水を含んだ重たい様子でぶら下っていた。

私が返事をしようとすると、青山さんはたたみかける様子で、

「あれはきっと、アキ子さんのものですよ、それにちがいない」

「どうして、そんなことが分る」

「ああいうものを、あんなにほったらかしにしておくなんて、自信が強い女でなくちゃできないことですよ」

「それは違うのじゃないかな。いろいろな面でルーズな女のもの、というなら分るけれど」

「いいや、アキ子さんのですよ。驕慢《きょうまん》な女でなくては、ああいうことはできません」青山さんは断定的に言うのである。

青山さんが歩けるようになった当初は、前のめりの烈しい勢で歩いていた。息苦しいのを我慢しながら、早く目的地に着こうと急いでいるための烈しい歩き方のように見えた。

その頃《ころ》には、青山さんは白いカーテンの中から出て、今度は私の反対側の隣にあるベッドに位置していた。これは、ベッド交換の際の偶然の成行によるもので、私としてはむしろもう少し離れたベッドに移ってもらいたいくらいだった。その頃の青山さんの相手をするのは、なかなかに疲労する仕事だったからである。

ベッドを空にしていた青山さんが、姿をあらわすと早速話しかけてきた。

「いよいよあと十日で、アキ子さんの手術日になるそうです。僕はね、アキ子さんがベッドの上に仰向けになったきり動けないで、鼻の穴にゴム管を突込まれているうちに、見舞に行ってやろうと決心しましたよ。あの女はけっして弱々しい表情を見せないのだから、そういう姿を見てやろうというわけです。あなたはどう考えますか。僕がその姿を見てしまったら、それ以後彼女は僕にたいして脆《もろ》くなってしまうということは考えられませんか」

「さあ、丁か半かの勝負だな。あるいは絶交されてしまうことも考えられるからな」

と私は答えておいた。

アキ子さんの手術日までの十日間に、青山さんの体力は次第に回復してきたようだった。歩き方も、それまでのように息苦しそうな前のめりの姿勢でなく、普通の足どりになってきた。

ところが、青山さんの健康状態が安定してゆくにつれて、手術前の青山さんが戻ってきたようだった。以前の、気弱な、心の中に潜めて蓋《ふた》をしてしまう青山さんに戻ってきたようだ。

アキ子さんの手術日の翌日になっても、彼はベッドを離れる気配がないので、私は催促してみた。

「いま、アキ子さんのところへ行けば、彼女の鼻の穴からゴム管が突出しているのだがな」

青山さんの顔に苦痛をこらえる表情がかすかに通り過ぎた。その表情は、あの秋の終りの日、私が「あの赤いスカートの女性は幾本骨を取ることになるの、そうしたら乳房はどうなるのだろう」と訊《たず》ねたとき、彼の顔を掠《かす》めて通り過ぎたものと酷似していた。彼は、しばらく黙っていたが、やがて重い口調で答えた。

「やっぱり、やめておきましょう」

青山さんが見舞に出かけたのは、アキ子さんが手術を受けて二週間ちかく経ってからのことである。

「せめてアキ子さんがベッドの上に起き上るとき、背中に手を添えて扶《たす》けてあげたいものですね。だけど、指先が肋骨のあたりに触れたりすることを考えると、ちょっと恐《こわ》い気持です」

そんなことを呟きながら彼は出かけて行ったが、ほどなく戻ってきた。

沈んだ顔つきを誤魔化すように軽い口調で、報告した。

「いやはや、アテがはずれましたよ。僕が行ったときには、ちゃんと彼女はベッドの上に坐っているのです。おまけにね、傍のテーブルの上に、コーヒー茶碗《ぢゃわん》が二つ置いてあって、ゆらゆらと湯気が立ちのぼっているのです。プンと良い香りです。なに、僕のためのコーヒーじゃありませんよ、僕は不意に出かけて行ったのですからね。彼女はニッコリ笑って、さあどうぞお坐りください、というのですけれどね、そういうわけにもいかないじゃありませんか。ちょっと立ち話をして帰ってきました。ベッドの傍に置いてある椅子《いす》の上には、人間の姿は見えないのですがね、椅子にはまだ温みが残っている感じでしたよ。いやなに、その椅子に坐っていたのが、男か女かは分りませんがね」

「アキ子さんのベッドの下を覗《のぞ》いてみましたか、衣裳戸《いしょうと》棚《だな》がないとすれば、間男はベッドの下だ」

強《し》いて軽い口調で、私も冗談を言った。

アキ子さんと向い合って話をする機会をついに私は持たなかったが、青山さんの話を聞いていて、このときほどアキ子さんに弱々しい表情をさせてみたいという気持に捉われたことはなかった。

私は、アキ子さんがついには弱々しい表情を示すまで、執拗《しつよう》な指先で彼女の鎖骨や肋骨のあたりを撫《な》でまさぐってみたいとおもった。いや、私の指先がアキ子さんの骨に触ったとき、彼女が弱々しい表情を示す位置に、私は彼女を置いてみたいという気分に襲われたのであった。

この日を境にして、青山さんはアキ子さんの病室へ行かなくなったようである。間もなく、他の女子病棟の女性と青山さんとが仲良くしているという噂《うわさ》が聞えるようになった。

アキ子さんは、庭を散歩できるまでに回復して、松林の間を動いている赤いスカートが時折私の眼に入った。

その頃のある日、私がふと部屋の隅《すみ》にある大きな屑箱《くずばこ》を覗いてみると、その中に赤いスリッパが捨ててあるのが眼についた。そのスリッパは、爪先《つまさき》が両方ともパックリ大きく開いていていた。

青山さんは、もとの青山さんに戻って、ときどき気弱そうな表情をのぞかせながら、茶色のスリッパで歩きまわっている。大雪の日が三度ほどあって、空気には次第に春の気配が混りはじめた。

四

三月も中旬になったある日、大雪が降った。

林の松の木にも隣の病室の屋根にも、堆《うずたか》く積み上った白い色が私のベッドから見えていた。雪は降りつづいていて、灰色がかった空間の中で白い斑点《はんてん》が絶え間なく動いていた。雪空が光を遮《さえぎ》っていて、白い筈《はず》の風景に薄暗い色が混ってしまう。

午後三時になって安静時間が終っても、部屋の中はひっそりしたままだ。面会人の姿もあらわれないし、病人たちは億劫《おっくう》そうにベッドから離れようとしない。

天候の悪い日は、傷痕《きずあと》が重たく痛む。

部屋の外側にひろがっている空間の音はすべて雪に吸収されてしまって、療養所の裏を走り過ぎる郊外電車の響が時折、厚い膜の向う側の音のように聞えてくる。

「北川さん、この雪じゃ退院できないねえ」

と、呼びかける声がした。昔トランペットを吹いていて、いま国鉄の車掌をしている北川さんは、この日が退院の予定日だった。

「雪が融《と》けて、地面が乾いてからゆっくり退院するよ。なにもあわてることはないさ。外へ出たっていいことがあるわけじゃなし」

「だけど、ゆっくりカアちゃんに会えるじゃないか」

「それはそうだがね」

と北川さんは、女の胴を抱く手つきを示して、

「それも最初のうちだけさ、すぐにうっとうしくなってしまうもんだよ」

「北川さんは、退院したらどうするつもりなの」

「そうさね、国鉄をクビになるまでに、まだいくらか間があるから、当分田舎へ引きこもって暮すことにするよ」

私の手術直前に、私の周囲のベッドに寝ていた人々は、大工の南さんと自転車屋の西田さんと電気屋の東野さん、それに北川さんだった。その後、幾度もおこなわれた

ベッド交換でその配置はすっかり変ってしまったし、それに南さんと西田さんはすでに退院していた。

二十四人の同室者のうち歩けるものは全部、退院する人間を門まで見送るのが習慣になっている。洋服で身を整えた退院する人間のうしろから、寝衣の上にドテラを着た病人たちがぞろぞろ長い廊下を歩いてゆく。

洋服姿、つまり外の世界で働くためのユニフォーム姿になると、病衣にくるまれているときにはさして目立たなかったその人間の職業が、みるみるうちに浮び上り際立《きわだ》ってくる。顔つきから、身のこなしまで、その職業にふさわしいものになってくるようだ。

退院する人間は、宙に懸って揺れ動く長い縄梯子《なわばしご》を一段一段よじ登るような気持で、退院できる状態にまで辿《たど》りついた。それは「退院できる状態」なので、働ける状態ではない。手術後六ヵ月経てば、あとに控えている患者のために、ベッドを明け渡さなくてはならぬのが、規則なのだ。六ヵ月という期限を四ヵ月に短縮するという案もすでに出ていた。

久しぶりに洋服を着て靴《くつ》を穿《は》いた「退院する人間」は、その服装の中で身じろぎする。その服装が以前のように自分の身に添っているかどうか確かめようとして、彼は自分自身を眺《なが》めまわす。外の世界へ戻って、ふたたび軀を動かして生活の糧《かて》を稼《かせ》がなくてはならない。外の世界を離れてこの部屋に閉じこもっている間に、そのために必要な機能を幾分か失ってしまっているのではなかろうか。そんな不安が彼の心を掠める。そこで、彼は彼の服装の中で身じろぎするのだ。

不安はそればかりではない。この部屋に閉じこもっている間に、外の世界はどんどん沈んでゆく。部屋は浮び上り、漂いはじめる。これからその一角に取付いてその一《いち》隅《ぐう》で日夜を送らなくてはならぬ外の世界は、はるか眼下に小さく、そこに自分の身を容《い》れる場所が在るかと疑う気持に襲われるほど小さく見えている。その地点へ向って、彼は部屋からもう一度長い縄梯子を垂らし、揺れ動く梯子にすがって一段一段と降りてゆかなくてはならぬのだ。

長い廊下が尽きると、療養所の前庭である。芝生の間の路《みち》を、人々は守衛所のある門まで歩いてゆく。芝生の上には、山羊《やぎ》が寝そべっていて、たくさんの人間の気配にさかんに鳴き声をたてている。

退院する人間を先頭にした長い列は、門の外でまるく集った一群となる。門の前の白く乾いた道を、やがてバスが走ってきて停《とま》る。バスは洋服を着た人間だけを乗せて、淡いガソリンの匂《にお》いを残して走り去ってゆく。

残されたのは、病衣の人間たちばかりだ。

「これで彼もいなくなったか」

「ちょっと淋《さび》しくなったな」

「あら、行っちゃった」

人々はささやき交し、何となくお互の顔を眺め、またぞろぞろと病舎へ向って戻ってゆく。

退院した人間のベッドは、布団《ふとん》が持ち去られ藁《わら》ブトンがさむざむとした姿で剝《む》き出しになっている。しかし、それも束《つか》の間《ま》のことだ。何日という暇もなく、早いときにはその日のうちに、新しい入院患者の荷物を載せた担送車がゴロゴロ病室の中に曳《ひ》きこまれてくる。

そして、新しい患者が、緊張した身構えた姿勢で入ってくる。

このようにして、南さんも西田さんも退院していった。そして北川さんも退院しようとしている。私もあと一ヵ月したら退院の期限がくる。残っている東野さんは、「ジェット機」の綽名《あだな》どおり相変らず盛装し腕時計を付けた姿で、婦人病室を走りまわっている。彼は気管支に難点があって、手術の日が予定より三ヵ月ほど延びているのだ。

その東野さんも、この大雪の日にはめずらしくベッドの上にいた。仰臥《ぎょうが》した顔の上に新聞をひろげて読んでいたが、遠くの方から北川さんに話しかけた。

「北川さん、田舎に引きこもるそうだが、家にお風呂《ふろ》があるの」

「風呂か、無いんだ」

「そうすると、やっぱり銭湯へ行かなくちゃいけないいね。この新聞の婦人欄にへんな投書が載っているよ。いやだなあ」

東野さんが読み上げた投書の大要は、次のようなものである。地方の小都市の一女性が体験を述べて、不満を訴えているのだ。

すなわち、投書の主は成形手術を受けた女性である。女性は郷里の町に帰って療養生活をつづけることになったので、ある日銭湯に行った。蛇口《じゃぐち》の前に坐って軀《からだ》を洗っていると、隣に坐っている中年の婦人がじろじろ彼女の傷痕を眺めていたが、急に身をしりぞけて、

「こんな日に、お風呂へ来るのじゃなかった」

と、大きな声で言った。すると、その声が合図ででもあったかのように、浴場中の人々が一斉《いっせい》に立上って、彼女のまわりにはにわかにガランとした空間ができてしまったそうだ。

湯槽《ゆぶね》に浸《つか》っていた人々までが総立ちになり、どんどん浴場から出て行ってしまい、ついに彼女は一人だけ広い流し場に取残された、というのである。結核にたいしての知識もあまりに貧弱だし、それに、人々の態度があんまりひどすぎるじゃありませんか、と彼女は訴えているのだ。

東野さんが読み終ると、すぐに北川さんが言った。

「なるほど、そういうこともあるだろうな。とくに田舎では、肺病というと今でもひどく恐れるからなあ。風呂のことは、わしもちょっと考えていたよ。わしのように色気のなくなったもんでも、やっぱり考えるんだから、若い娘などは一層つらい気持になるだろうなあ」

すると、あちこちのベッドから声がかかった。

「色気がなくなったなんて、ご冗談でしょう」

「北川さんの傷は、誰も肺病の手術の痕だとはおもわないよ、せいぜい汽車から振落された傷てとこだね」

「それとも間男しているところを見つかって、重ねておいて二つにされかかった傷といったところかな」

ひとしきり賑《にぎ》やかな笑い声がつづいて、部屋の中は静かになった。静かになってしまうと、外界から音の伝わってこない雪の日の静けさが、私には無気味な苛立《いらだ》たしいものにおもわれはじめた。

そのとき、乾いた鋭い音が、庭の方で短く二回つづいた。それが何の音か、私は知っている。降り積んだ雪の重さを支えきれなくなった松の木の枝が、折れる音なのだ。つづいて、枝に積もっていた雪が落下した音が聞えてきた。

その音が消えて、ふたたび病室の中には音がなくなってしまった。

不意に、誰かの大きな声がひびいた。

「北川さん、退院準備に、ベッドから下りて体操をしてごらんなさい」

北川さんは、言われるままに床の上に立った。

「両手を水平に挙げて」

北川さんは、笑いながら左右の腕を横に伸ばした。手術した側の肩が、水平になる筈の両腕の線からコブのように飛び出した。

「それから、両腕を上に伸ばす」

部屋の一隅からの声が、つづいて号令をかけた。北川さんは、左右に開いた腕をそのまま直上にまわした。今度は、左右の不均衡が一際《ひときわ》はっきりとあらわれた。上膊《じょうはく》が右耳にくっついてまっすぐ上に伸びている右腕にくらべて、左腕は斜め上方にあがるだけで、垂直になっているのは曲った肘《ひじ》から先の部分だけだ。だから、ピンと指先で伸ばしている両方の掌は甚《はなは》だしく不揃《ふぞろ》いである。

「両腕をおろして。さあ、その運動をくりかえす」

号令の声は、笑いを含んだ軽い調子になっていた。部屋のあちこちから、ふたたび賑やかな笑い声とざわめきが湧《わ》き起った。

「一、二、三。一、二、三」

北川さんは、自分で号令をかけてその動作をくりかえした。その顔は笑いつづけているのだが、ときどき真剣な表情が掠めて過ぎてゆくのを、私は見た。やがて、北川さんがこう言った。

「誰かもう一人出てきて、わしと向い合って体操をしようじゃないか。東野さんはまだ手術していないのだから、面白くない。そうだ、青山さんがいい、青山さん出てきなさい」

「青山さんは、まだ退院準備には早いから、僕が出るよ」

私はそう言って、ベッドから下り、北川さんと向い合って部屋の中央に立った。腕を上げると、脇《わき》の下あたりの傷が鈍く痛んだ。私の腕も、ちょうど北川さんと同じ程度にしか動かなかった。

雪の降り積んでいる地面、音のない白い色のひろがりの中に取残されているように建っている長方形の部屋の中で、向い合った北川さんと私とは、

「一、二、三。一、二、三」

と、その動作をくりかえしつづけていた。

解　説

長部日出雄

最初に、この一冊に収められた作品が書かれた年代を確かめておく必要があります。散文としての処女作『薔薇《ばら》販売人』は、作者が二十五歳のときに書かれ、翌年の昭和二十五年一月に発表されました。

つぎの年の暮に発表された『原色の街』の初稿が、第二十六回芥川賞の候補となり、昭和二十九年に『驟雨《しゅうう》』で第三十一回芥川賞に選ばれ、三十歳の作者は、受賞の報を結核専門の国立清瀬病院の真っ暗な夜の病室（二十五ほどのベッドが三列に並ぶ大広間）で聞きます。

『夏の休暇』と『漂う部屋』は、その翌年に書かれ、『原色の街』もおなじ年に現在われわれが接するかたちのものとなって完成されました。

年代では昭和二十四年から三十年まで——、夥《おびただ》しい数の死者を生んだ戦争と、それにつづく敗戦の傷痕《きずあと》が、多くの人の心理と生理に深く刻みこまれ、東京の街は随所に大空襲による被害の痕跡《こんせき》を色濃く残し、経済の復興はまだごく初期の段階で、仕事口も少なく、食物をはじめとする物資の甚だしい窮乏は、戦中からずっとつづいていて、貧しさも病気も、生きるか死ぬか、というぎりぎりの切実さを帯びていた時代です。

また、希望と不安と虚無感、価値の迷宮化と既成道徳への反抗、それらの混沌《カオス》から生ずる猥雑《わいざつ》でアナーキーな活力……等等が入り乱れて交錯するなかで、人間が生きることの根源的な意味が問われた時代でもありました。

作者の年齢でいえば、二十五歳から三十一歳まで——。

つまりこの一冊には、作者の青春と戦後日本の青春が、重なり合って凝縮されているといえます。

四十歳になったとき、当時を回想した『私の文学放浪』で、作者は『原色の街』についてつぎのように述べました。(圏点は引用者)

——この作品の背景は、いわゆる赤線地帯であるが、その場所の風俗を書こうとおもったわけではない。このときまで私はそういう地域に足を踏み入れたことは、二、三度しかなかったし、娼婦に触れたことは一度もなかった。もともとこの作品で私は娼婦を書こうともおもわなかった。……

吉行淳之介を、赤線地帯にみずから耽溺《たんでき》した実体験をもとに、娼婦《しょうふ》を描いた作品で文壇に登場した作家、というイメージで記憶する人は、この述懐に意外の感を抱くかもしれません。

かつまた、それにしては、作品の細部を満たす娼婦の街のリアリティーに溢《あふ》れた挿話の多さに、驚きを禁じ得ないのではないでしょうか。

いまわれわれが手にする『原色の街』のテキスト（つまり本文庫所収のもの）は、前述の通り、同人雑誌「世代」の昭和二十六年十二月発行第十四号に発表された初稿（九十三枚）に、翌年の「群像」十二月号に掲載された『ある脱出』の話を組み合わせ、大幅な加筆訂正を行なった結果、二百四十五枚の書き下ろし作品として、昭和三十一年の一月に新潮社から刊行されたものです。

したがって「世代」発表の初稿と、「群像」掲載の『ある脱出』、そして現在のテキストを照合すれば、そこには書き始めてから完成までに約六年の時間が流れた『原色の街』の成立過程とともに、娼婦を正面の主題に選ぶにいたった初期の吉行文学の形成過程も浮かび上がってくるはずです。

冒頭の部分において、初稿と完成稿とのあいだに、さほど大きな違いはありません。

舞台となる娼婦の街に登場する女主人公のあけみは、空襲で両親を失うまでは中産階級の一人娘として育ち、女学校まで卒業した女性です。

ここで当方の説明を加えれば、戦前の遊郭や私娼窟《ししょうくつ》では、貧しさを最大の理由として娼家に売られ、多額の借金のかたに身の自由を奪われて、苛酷《かこく》な売春の場に縛りつけられる場合がほとんどでした。

敗戦後、公娼制度が廃止されたあとも、私娼という形態で黙認された娼家の街――赤線とか青線と呼ばれた地帯には、空襲その他による境遇の激変によって、戦争がなければそこに来るはずのなかった女性も流れこんできます。

初稿ではあけみのつぎに現われて、女学校を出たというみどりの本箱には、スタンダール『赤と黒』、ツルゲーネフ『春の水』、ジイド『狭き門』、クープリン『魔窟』、ギャンチョン『娼婦マヤ』等が並び、メロドラマや講談本のたぐいは一冊もなく、壁にはマリアの絵葉書が飾られていました。

この部分が、完成稿で削除されたのは、通俗な造型と取られたり、あるいは作意があらわになりすぎるのを避けたかったからなのではないでしょうか。

『私の文学放浪』で、もともと娼婦を書くつもりではなかった、と述べたあと、作者はこういいます。

——私の意図の一つは、当り前の女性の心理と生理のあいだに起る断層についてであって、そのためには娼婦の町という環境が便利であったので背景に選んだ。意図のもう一つは、娼婦の町に沈んでゆく主人公に花束をささげ、世の中ではなやいでいるもう一人の主人公の令嬢の胸の中の花束をむしり取ることであった。善と悪、美と醜についての世の中の考え方にたいして、破壊的な心持でこの作品を書いた。いわば、私はダダであったといってよい。……

作者は当初、非官能的な娼婦と官能的な令嬢、あるいは娼婦の反俗性と令嬢の通俗性という逆説的な構図のなかで、性の不思議を探っていく小説を企図していたものとおもわれます。

無意識のうちにあけみが官能に目覚めるきっかけを作った汽船会社の社員元木英夫は、新造船の竣工《しゅんこう》を記念するレセプションの日、自分を海に突き落として無理心中を図り、助け上げられて隣に横たわる相手——救助にあたった年配の水夫の言葉によれば、兄妹みたいに顔が似ているという娼婦のあけみに、かすかな親近感を覚えるところで、初稿は終わっています。

一年後に、「群像」に掲載されて第二十八回芥川賞の候補作となった『ある脱出』の主人公公弓子は、ずっと娼婦の世界に適応できずにいたのに、あるとき、好意も持っていない男から強い快感を与えられている自分に気がつき、わたしはもう娼婦の貌《かお》になってしまったのかしら、と不安を覚えます。相手は薪炭《しんたん》商の息子で、立派な体格をした青年です。

娼家「銀河」でともに最高の稼ぎ高を競っている蘭子は、弓子を近くの連込みホテルに誘い、自分と情人の行為を撮影するカメラのシャッターを押させます。できれば弓子をも写真のモデルにしたい底意があってのことに違いありません。

弓子に結婚を申し込んで、承諾を得た薪炭商の息子は、彼女のまわりから娼婦であった痕跡をすべて洗い流して、良家の娘風に仕立て上げようと、躍起になります。するとなぜか弓子は、嫌悪感《けんおかん》を覚えていた写真のモデルになることを進んで承知し、自分が娼婦であったことの決定的な証拠をあとにのこして、その街を去って行くのです。

弓子の客で、筋を変化させる触媒の働きをする柏木次郎は、『原色の街』の元木英夫にくらべて遥《はる》かに小さな役割しか与えられていません。

作者の関心が、娼婦という存在に、より直截《ちょくせつ》に向かいつつあるのを窺《うかが》わせるような作品です。

もう一度『私の文学放浪』によれば、『原色の街』（初稿）を書き上げてから、

――その町への耽溺《たんでき》がはじまった。想像の中のその町と実際との誤差の確認、といえばきれいごとになるが、そういう気持も働いていた。

しかし、それだけではない。なによりも見知らぬ女がやすやすと軀《からだ》を開くという奇怪さ不思議さに私は心を奪われた。これは「性の捌《は》け口」といえば済むことを、文学的修飾で彩ったのではない。すでに私は結婚していたので、性の捌け口をその町に求める必要はなかった。……


吉行文学の愛読者にはいうまでもないことでしょうが、作者はたんなる遊蕩児《ゆうとうじ》ではなく、まずナイーブといっていいほどその謎《なぞ》に取り憑《つ》かれた性の探求者として、迷宮のような娼婦の街のなかへ入りこんで行ったのです。

芥川賞受賞作となった『驟雨』の主人公山村英夫は、大学を出てサラリーマン生活三年目、独身ですが、女性を本気で愛することにつきまとうわずらわしさを避け、おおむね遊戯の段階にとどまる娼婦との交渉はつねに平衡を保ちたい自分の精神の衛生に適《かな》っている、と見做《みな》してその町に通っているという、年齢のわりにはかなり老成した考え方の持主です。

ところが、この町とは異質の閃《ひらめ》きを感じさせる道子との交渉をつづけるうち、やがて意外なことが起こります。

――道子の傍で送ったその一夜は、夢ばかり多い寝ぐるしいものだった。

その夢のひとつで、彼は道子を愛していた。それまで道子が娼婦であることが彼の精神の衛生を保たせていたのだが、ひとたび彼女を愛してしまったいまは、そのことがすべて裏返しになって、彼の心を苦しめにくるのだった。……

ミイラ取りがミイラになる、という諺《ことわざ》がありますが、それに似た状態といっていいかもしれません。

これはフィルムを逆回しにした恋愛小説です。

ふつうの恋愛小説なら、まず相手を好きになる感情があり、セックスが成立したところで一段落となる。つまりこの場合セックスは愛情を証明する役割を果たしているわけです。

娼婦の街での関係は、まずセックスからはじまる。そこに愛に似た感情が生まれた場合、人は何によってその不確かなものを証明すればいいのでしょうか。

これはすこぶる困難な課題です。吉行文学に共通していえることですが、『驟雨』は娼婦の街を舞台にした風俗小説ではなくて、証明することが不可能に近い困難な課題を、可能なかぎり追求しようとする実験小説でもあるのです。

娼婦の街において、セックスと肉体は、外の街における恋愛感情と同様に、ありふれたものでした。肉体は周りの薄暗闇《うすくらやみ》のなかに溶けかけており、それゆえにこそ、あわや滅びようとする精神の働きが、闇のなかに一瞬の閃光《せんこう》を放つ場所でもありました。吉行淳之介にとって娼婦の街とは、肉体という確かなものを手がかりにして、精神という不確かなものを探る場であったものとおもわれます。

老成した考え方の持主、とまえに記した主人公の山村英夫には、少年っぽいところもあって、作中にこう書かれています。娼家の住所と自分の姓名を教える道子の口調は、

――この町から隔絶したなにか、たとえば幼稚園の先生の類を連想させた。一瞬のあいだに自分が幼児と化して、若い美しい保母の前に立たされている錯覚に、彼はふと陥った。

――(娼家の風呂に入って)すっかり脂気《あぶらけ》を洗い落してしまった彼の髪は、外気に触れているうちに乾いてきて、パサパサと前に垂れ下り、意外に少年染《じ》みた顔つきになった。……

老成した大人と、純粋な少年が、一人の青年のなかに同居している。これはしばしば作者の分身と感じられる初期の吉行文学の主人公の重要な特徴のひとつです。

作者自身は、『なんのせいか』というエッセイで、こういいます。

——「純粋」とか「純潔」とか「純情」とかいう言葉くらい、嫌いなものはない。どれもこれも胡散《うさん》くさいにおいを、ぷんぷん放っている。……

では、作者は不純や不潔が好きなのかといえば、かならずしもそういうわけではありません。胡散くさい偽善を嫌ってこうも激しくそれらの言葉を否定せずにはいられないほど、じつは純粋で潔癖なのです。

作者が好きなのは、おそらく「明晰《めいせき》」という言葉であったでしょう。

吉行淳之介の文体の特徴は、なによりもその明晰さにあります。余計な形容詞をいっさい省き、いわば冬木立のように骨格をあらわにしたスタイルで、対象の男女や事物をまざまざと透視させる明晰な文章——。

それこそは吉行淳之介の文学の核心をなすものです。

世間の人がふつう愛情と呼ぶもののなかには、少なからざる計算や性欲やエゴイズムや、その他もろもろの世俗的な要素が混入していないはずはないのに、気づかずに（あるいは気がつかないふりをして）それを純粋な愛情と称したりする鈍感さや偽善や自己欺瞞《ぎまん》を許容できない純粋さと明晰さもまた、作者のダダ的心情を駆り立てて、娼婦の街へ赴かしめる原因になっていたのに違いありません。

『原色の街』の初稿で、海に落ちた二人の救助にあたった年配の水夫が発した「おい、見ろや、なんてまあ、よく似た顔をしてるもんだ。まるで、兄妹みてえじゃねえか」という言葉は、完成稿でも一字一句変わっていません。そして完成稿はこう結ばれます。

——あけみは多くの眼が、疑わしげに探るように、自分に集っていることに、まず気付くのだった。あけみは、ふたたびあの街に戻って行こうとしている、自分の心を知った。……

ここには、自分も娼婦に向けられるのとおなじ視線で見られることを覚悟して行かなければならない、という作者の決意が秘められているようにも感じられます。

無論いうまでもないでしょうが、「娼婦」というのはこの場合一種のアレゴリーで、作者が売春の悲惨な実態を容認しているのでは、決してありません。

紙数がなくなったので、ほかの作品については、ごく簡単に述べます。

『薔薇販売人』は自意識のなかに繰り広げられる想像力の劇、『夏の休暇』は老成した大人と純粋な少年が同居する息子の目に映った父親の記憶、『漂う部屋』は生の極限の姿から醸《かも》し出される奇妙なユーモアを、それぞれ明晰な文体で描いています。

否定と肯定の二重性から生ずるユーモアは、作者が生涯を通じて重んじたものでした。

総じてこの文庫は、吉行文学の出発点をつぶさに知ることができる貴重な一冊といえるでしょう。

（平成十年一月、作家）

本書は新潮社版『吉行淳之介全集』第1巻（平成9年9月刊）、第5巻（平成10年2月刊）を底本とした。

吉行淳之介著

夕暮まで

野間文芸賞受賞

自分の人生と〃処女〃の扱いに戸惑う22歳の杉子に対して、中年男の佐々の怖れと好奇心が揺れる。二人の奇妙な肉体関係を描き出す。

藤原正彦著

若き数学者のアメリカ

一九七二年の夏、ミシガン大学に研究員として招かれた青年数学者が、自分のすべてをアメリカにぶつけた、躍動感あふれる体験記。

藤原正彦著

父の威厳 数学者の意地

武士の血をひく数学者が、妻、育ち盛りの三人息子との侃々諤々の日常を、冷静かつホットに描ききる。著者本領全開の傑作エッセイ集。

安岡章太郎著

海《かい》辺《へん》の光景

芸術選奨・野間文芸賞受賞

精神を病み、弱りきって死にゆく母——。精神病院での九日間の息詰まる看病の後、信太郎が見た光景とは。表題作ほか、全七編。

安岡章太郎著

質屋の女房

芥川賞受賞

質屋の女房にかわいがられた男をコミカルに描く表題作、授業をさぼって玉の井に〃旅行〃する悪童たちの「悪い仲間」など、全10編収録。

柳田邦男著

言葉の力、生きる力

たまたま出会ったひとつの言葉が、魂を揺さぶり、絶望を希望に変えることがある——日本語が持つ豊饒さを呼び覚ますエッセイ集。

三島由紀夫著

仮面の告白

女を愛することのできない青年が、幼年時代からの自己の宿命を凝視しつつ述べる告白体小説。三島文学の出発点をなす代表的名作。

三島由紀夫著

禁色

女を愛することの出来ない同性愛者の美青年を操ることによって、かつて自分を拒んだ女達に復讐を試みる老作家の悲惨な最期。

三島由紀夫著

鏡子の家

名門の令嬢である鏡子の家に集まってくる四人の青年たちが描く生の軌跡を、朝鮮戦争直後の頽廃した時代相のなかに浮彫りにする。

川端康成著

雪国

ノーベル文学賞受賞

雪に埋もれた温泉町で、芸者駒子と出会った島村——ひとりの男の透徹した意識に映し出される女の美しさを、抒情豊かに描く名作。

川端康成著

伊豆の踊子

伊豆の旅に出た旧制高校生の私は、途中で会った旅芸人一座の清純な踊子に孤独な心を温かく解きほぐされる——表題作等4編。

川端康成著

掌の小説

優れた抒情性と鋭く研ぎすまされた感覚で、独自な作風を形成した著者が、四十余年にわたって書き続けた「掌の小説」122編を収録。

村上春樹著
世界の終りとハードボイルド・ワンダーランド
谷崎潤一郎賞受賞（上・下）

老博士が〈私〉の意識の核に組み込んだ、ある思考回路。そこに隠された秘密を巡って同時進行する、幻想世界と冒険活劇の二つの物語。

村上春樹著
ねじまき鳥クロニクル
読売文学賞受賞（1〜3）

'84年の世田谷の路地裏から'38年の満州蒙古国境、駅前のクリーニング店から意識の井戸の底まで、探索の年代記は開始される。

村上春樹著
神の子どもたちはみな踊る

一九九五年一月、地震はすべてを壊滅させた。そして二月、人々の内なる廃墟が静かに共振する——。深い闇の中に光を放つ六つの物語。

村上春樹著
海辺のカフカ（上・下）

田村カフカは15歳の日に家出した。姉と並んだ写真を持って。世界でいちばんタフな少年になるために。ベストセラー、待望の文庫化。

村上春樹著
東京奇譚集

奇譚＝それはありそうにない、でも真実の物語。都会の片隅で人々が迷い込んだ、偶然と驚きにみちた5つの不思議な世界！

村上春樹著
1Q84
—BOOK1〈4月—6月〉前編・後編—
毎日出版文化賞受賞

不思議な月が浮かび、リトル・ピープルが棲《す》む1Q84年の世界……深い謎を孕《はら》みながら、青豆と天吾の壮大な物語《ストーリー》が始まる。